中華民國新聞史

（1912～1949）

倪延年　主編

第 9 冊

|第五卷|

民國南京政府後期的新聞業
（1945～1949）（上冊）

艾 紅 紅 等著

花木蘭文化事業有限公司

國家圖書館出版品預行編目資料

民國南京政府後期的新聞業（1945～1949）・第五卷／艾紅紅
等著 — 初版 — 新北市：花木蘭文化事業有限公司，2020〔
民 109〕
目 6+240 面；19×26 公分
（中華民國新聞史（1912～1949）：第 9 冊）
ISBN 978-986-518-139-0（上冊：精裝）
1. 新聞業 2. 民國史
890.9208   109010355

ISBN-978-986-518-139-0

9 789865 181390

中華民國新聞史（1912～1949）
第 九 冊　第 五 卷
ISBN：978-986-518-139-0

民國南京政府後期的新聞業
（1945～1949）（上冊）

作　　者　艾紅紅等著
叢書主編　倪延年
出　　版　花木蘭文化事業有限公司
發 行 人　高小娟
總 編 輯　杜潔祥
副總編輯　楊嘉樂
編　　輯　許郁翎、張雅淋　美術編輯　陳逸婷
聯絡地址　235 新北市中和區中安街七二號十三樓
　　　　　電話：02-2923-1455／傳真：02-2923-1452
網　　址　http://www.huamulan.tw 信箱 hml810518@gmail.com
印　　刷　普羅文化出版廣告事業
初　　版　2020 年 9 月
全書字數　411253 字
定　　價　共 10 冊（精裝）新台幣 30,000 元

中華民國新聞史（1912～1949）
第五卷・民國南京政府後期的新聞業
（1945～1949）（上冊）

艾紅紅　等著

作者簡介

艾紅紅，女，文學博士，新聞學博士後，中國傳媒大學新聞學院教授、博士生導師；兼任中國新聞史學會常務理事、中國新聞史學會地方新聞史研究會副會長。主要研究領域為新聞史、傳媒史。出版個人專著有《中國廣播電視史初論》《新時期電視新聞改革研究》《〈新聞聯播〉研究》《中國宗教廣播史》《中國民營廣播史》等；參著有《中國廣播電視通史》《中華人民共和國科技傳播史》《中國廣播電視史教程》《廣播電視概論》《廣播電視學學科體系建設研究》等。主持教育部青年基金課題「中國宗教廣播史研究」（已完成）、一般課題「中國民主黨派報刊史研究」（進行中）；參與國家社科基金重大課題「中華民國新聞史研究」「新中國 70 年新聞傳播史」等。曾獲中國廣播電視協會頒發的第五屆（2013）全國廣播電視「百優」理論人才獎。

提　　要

　　本書係國家社科基金重大項目「中華民國新聞史」（編號：13&ZD154）最終成果《中華民國新聞史》（5 卷本）第五卷，展現的是 1945 年抗戰勝利到 1949 年中華人民共和國成立前國內新聞事業的興衰歷史。總體上看，民國南京政府後期是國共決戰的最後階段，也是兩黨新聞事業發展的關鍵時期。抗戰勝利初期，國民黨的新聞業發展迅猛，在經營管理與新聞輿論等方面都有新的探索。但隨著內戰全面爆發，國民黨新聞業日漸陷入危機，並最終敗退臺灣。共產黨解放區的新聞業則經歷了發展、暫時收縮和再度繁榮發展的三個階段，最終由農村走向城市，取得了全國性勝利。而夾在國共兩黨之間的民營報業則在這一時期加速分化。民營的廣播業和通訊社事業在全面內戰爆發前曾有過短暫繁榮，但隨著戰事發展而日漸萎縮。少數民族新聞業、軍事新聞業和外國在華新聞業均在上述特殊環境下曲折發展。這些誕生於不同領域、不同社會基礎上的新聞事業類型，一方面具有大環境賦予的共同底色，在兩極力量的撕扯下艱難探求生存空間；另一方面又襲承傳統、各具特色。與此同時，無論是國民黨統治區還是共產黨領導的解放區，新聞團體和新聞教育以及新聞學研究也有不同程度的發展變化，呈現出迥然不同的區域性特徵。

此項研究得到國家社會科學基金重大項目
「中華民國新聞史」（編號：13&ZD154）資助

《中華民國新聞史》學術顧問委員會

主任委員

方漢奇　中國人民大學榮譽一級教授，中國新聞史學會創會會長，中國人民大學新聞學院教授，博士研究生導師。

執行主任委員

趙玉明　中國傳媒大學教授，博士生導師，中國新聞史學會第二任會長，北京廣播學院原副院長。

副主任委員

朱曉進　南京師範大學教授，博士生導師，副校長，中國民主促進會江蘇省主委，政協江蘇省副主席。

程曼麗　北京大學教授，博士生導師，中國新聞史學會會長，北京大學華文傳媒研究中心主任。

委員（按姓氏漢語拼音為序）

顧理平　南京師範大學教授，博士生導師，南京師範大學新聞與傳播學院院長。

黃　瑚　復旦大學教授，博士研究生導師，復旦大學新聞學院常務副院長，中國新聞史學會副會長。

李　彬　清華大學教授，博士研究生導師，清華大學新聞與傳播學院學術委員會主任。

劉光牛　新華通訊社高級編輯，新華社新聞研究所副所長。

劉　昶　中國傳媒大學教授，博士研究生導師，中國傳媒大學新聞傳播學部新聞學院院長。

馬振犢　中國第二歷史檔案館副館長，研究員，中國近現代史史料學會副會長。

倪　寧　中國人民大學教授，博士研究生導師，中國人民大學新聞學院執行院長。

秦國榮　南京師範大學教授，博士研究生導師，南京師範大學社會科學學術委員會秘書長，南京師範大學社會科學處處長。

吳廷俊（常設）華中科技大學二級教授，博士生導師，中國新聞史學會副會長，中國新聞史學會新聞教育史分會會長。

二〇一四年三月

《中華民國新聞史》編纂委員會

主任委員

吳廷俊 華中科技大學二級教授，博士研究生導師，中國新聞史學會副會長暨新聞教育史分會會長。項目常設顧問。

執行主任委員

倪延年 南京師範大學教授，博士研究生導師，中國新聞史學會特邀理事，南京師範大學民國新聞史研究所所長。主編《中華民國新聞史》（第1卷），協助主任委員完成項目研究組織協調工作。

副主任委員

張曉鋒 南京師範大學教授，博士研究生導師，中國新聞史學會常務理事，中國新聞史學會臺灣與東南亞華文新聞傳播史研究會副會長，南京師範大學新聞與傳播學院執行院長。協助主任委員完成項目組織協調工作。

委員（以姓氏漢語拼音為序）

艾紅紅 中國傳媒大學教授，博士研究生導師，中國新聞史學會常務理事，主編《中華民國新聞史》（第5卷），負責全書「民國時期的新聞廣播業」特約專題稿和《民國新聞專題史研究叢書·民國時期的新聞廣播業》分冊撰稿。

白潤生 中央民族大學教授，中國新聞史學會特邀理事，負責全書「民國時期的少數民族新聞業」特約專題稿和《民國新聞專題史研究叢書·民國時期的少數民族新聞業》分冊撰稿。

鄧紹根 中國人民大學教授，博士生導師，中國新聞史學會副秘書長。負責全書「民國時期的外國在華新聞業」特約專題稿和《民國新聞專題史研究叢書·民國時期的外國在華新聞業》分冊撰稿。

方曉紅 南京師範大學教授，博士研究生導師。負責全書「民國時期的新聞管理體制」特約專題稿和《民國新聞專題史研究叢書·民國時期的新聞管理體制》分冊撰稿。

郭必強 中國第二歷史檔案館研究室主任，研究員，中國近現代史史料學會常務理事、副秘書長。負責協助有關史料的查閱和審核工作。

韓叢耀　南京大學教授，博士研究生導師。負責全書「民國時期的圖像新聞業」特約專題稿和《民國新聞專題史研究叢書·民國時期的圖像新聞業》分冊撰稿。

何　村　渤海大學教授。協助首席專家完成相關工作。

李建新　上海大學教授，博士研究生導師，中國新聞史學會常務理事。負責全書「民國時期的新聞教育」特約專題稿和《民國新聞專題史研究叢書·民國時期的新聞教育》分冊撰稿。

李秀雲　天津師範大學教授，博士生導師，新聞傳播學院副院長，中國新聞史學會常務理事。參加全書「民國時期的新聞學研究」特約專題稿和《民國新聞專題史研究叢書·民國時期的新聞學研究》分冊撰稿。

劉　亞　南京政治學院教授，博士研究生導師。主編《中華民國新聞史》（第4卷），負責全書「民國時期的軍隊新聞業」特約專題稿和《民國新聞專題史研究叢書·民國時期的軍隊新聞業》分冊撰稿。

劉繼忠　南京師範大學副教授，博士。南京師範大學民國新聞史研究所副所長。主編《中華民國新聞史》（第3卷）。

徐新平　湖南師範大學教授，博士研究生導師，中國新聞史學會常務理事。負責全書「民國時期的新聞學研究」特約專題稿和《民國新聞專題史研究叢書·民國時期的新聞學研究》分冊撰稿。

萬京華　新華通訊社新聞研究所研究員，新聞史論研究室主任，中國新聞史學會常務理事。負責全書「民國時期的新聞通訊業」特約專題稿和《民國新聞專題史研究叢書·民國時期的新聞通訊業》分冊撰稿。

王潤澤　中國人民大學教授，博士研究生導師，新聞學院副院長，中國新聞史學會副會長兼會刊《新聞春秋》主編。主編《中華民國新聞史》（第2卷）。

張立勤　華南師範大學副教授，博士。負責全書「民國時期的新聞業經營」特約專題稿和《民國新聞專題史研究叢書·民國時期的新聞業經營》分冊撰稿。

二〇一八年十二月

目

次

1. 朱啓平撰寫的長篇通訊《落日》刊載於 1945 年 11 月 2 日的《大公報》

2. 1945 年 8 月 27 日，延安《解放日報》刊載了《中共中央發表對目前時局宣言》一文

3. 黃炎培赴延安，在機場與毛澤東見面握手。

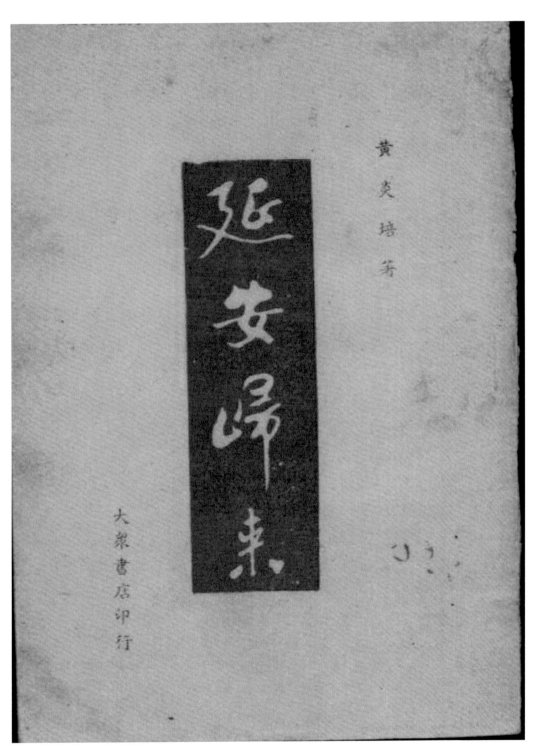

4. 大眾書店印行的《延安歸來》一書。

5. 1945年10月12日，南京《中央日報》報導國共和談進程

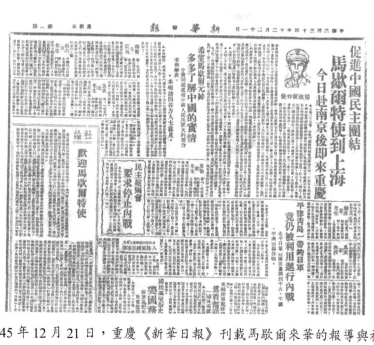

6. 1945年12月21日，重慶《新華日報》刊載馬歇爾來華的報導與社評

動員戡亂完成憲政實施綱要

卅六年七月十八日國民政府公佈

國務會議通過屬於煽動叛亂之集合及其言論行動，應依法懲處。

第八條　對於收復匪區，應由各主管機關學團治安，維持秩序，俾各項社會救濟事業得以率辦，政

第九條　對于由匪區來歸之人民，凡被匪徵充兵役及工役者，應予解救，政府應依法規避徵及讀，及醫藥救護工作。

第十條　管理糧食及醫藥救濟品，均由政府第十一條　凡未被匪亂之匪域，均應密切合作，使能積極推進生產及社會安寧，政府對其成品加以管理。

第十條　對特別需要之工礦製造事業，其所需之資金如有短缺，應由國家銀行予以貸款，令政府確保社會安寧，並統籌指導輔助其運輸、通訊及器材，政府對於特別需要之工礦製造增設事業，各軍事機關均應特別指導輔助。

第十二條　增加合理之稅收，限制目前急需之生產運輸及農田水利工程，並批准非必要之支出，以挪應戡亂之迫切需要，為速成戡亂之目的，確保社會安寧，並拓急需之生產建設，以利民生。

第十三條　制定節約消費及增進效率，公布施行。

第十五條　本綱要另定詳細規定施行細則，以令公布施行。

第十六條　本綱要自公布日施行。

第十八條……

行秩序，政府對於日非必要之支出，均得加以限制。政府對於僱工裁減及物價漲落，及工資漲減，均得加以限制。

7.《動員戡亂完成憲政實施綱要》第七條，對國民的言論行動等又進行了限制性規定。

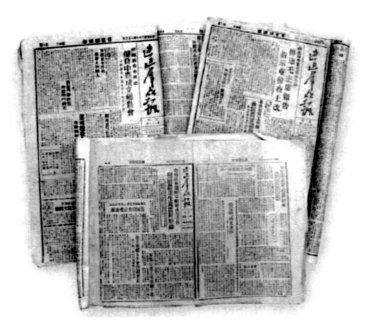

8. 創刊於 1940 年 3 月 25 日的《邊區群眾報》

9. 1946 年 4 月 18 日《新華日報》發表的社論《可恥的大公報社論》

10.《新民報》負責人陳銘德、鄧季惺夫婦及其《新民報》

11.《觀察》主編儲安平

13. 大公報主筆王芸生

12.《觀察》

14.《益世報》北平版

15. 1945 年 9 月 20 日北平《世界日報》發表《我們這一時代的報人》

16.《中央日報》社長馬星野及其 1984 年獲頒美國密蘇里大學「傑出新聞事
業終身服務最高榮譽獎」時留影

17.《時與文》雜誌

18. 晉冀魯豫中央局機關報《人民
日報》社長兼總編輯張磐石

19. 晉冀魯豫中央局機關報《人民日報》創刊號（1946 年 5 月 15 日）

20.《晉綏日報》刊文，號召全黨開展反「客裏空」運動

21. 上圖爲毛澤東對《晉綏日報》編輯人員的談話（繪畫）

22. 戰士劇社在魯中區演出話劇《前線》劇照

23. 中央社在南京尚未完工的辦公大樓

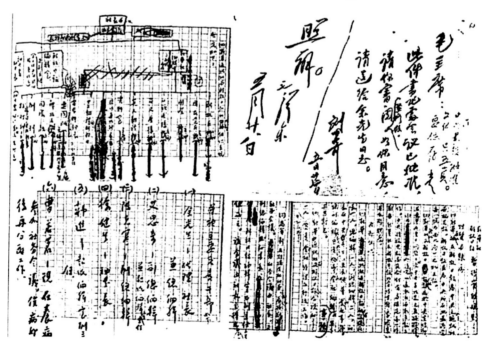

24. 1946 年 5 月，毛澤東、劉少奇批准的《新華社、解放日報暫行管理規則》和
    主要負責人名單

25. 1946年2月至4月，新華社在國民黨統治區的重慶、北平、南京先後成立了分社。圖為同年5月，北平軍調處執行部的中共代表葉劍英（右一）怒斥國民黨當局非法封閉北平《解放》報和新華社北平分社的情形。右二起：姜君辰、錢俊瑞、馬乃庶、楊賡。

26. 河北省平山縣西柏坡村新華通訊社總編室舊址

27. 華北電影隊拍攝的《自衛戰爭新聞》第一號片頭

28.《天津民國日報畫刊》封面

29.《一四七畫報》封面　　　　　30.《星期六畫報》封面

31. 晉冀魯豫軍區出版的《人民畫報》

32.《人民畫報》創刊號目錄

33.《健與美》封面

34.《扶風畫報》封面

35. 1948年10月，在河北平山編輯出版的第1期《華北畫報》

36. 1949 年 8 月 1 日《蘇北畫報》第 7 期

37.《人民》畫報和《戰場》畫報封面

38.1949 年《前衛畫報》封面

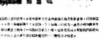

39.1949 年《華東畫報》第 43 期

40. 新聞照片《敵人在那邊》

41. 新聞攝影作品《我送親人過大江》

42. 新聞攝影作品《淮海戰場一角》

43. 華君武的作品《在反革命的後臺》

44. 廖冰兄：《舌卷江南》　　　　45. 廖冰兄：《「良民」塑像》

46. 張樂平的《三毛流浪記》

47. 國民黨軍報《和平日報》

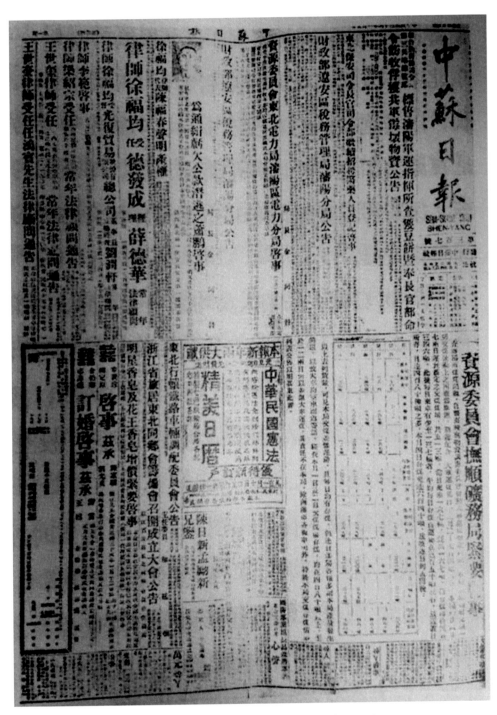

48. 東北保安司令部《中蘇日報》第 307 期

49. 1945 年 11 月 11 日的重慶《掃蕩報》

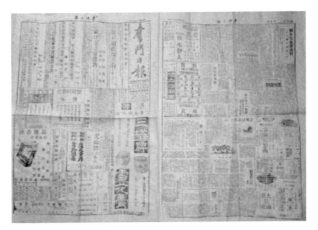

50.《奮鬥日報》1948 年 2 月 6 日第 1、4 版

51. 第一野戰軍《人民軍隊》報 1949 年 7 月 15 日
　　創刊號第 1 版

52. 圖 6-5 《鐵軍》報，1948 年 10 月 15 日第 1 版，圖自張挺、王海勇：《中國紅色報刊圖史》，山西出版集團‧山西經濟出版社，太原，2011 年 6 月第 1 版，第 341 頁。

53. 朱瑞炮兵學校《炮校》，1949 年 7 月 1 日第 1 版。圖片取自張挺、王海勇：
《中國紅色報刊圖史》，山西出版集團·山西經濟出版社，太原，2011 年
6 月第 1 版第 461 頁。

54. 蘇軍大連中文《實話報》1948 年 8 月 27 日

55. 日本宣布投降以後，蘇聯在華新聞事業迅速發生了重要變動。在華新聞活動的中心，很快也由重慶轉向上海。俄文《新生活報》繼續在上海刊行，旅滬蘇僑還曾出版俄文雜誌。圖爲《新生活報》。

56. 1949 年 6 月 9 日《字林西報》因捕風捉影地刊登「吳淞口恐已布置水雷」「本埠航運停止」的報導，受到上海市軍事管制委員會的警告，該報表示更正，登報導歉。1953 年 3 月 31 日，該報停刊。

57. 標誌著香港《大公報》左轉的社評——《和平無望》

第一章 民國南京政府後期新聞業發展的社會背景

　　1945 年 8 月 15 日，日本天皇裕仁的《終戰詔書》通過電臺播出後，世界各大媒體爭相報導，國內民眾歡欣鼓舞。然而外患未盡，內憂又來。國共兩黨長期累積的矛盾不但沒有消減，反而由於雙方在日本受降、共產黨武裝的地位、軍隊國家化等一系列重大政治和軍事問題上的原則分歧日益加劇，直至在和談失敗後兵戎相見，並以共產黨軍隊全面勝利、國民黨政權敗走臺灣而告終。四年之間，中國多數時候都處於一種政治和軍事對峙的緊張狀態，由此也造成國內經濟與文化領域的嚴重失衡，從而給新聞業提供了一個波譎雲詭的生存空間。

第一節　民國南京政府後期的社會政治背景

　　抵禦外侮的戰爭勝利了，中國社會的主要矛盾也開始發生重大轉移。到 1949 年 10 月中華人民共和國成立前，雖然時間只有短短的四年，但國內政治與軍事形勢卻大開大合。奉行一黨專政的蔣介石國民黨集團企圖獨享勝利成果，繼續排斥國內其他黨派和社會力量參與政治活動，對共產黨政權採取明拉實打的策略。在抗戰期間已具備相當民意基礎，以新民主主義理論為指導的中國共產黨則提出了各黨派與各種社會力量應在「和平、民主、團結」的基礎上建設獨立、自由與富強的新中國的主張。「這種分歧的實質用一句話表達，就是中國向何處去？它成為戰後中國政局變化原因的根本所在。」[1]

1　汪朝光：《中華民國史·前言（1945～1947）》（第十一卷），中華書局，2011 年版，第 1 頁。

一、抗戰勝利與和平建國機遇

日本投降後，如何利用戰後和平的國際國內環境，迅速化解國共兩黨積累日久的矛盾，實現民主建國，成了考驗兩黨政治智慧的試金石。

（一）抗戰勝利與中國國際地位的提高

第一次鴉片戰爭後，由於清朝政府在軍事與外交上的接連失敗，導致中國的國際地位迅速下降。列強各國在瓜分中國的過程中，雖然因利益分配不均曾多次大打出手，但在對待中國時卻出奇的一致，那就是犧牲中國利益。全面抗戰爆發後，中國政府雖然軍事裝備和實力遠不如日本，但始終堅持與民眾一道，奮勇拒敵。其間雖歷盡波折，但國內的「民族主義始終高漲，其呼聲之高，傳播之廣，民眾發動之普遍，同仇敵愾精神之旺盛，使 20 世紀中國的民族主義高潮達於頂點。」[1] 這種不屈的抗戰精神經由報刊、廣播、紀錄片電影、宣傳冊以及來華記者、同情中國的外國友人接力傳播，不僅廣為外界所知，也贏得了國際社會的尊重。各大國際通訊社如蘇聯塔斯社、英國路透社、美國美聯社和一些著名報紙如蘇聯《真理報》、英國《泰晤士報》、美國《紐約時報》及各大廣播電臺也都對中國抗戰做了讚揚性的或肯定性的報導。[2] 而抗戰後期國民政府與美國、蘇聯結成的同盟關係，也無形中進一步提高了中國的國際地位。

民國南京政府在國際上地位和威望的提升，有助於增強其在參與重大國際事務時的發言權。1942 年元旦，中國作為簽字國之一，在華盛頓與包括美英在內的 25 國共同簽署《聯合國家共同宣言》，成為反法西斯聯盟的主要成員國；同年蔣介石訪問印度時，還參與了調解印度國大黨與印英當局的矛盾。1943 年 10 月召開的莫斯科外長會議期間，中國受邀參與簽署由蘇聯、美國、英國和中國組成的四國宣言，成為所謂的世界「四強」之一。1944 年 8 月，在美國華盛頓市郊敦巴頓橡樹園舉行的聯合國籌備會議上，中國代表團提出的許多建議被大會採納。中國代表團還在調和大國之間矛盾方面發揮了一定作用。1945 年 3 月 5 日，美、英、蘇、中四國聯合發出了邀請各國參加美國舊金山會議的請柬。《大公報》評論說：「我們八年抗戰，犧牲重大，始終不

---

1 姜義華：《論 20 世紀中國的民族主義》，《復旦學報》（社會科學版），1993 年第 3 期。

2 轉引自劉仕平：《全民族抗戰勝利與中國國際地位的提高》，《光明日報》2015 年 7 月 26 日第 7 版。

屈，今日獲得此地位，當然不是僥倖。」[1]同年 6 月 26 日簽署《聯合國憲章》時，中國因最先從事反法西斯侵略戰爭而被列爲第一簽字國，並被允許使用中文簽字。也是在這次會議上，中文被確定爲聯合國使用的五種語言之一。中國作爲聯合國安理會常任理事國的大國地位獲得了體制性確認。

　　中國依靠巨大犧牲和努力贏得了國際地位，獲得重建戰後國際秩序的發言權，也在一定程度上改善了一百多年來挨打受辱的國際形象。但這種表面的強大無法掩蓋實質上的弱勢，這點連蔣介石及其高層都有清醒認知。華盛頓會議期間，由於蘇聯拒絕中國參與第一階段磋商，「俄國輿論亦對我國儘量壓迫與侮辱，尤以在華盛頓召集之國際戰後和平機構會議彼必欲置我國於四強之外」，被蔣介石私下稱爲是「我在國際上近年來最大之恥辱。」[2]而 1945 年初德國敗局已定、歐洲戰場行將結束之際，爲商討如何處置戰敗德國和戰後歐洲事務以及協同作戰徹底打敗日本法西斯、爭取蘇聯盡早參加對日作戰等問題，美、英、蘇三國首腦羅斯福、丘吉爾和斯大林在克里米亞半島的雅爾塔舉行戰時第二次會晤，簽署了犧牲中國利益的強權外交協定，更是中國在國際博弈中劣勢地位的明證。[3]由此可見，作爲一個並未實質統一的後發現代化國家，中國當時的所謂大國地位，主要是政治性與象徵性的，還缺乏足夠的硬實力支撐。在資本主義的世界經濟體系中，中國仍是一個邊緣國家，並依附於美國這一世界體系的新霸權國之下。

（二）長期戰亂終結與和平建國民意

　　前後數年的艱苦抗戰，到 1945 年戰爭結束時，國內經濟凋敝，民眾苦不堪言，各方面都需休養生息。1945 年 9 月 2 日在東京灣簽署日本投降協議時，見證了這一重要歷史時刻的《大公報》記者朱啓平在其被稱「狀元之作」的《落日》通訊中寫道，「勝利雖最後到來，代價卻十分重大。我們的國勢猶弱，問題仍多，需要眞正的民主團結，才能保持和發揚這個勝利成果。否則，我們將無面目對子孫後輩講述這一段光榮歷史了。」[4]這一報導之所以在當時引起巨大反響，根本原因就在於反映了當時的主流民意。

1　《舊金山會議的請柬》，《大公報》（重慶版）1945 年 3 月 7 日版。
2　《蔣中正總統檔案・事略稿本》（第 58 冊），臺北「國史館」存。轉引自左雙文：《大國夢難圓：抗戰後期國民政府的外交挫敗》，《社會科學研究》，2014 年版。
3　《我們的國際地位》，《禮拜六》，1946 年版。
4　朱啓平：《落日》，《大公報》，1945 年 11 月 2 日版。

　　對蔣介石國民黨主導的民國南京政府而言，勝利初期，千頭萬緒，不僅要忙於收復淪陷區，還要繼續爭取美國和蘇聯的外部支持。蔣介石心裏也很清楚，美國政府支持他在軍令和政令上的「統一」，卻並不贊成他直接對共產黨動武。而一向支持中國共產黨的蘇聯，更不會接受國民黨用武力消滅中共。毛澤東則分析說，「蔣介石要放手發動內戰也有許多困難。第一，解放區有一萬萬人民、一百萬軍隊、二百多萬民兵。第二，國民黨統治地區的覺悟的人民是反對內戰的，這對蔣介石是一種牽制。第三，國民黨內部也有一部分人不贊成內戰。」[1]因此，蔣介石即使無意與共產黨繼續合作，在一開始也要迎合民意，極力做出政治解決的姿態和嘗試，迫使中共就範。正是基於這一考慮，1945 年 8 月 14 日中蘇條約簽訂的當天，蔣介石即給毛澤東發去「萬急」電報，表示「舉凡國際國內各種重要問題，亟待解決，特請先生克日惠臨陪都，共同商討」[2]。遠在莫斯科的斯大林也致電中共中央，要求毛澤東親赴重慶同蔣介石談判。之後幾天，蔣介石連發幾封電報，力邀毛澤東赴重慶。國內媒體對這一事件的進展進行了大量追蹤報導。

　　順應這一局勢變化，中共中央於 1945 年 8 月 23 日在延安召開政治局擴大會議，認真分析了日本投降後的國際國內形勢，認為中國的抗日戰爭階段已經結束，即將到來的新階段是和平建設。下一步工作重點是爭取一個有利於人民的和平建設時期，即使是暫時的和平，也應當積極爭取。中共中央同時認為，既然當時的主要國家均承認蔣介石政權為合法政權，要求和平解決國共矛盾，中共也就必須走和平發展的道路，更何況中共是力量弱小的一方，盡可能避免或推遲內戰是合理的。而要避免內戰，就必須做出妥協。25 日中共中央發表《對於目前時局的宣言》，提出「在全中國與全世界，一個新的時期，和平建設的時期，已經來臨了！」[3]「中國共產黨認為在這個新的歷史時期中，我全民族面前的重大任務是：鞏固國內團結，保證國內和平，實現民主，改善民生，以便在和平民主團結的基礎上，實現全國的統一，建設獨立自由與富強的新中國，並協同英、美、蘇及一切盟邦鞏固國際間的持久和平。」[4]並提出了 「和平、民主、團結」的口號。

1　毛澤東：《抗日戰爭勝利後的時局和我們的方針》，《毛澤東選集》（第四卷），人民出版社，1991 年版，第 1130～1131 頁。

2　《蔣中正先生年譜長編》。

3　《中共中央發表對目前時局宣言》，《解放日報》，1945 年 8 月 27 日版。

4　《中共中央發表對目前時局宣言》，《解放日報》，1945 年 8 月 27 日版。

從當時的外部環境看，曾對中國抗戰提供巨大支持的蘇聯和美國也希望中國和平，不贊成再起衝突。

早在 1945 年 8 月 14 日，蘇聯政府就同民國南京政府簽署了「中國、東亞乃至世界和平的保障」的《中蘇友好同盟條約》[1]。爲了與國民政府達成互利協議，蘇聯甚至對外宣稱，他們與中國共產黨不論是在意識形態還是在其他方面，已沒有什麼聯繫。[2]上述表態充分說明，爲了維護其本國既得利益，並盡可能避免與美國發生衝突，蘇聯需要協調美國與國民政府關係，暫時不會在國共問題上與美國和國民黨政府對抗。也正因此，當蔣介石電邀毛澤東赴重慶「商談」時，毛澤東也接連收到斯大林要求他去重慶談判的電報。斯大林同時致電中共中央，說中國應該走和平發展的道路，並說如果打內戰，中華民族有毀滅的危險。[3]可見其對中國和平的期望。

美國在太平洋戰爭爆發後即與國民政府並肩作戰，對中國多有提攜和扶助，戰後仍試圖主導東亞秩序，故與蔣介石政府依舊保持密切合作關係。但在歐洲戰場行將結束的時候，美國政府卻與蔣介石政府在駐華美軍費用的結算、史迪威將軍的指揮權、美國是否應向中共部隊提供部分租借物資等方面發生嚴重分歧，引致朝野上下對中國的普遍不滿，自然不願意支持國民黨再向中共發動內戰。對美國而言，國共關係緊張不但將導致中國抗戰力量的削弱，還會直接影響戰後美蘇大國關係。因此美國的基本態度是通過政治方式而不是軍事方式解決國共爭端。

（三）國際兩大陣營形成與國內政局演化

由於抗戰期間中國與美蘇兩國形成的同盟互動關係，加上兩個超級大國對自身利益的考量，直到 1949 年共產黨奪得全國政權爲止，美國、蘇聯與國共兩黨的關係一直「深刻地影響著中國政局的演變，包括國共和談、全面內戰爆發、中共取得全國政權及其對外政策的制定等等。不僅如此，美蘇國共關係的每一次變動，都會嚴重地衝擊東亞的國際形勢，並對塑造後來持續了很長時間的東亞國際格局產生至關重要的影響。」[4]二戰勝利後幾年間逐漸明

1　《各國對蘇中條約的反應》（1945 年 8 月 29 日），《蘇聯眞理報有關中國革命的文獻資料選編 1937～1949》，四川省社會科學院出版社，1988 年版，第 549 頁。
2　《中美關係資料彙編》（第 1 輯），世界知識出版社，1957 年版，第 140 頁。
3　劉仕平：《全民族抗戰勝利與中國國際地位的提高》，《光明日報》，2015 年 7 月 26日第 7 版。
4　牛軍：《1945 年至 1949 年的美蘇國共關係》，《歷史研究》，2002 年第 2 期。

朗的以美國為首的資本主義國家陣營和以蘇聯為首的社會主義國家陣營的對立，更是對中國政局產生了極為深遠的影響。

　　基於亞洲和歐洲戰場上的同盟關係，二戰後期在討論遠東事務時，美國為了穩住蘇聯，背著中國與其達成蘇聯出兵東北，消滅日本關東軍後在中國享有「特殊利益」並將造成中國分裂的《雅爾塔協定》。蘇聯與蔣介石政府簽署《中蘇友好同盟條約》恢復了沙俄時期在中國東北失去的特權，美蘇在遠東達成了暫時的平衡。但在 1945 年 4 月羅斯福去世、杜魯門接任新一屆美國總統後，隨著雙方關切點的轉移，兩大國家意識形態和社會制度層面的差異日益顯現，因此美國在政策方針上開始呈現出抗衡蘇聯的傾向，並與蘇聯在戰後世界特別是戰後歐洲的安排等許多重大問題上發生衝突。「一方面，美蘇利用《雅爾塔協定》控制和要挾對方，保護各自的既得利益。另一方面，由於美國在第二次世界大戰中發了橫財，其經濟和軍事實力急劇膨漲，杜魯門上臺以後，隨著德國軍事機器面臨崩潰，反法西斯聯盟即將失去共同的敵人，它已經不甘於同昔日夥伴蘇聯合作主宰世界。」[1]尤其是在波蘭和德國邊界劃分等問題上美蘇開始出現嚴重裂痕，並在戰爭結束後不久反目成仇，從聯盟走向了對抗。

　　1946 年 3 月 5 日，應邀訪美的英國卸任首相丘吉爾在美國總統杜魯門陪同下，到達杜魯門的母校——位居密蘇里州的富爾頓城威斯敏斯特學院，發表了著名的「鐵幕」演說：

　　　　從波羅的海的斯德丁〔什切青〕到亞得里亞海邊的里雅斯特，一幅橫貫歐洲大陸的鐵幕已經降落下來。在這條線的後面，坐落著中歐和東歐古國的都城。華沙、柏林、布拉格、維也納、布達佩斯、貝爾格萊德、布加勒斯特和索菲亞——所有這些名城及其居民無一不處在蘇聯的勢力範圍之內，不僅以這種或那種形式屈服於蘇聯的勢力影響，而且還受到莫斯科日益增強的高壓控制。[2]

　　英美與蘇聯的摩擦雖然進一步加劇但尚未完全破裂，稱為「鐵幕演說」的言論引起了國際輿論的強烈關注，被認為是冷戰開始的標誌。之後蘇聯與

1　丁明：《戰後國際關係與我國建國初「一邊倒」方針的形成》，《當代中國史研究》2003 年第 10 卷第 2 期。
2　溫斯頓、丘吉爾：《和平砥柱》，節引自鄭綱主編：《著名演講全集》（中），北京經濟日報社，1998 年版，第 1463 頁。

英美代表的西方世界漸行漸遠。1947 年 3 月，杜魯門在國會發表咨文聲稱世界已分成兩個陣營，希臘和土耳其則受到了共產主義的威脅，要求國會援助希臘和土耳其；接著於 7 月推出了意在幫助西歐各國復興的馬歇爾計劃。1949 年又發起成立了「北大西洋公約組織」，公開與蘇聯爲首的社會主義國家陣營對立。

蘇聯在戰後經濟迅速恢復，國力進一步提升，在新成立的社會主義國家中位居領頭羊位置。爲了使東歐國家不爲美國援助西歐的計劃誘惑，穩住東歐的陣營，蘇聯於 1947 年推出了針對馬歇爾計劃的莫洛托夫計劃，同東歐各國簽訂了貿易協定。同年 9 月，蘇聯又同保加利亞、羅馬尼亞、匈牙利、波蘭、法國、捷克斯羅伐克、意大利和南斯拉夫等九國共產黨和工人黨代表在波蘭華沙召開會議意在從政治上統一東歐陣線，發表了 《關於國際形勢的宣言》，指出第二次世界大戰的結束及戰後發展使國際形勢發生了「根本的變化」，其特點是「在世界舞臺上活動的基本政治力量的重新部署」，「一個是帝國主義反民主陣營，它的根本目的是建立美帝國主義的世界霸權和摧毀民主」，開展反對蘇聯和其他社會主義國家的「十字軍運動」；「另一個是反帝國主義民主陣營，它的基本目的是摧毀帝國主義、鞏固民主和根除法西斯殘餘勢力。」[1] 美蘇矛盾的加劇，「兩個陣營」理論的提出及新的國際格局變化，迫使各國做出自己的判斷和選擇。正如《大國的興衰》作者保羅・肯尼迪所言，在當時情勢下「一個國家不站在美國領導的陣營內，便站在蘇聯領導的陣營內，不存在中間道路。」[2]

戰後中國的政治走向也深深地打上了這種大國博弈的印痕。抗戰期間，南京政府受到美國的多方支持和援助，政府高層也多有親美的色彩。中國共產黨的抗日活動則不時受到來自蘇聯的指導或協助。抗戰勝利後，這種外部政治勢力依然在發揮作用。需要注意的是，抗戰勝利初期國共雙方、尤其是雙方的領袖蔣介石、毛澤東對戰後國際關係的認知是有很大差異的，主要體現在蔣介石往往過高估計了美蘇對抗的程度，每當遇到與蘇聯、與中共之間的矛盾衝突時，總是對美國的軍事干預抱有較高期望；而毛澤東對冷戰與中國關係的認識則更爲冷靜客觀，特別強調自力更生原則，總能在涉及黨和人民命運的關鍵時刻把握機會。

1　《共產黨情報局會議文件》，人民出版社，1954 年版，第 5～6 頁。
2　〔美〕保羅・肯尼迪著，王保存等譯：《大國的興衰》，求實出版社，1988 年版，第 455～456 頁。

二、「雙十協定」與國共戰火再開

在日本天皇發出「終戰詔書」的當天,中國民主同盟還發出了《在抗戰勝利聲中的緊急呼籲》,要求國民黨政府召集各黨派及無黨派人士的政治會議,以實現「民主統一,和平建國」[1]。蔣介石連續幾次的公開電報邀請毛澤東來重慶談判,也引發國內外輿論包括《大公報》《紐約時報》等報刊的普遍好評,說明此時他還牢牢掌握著時政議題的話語權,佔領執政合法性的制高點。

考慮到國民黨「在內外壓力下,可能在談判後,有條件地承認我黨地位,我黨亦有條件地承認國民黨的地位,造成兩黨合作(加上民主同盟等)、和平發展的新階段」[2],中共中央決定由毛澤東親自赴重慶與蔣介石談判。

(一)共產黨聯合政府主張與國內民主潮流

如前所述,戰後國際社會承認的中國合法政府為蔣介石國民黨集團主導的民國南京政府。但戰後中國的實際情況卻是一國之內有兩個政黨,兩支軍隊,且各自有地盤,各自有行政系統。這是重慶談判時所必須面對的現實。1945 年 8 月 28 日,毛澤東、周恩來、王若飛在美國駐華大使赫爾利和國民黨政府代表張治中陪同下乘飛機抵達重慶,開始了為期一個多月的政治談判。期間,毛澤東頻繁會見中外媒體與各黨派民主人士,闡述中國共產黨的政治主張。但談判的過程並不順利。蔣介石和南京國民政府並未做好和談的充分準備,更未料到毛澤東會親自前來。9 月 4 日談判開始時,蔣介石的原則是「政治與軍事應整個解決,但政治之要求,予以極度之寬容,而對軍事則嚴格之統一,不稍遷就。」[3]要求取消共產黨的軍隊,這無疑觸及了中國共產黨的底線。在這次會談中,中共代表根據形勢需要,提出了「政治民主化」和「各黨派參加政府」的要求,沒有繼續堅持建立「聯合政府」的主張。

事實上,當年 4 月中國共產黨在延安楊家嶺中央大禮堂召開的第七次全國代表大會上,毛澤東在所作的《論聯合政府》報告就已提出了建立「聯合政府」的政治訴求。認為民主聯合政府的性質是「在無產階級領導下的統一

---

1 林祥庚:《民主黨派在解放戰爭時期的貢獻》,《福建省社會主義學院學報》,1999 年第 4 期。
2 《中共中央關於同國民黨進行和平談判的通知》(1945 年 8 月 26 日),《毛澤東選集》(第四卷),第 1153 頁。
3 秦孝儀主編:《總統蔣公大事長編》(卷五・下),臺北中正文教基金會,2003 年版,第 815 頁。

戰線的民主聯盟的國家制度」，即「新民主主義的國家制度」，並說這個民主
聯合政府所實行的是新民主主義革命綱領，包括新民主主義的政治、經濟、
文化等基本綱領。同時毛澤東也指出，中國共產黨的最高綱領是在將來實現
社會主義和共產主義制度。[1]

　　中國共產黨 8 月 25 日對外發布的「目前時局宣言」進一步闡述了這一政
治主張。宣言除要求國民黨政府立即實施六項緊急措施外，[2] 還表示「願意與
中國國民黨及其他民主黨派，努力求得協議，以期各項緊急問題得到迅速的
解決，並長期團結一致，徹底實現孫中山先生的三民主義……我們必須堅持
和平、民主、團結，爲獨立、自由與富強的新中國而奮鬥。」[3] 這一宣言符合
時代潮流，反映了當時多數民主人士和各階層民眾的心聲。

（二）重慶和談與政治協商會議召開

　　和談從 9 月 4 日開始至 10 月 5 日結束，前後進行了 12 次，吸引了很多
媒體和中外人士關注。國民黨方面的參加者先後有張群、邵力子、張治中、
葉楚傖和張厲生，中共方面參加者始終爲周恩來和王若飛。談判的過程中，
國民黨代表張群曾告訴中共代表「你們所提的辦法，事先經過你們黨的決議，
而我方事前黨內並未有何討論，亦未準備任何方案與中共談判」。[4] 因此談判主
要是以中共所提方案爲基礎，雙方唇槍舌劍，辯論激烈。由於誰都不願承擔
談判破裂帶來的政治責任，因此在歷經十多輪艱苦會談之後，國共雙方代表
於 10 月 10 日簽署了《政府與中共代表會談紀要》（史稱「雙十協定」），紀要
共 12 條，詳細列出了國共兩黨對戰後中國各項待解決問題看法的異同。雖然
其中表述並不符合雙方的期待，但也是當時彼此能爭取到的最好結果了。對
此，國民黨《中央日報》表示「這一結果固然還有不能盡滿人意的地方，但
內戰之不至發生，卻已有確實的保障，我們總也可以普告國人和關切中國問
題的友邦人士，請其不必爲和平將在中國遭遇危機而擔憂了」。[5] 延安《解放日
報》認爲「此次會談獲得了重要的成果，表示了中國的前途是光明的。在中

1　毛澤東《論聯合政府》，《解放日報》，1945 年 5 月 2 日版。

2　《對目前時局的宣言》，中共中央 1945 年 8 月 25 日。

3　《抗戰勝利結束，全國和平建設的時期已經來臨，中共中央發表對目前時局宣言》，
　　《解放日報》，1945 年 8 月 27 日版。

4　《第六次談話記錄》（1945 年 9 月 15 日），《中華民國重要史料初編》（第七編第二
　　冊），第 83 頁。

5　《政府與中共的會談》，《中央日報》（重慶）1945 年 10 月 12 日。

國人民及抗日黨派面前還有很多困難，走向光明的道路上還有荊棘，還有曲折，還有障礙。但是我們堅信，這些困難是能夠克服的。」[1]英國《伯明翰郵報》也認為，這次談判的結果「使所有中國之友，為之心欣慰，亦使一般期望中國早日達成世界上偉大政治經濟事實及理想者為之歡快。」[2]

民間輿論對這一結果亦喜亦憂，但都期望能和平解決雙方矛盾。《大公報》表示，「對於雙方一致的問題應該至誠至速地付諸實施，對於關係建國根本的政治上的大問題希望由政協商得共同的辦法，對於現實的軍政問題，複雜難決，但必須求得解決，才能真正避免內戰的危險。目前似可從求安定著手，但求不決裂，力求妥協，盡力增加向心力，力避割據爭奪現象，以求得一個過渡的辦法。」[3]《新民報》的評論認為雙方一致之處在談判的比重上卻不是最重要的，現實的問題不是堂皇的原則所能解決的，假如這些現實的問題得不到最後的結果，即使不至於推翻已有的成果，也可能阻礙已有成果的實施。該報強調，「民主政治是消滅問題的惟一途徑，民主的進程愈快，問題消滅得也愈快。」[4]

談判未能解決爭端，雙方的軍事衝突必然繼續。1945 年 11 月 27 日，美國政府召回赫爾利大使，改派五星上將馬歇爾為駐華總統特使，目的是「努力說服中國政府，召開一個包括主要黨派的代表所組成的全國會議，以獲致中國的統一，同時實行停戰。」[5]12 月 15 日，杜魯門發表對華政策聲明，表示承認「中華民國國民政府為唯一合法政府」，希望這個「一黨政府」能通過改革擴大基礎，容納國內其他黨派，建立類似西方的民主政治。對美國的這一最新表態，國共媒體分別做了有利於己方的報導和評論。22 日，馬歇爾乘機抵達中國。27 日，在莫斯科召開的第二次美英蘇三國外長會議對外發布公報，稱將不干涉中國內政，並「一致認為必須在國民政府之下建立一個團結而民主的中國，必須由民主份子廣泛參加國民政府的所有一切部門，並且必須停止內爭。」[6]1946 年 1 月，經過馬歇爾努力，成立了由一個中國國民黨、

1　《國共談判的成果與今後的任務》，《解放日報》，1945 年 10 月 13 日。

2　《英報評論國共談判，使中國之友均欣慰》，《西北文化日報》，1945 年 10 月 14 日版。

3　《團結會談的初步成就》，《大公報》（重慶），1945 年 10 月 12 日版。

4　《未解決的問題》，《新民報》，1945 年 10 月 13 日版。

5　《三強國團結獲重大發展——外長會議公報發表》，《新華日報》，1945 年 12 月 29 日版。

6　《三國外長會議公報全文》，重慶《中央日報》，1945 年 12 月 30 日，第 3 版。

中國共產黨和美國三方代表組成的「三人委員會」（也稱「三人會議」），其中美國方面爲馬歇爾，國民黨方面起初是張群，後改爲張治中，中共方面是周恩來，重點解決停戰和國共軍事衝突等問題。在此之前，由馬歇爾提出的「北平軍事調處執行部」也開始運作，並設立了 38 個執行小組，分赴各地調解國共軍事衝突，此時，國共雙方在熱河、綏遠等地已經發生多次激烈戰鬥。1946年 1 月 10 日，國共雙方代表張群、周恩來簽署《關於停止國內軍事衝突、恢復交通的命令和聲明》與《關於停止國內軍事衝突的協議》。當天，蔣介石和毛澤東分別對國民黨和共產黨的部隊下達了關內全面停戰命令。中共中央則以毛澤東的名義在《新華日報》發表聲明，指出「全中國人民在戰勝日本侵略者之後，爲建立國內和平局面所作之努力，已獲得重要之結果。中國和平民主新階段將從此開始。」[1]在此暫時和平的日子，由國民黨、共產黨、民盟、青年黨和無黨派代表參加的政治協商會議在重慶國府禮堂開幕，蔣介石親臨主持並致辭。經過 20 多天的爭論，會議通過了和平建國綱領、關於軍事問題的協議、關於國民大會的協議、關於憲草問題的協議以及關於改組政府的協議等五項，[2]也爲「戰後中國繪出了一幅美好的『和平統一』的建國藍圖，各方亦予以肯定和期望。」[3]

（三）美國「調停」失敗與全面內戰爆發

國民黨與共產黨在重慶舉行和談甚至召開政協會議的一個主要目的是籍此拖延時間，欺騙民眾，抓緊收復淪陷區，企圖獨吞勝利的果實。在收復失地的過程中，因蔣的默許和美國的支持，國民黨軍隊在華北各主要鐵路沿線與共產黨的軍隊發生數次較大規模的軍事衝突。1946 年 2 月，美英政府又有意向新聞界披露了雅爾塔秘密協定的內容，將蘇聯置於不義地位，由此在國統區引發了強烈的輿論風暴，各大城市相繼發動了反蘇示威，抗議蘇聯意欲獨霸東北的圖謀，要求蘇軍立即從東北撤軍。

鑒於在東北合法建立安全緩衝區的希望破滅，與美英及國民黨政權已很難和平共處，1946 年 2 月下旬後，開始全面撤軍的蘇軍得到命令不必遵守先前的外交承諾，即不必再向國民黨辦理政權交接事宜，而應鼓勵並支持共產

1　《新華日報》，1946 年 1 月 12 日版。

2　《舊政協會議》，人民網黨史百科 http://dangshi.people.com.cn/GB/165617/166495/168111/10100574.html

3　蔣永敬、劉維開：《蔣介石與國共和戰（1945～1949）》，山西人民出版社，2013 年版，第 32 頁。

黨在東北確保自己的實力地位，以達到牽制進入東北地區的美蔣力量的目的。[1]同時不聲不響地將很多地區以及日本人留下的武裝交給了共產黨，共產黨要求國民黨承認其在東北的存在。蘇聯軍隊從東北撤退後，國共兩黨為爭奪東北的接收權而再次大打出手，前後進行了將近三個月。到1946年5月，國民黨依仗軍備優勢獲得東北大部地區的控制權。蔣介石由於獲得了東北控制權更加堅定了用武力解決共產黨解放軍的決心。6月，迫不及待的蔣介石公開撕毀「雙十協定」，派出重兵進攻中原解放區，標誌著國共兩黨軍隊全面內戰的爆發，也標誌著以馬歇爾為代表的美國政府調停政策的失敗。隨後以馬歇爾為首的「三人委員會」和「軍調部」陸續解散，參加各地軍調部執行小組的中共代表相繼撤回。

三、政治力量消長與國統區「第二條戰線」的形成

全面內戰爆發初期，國民黨憑藉雄厚的兵力和武器及物資，一度佔據上風。但由於其發動戰爭的不義性和一系列戰略戰術的失敗，共產黨領導的人民解放軍在邊打邊談中逐漸由弱變強，國統區反對蔣介石政府獨裁統治的「第二條戰線」也日漸壯大。

（一）國民黨從「訓政」到「憲政」

按國父孫中山生前所設計的軍政、訓政、憲政三序方略，國民黨在1928年開始訓政後，應於1934年進入憲政時期，但國民黨政府卻藉故拖遲，直至抗戰爆發。抗戰期間，國民黨當局也曾在會議上討論過這一議題，但始終未付諸行動。

與行動上的消極因應形成鮮明對比的是蔣介石曾屢屢表明自己對憲政的期盼，「我個人盼望憲法成立，不是一年兩年了，十年以來，一貫的主張，就是盼望的憲法能及早頒布實施，但我的衷心，完全是一張白紙，絕沒有一些成見。」[2]日本投降前後，爭取民主自由的憲政運動在重慶、成都、桂林等地風起雲湧，中國共產黨也在此時提出了建立「聯合政府」的號召，加上美國政府的公開要求和國民黨內部開明人士的積極推動，多種外部力量促使蔣介石決定實行拖延已久的憲政。

---

1 楊奎松：《1946年國共四平之戰及其幕後》，《歷史研究》2004年第4期。
2 《國民參政會的成就和當前要計》（1940年4月10日），秦孝儀主編：《先總統蔣公思想言論總集》，臺北中國國民黨中央委員會1984年版，第17卷，第239頁。

　　1946 年 1 月召開的政治協商會議，已經涉及到了結束訓政的問題。事後由於國共軍事衝突擴大，共產黨和民盟聯手抵制國民大會，國民黨和青年黨、國社黨堅持召開，結果是同年 11 月 15 日，由國民黨一手包辦，召開了沒有共產黨和民盟參加的國民大會，並於 12 月 25 日宣告會議閉幕的當天通過了《中華民國憲法》，決定自 1947 年 12 月 25 日起行憲。《中華民國憲法》的主要內容包括：中華民國的國體基於三民主義，是民有民治民享的民主共和國；人民擁有的各項自由和權利；國民大會代表全體國民行使政權，行政院為國家最高行政機關，立法院為國家最高立法機關，司法院為國家最高司法機關，考試院為國家最高考試機關，監察院為國家最高監察機關；總統為國家元首；中央與地方各司其責等。一般認為，《中華民國憲法》在形式上算得上民主的憲法。但是按照規程，行憲前必須召開行憲國大，選舉出國家元首和新一屆五院。因此，1948 年 3 月在南京召開的第一屆國民大會選舉出蔣介石為總統。5 月李宗仁被選為副總統；當日蔣李宣誓就職。7 月初，五院的新舊更替相繼完成，中華民國名義上進入「憲政」時期。

　　在這次國大會議上，部分代表還提議修改生效不到四個月的《憲法》並獲得通過，這就是國大代表張群、王世杰在蔣介石指使下聯名提出的《憲法》附屬條款《動員戡亂時期臨時條款》。它規定「動員戡亂」期間，該條款應先於《憲法》執行，也就是總統在戡亂期間的決策不受憲法第 39 條或第 43 條所規定程序的限制。《動員戡亂時期臨時條款》的實質是變相恢復了國民黨的訓政，為蔣介石的個人獨裁開了綠燈。也即是說，這次「憲政」形式上只維持了不到幾個月，又轉回了原來的「訓政」模式。而當國民黨政府頒布實施憲政之時，正是兩黨內戰正酣之際。國民黨一邊「行憲」，一邊「戡亂」，憲政體制與戰時體制交錯進行，彼此之間難免構成衝突，國民黨當局則左支右絀，政策的執行過程漏洞百出，引發輿論的強烈不滿。而隨著前方戰線軍事形勢的惡化，即使是在國民黨內部，派系紛爭也以憲政的名義紛紛出現，其嚴重性甚至超過了國共關於憲政的鬥爭，極大地削弱了蔣介石的權威。

　　（二）國民黨軍隊從「全面進攻」到「重點進攻」

　　內戰開始後，「國民黨的海空軍為中共所無，其陸軍野戰部隊數量為中共的三倍以上，裝備亦大大超過中共部隊。」[1]加上美國政府在經濟和軍事上的

1　汪朝光：《全面內戰初期國民黨軍事失利原因之辨析》，《民國檔案》，2005 年第 1 期。

巨大支持，蔣介石對消滅共產黨軍隊是較爲樂觀和自信的，認爲「無論就那一方面而言，我們都佔有絕對的優勢，軍隊的裝備、作戰的技術和經驗，匪軍不如我們，尤其是空軍、戰車以及後方交通運輸工具，如火車、輪船、汽車等，更完全是我們國軍所獨有，一切軍需補給，如糧秣彈藥等，我們也比匪軍豐富十倍，重要的交通據點，大都市和工礦的資源，也完全控制在我們的手中……一切可能之條件，皆操之在我，我欲如何，即可如何。」[1]憑藉這些優勢條件，國民黨軍隊起初採用「全面進攻」策略，即四面出擊，向共產黨的很多解放區派出了 80%的正規部隊，僅用幾個月的時間就攻佔了解放區在華東和華北的兩大政治中心淮陰和張家口。接著國民黨又單方面召開國民大會，關閉了和談的大門。在國民黨軍的重兵攻擊下，許多解放區都一度失守。

然而這種有利於國民黨的軍事局面並未持續多久。在作戰過程中，人民解放軍主動放棄了一些城市和地方，使自己的兵力集中，作戰更加靈活，以消滅國民黨的有生力量爲主，不爭一城一池的得失。國民黨在收復「失地」的同時，意味著更多兵力被牽制，而共產黨解放軍卻完全沒有這個包袱，在暫時失去土地的同時，卻保存了兵力，提高了戰鬥力。到 1947 年初，國民黨兵力雖仍是共產黨的一倍，「惟士氣及戰鬥力不及共方。」[2]。到 1947 年 3 月，人民解放軍徹底粉碎了國民黨軍對解放區的全面進攻。「政府對中共的力量估計過低，以爲短期內即可軍事解決，然後再處理經濟問題，戡亂只是一時的事。未料戰爭延長擴大，欲罷不能，惟有一切不顧，悉力以赴。當局亦承認經濟戡亂重於軍事戡亂，然爲時已晚。」[3]至此，國民黨不得不收縮戰線，將過去的全面進攻變爲重點進攻，並將山東和陝北兩個解放區確定爲重點進攻的區域。

（三）解放軍從「積極防禦」到「全面反攻」

面對國民黨的凌厲攻勢，1946 年 11 月 21 日，毛澤東在延安西北 8 公里處的棗園召開中共中央會議，發表了《要勝利就要搞好統一戰線》的講話，

1　《國軍將領的恥辱和自反》（1947 年 6 月 1 日），秦孝儀主編：《先總統蔣公思想言論總集》6 卷 22，（臺北）中國國民黨中央委員會黨史委員會，1984 年版，第 135 頁。

2　蔣永敬、劉維開：《蔣介石與國共和戰（1945～1949）》，山西人民出版社，2013 年版，第 32 頁。

3　郭廷以：《近代中國史綱》（下），香港中文大學出版社，1992 年版，第 756 頁。

指出當前面臨的困難：「我們只要熬過明年一年（1947 年），後年（1948 年）就會好轉。」[1]在這次會上，毛澤東也正確判斷和分析了下一步國共戰爭的走勢，認爲「蔣介石的攻勢是可以打破的，經過半年到一年消滅他七八十個旅，停止他的進攻，我們開始反攻，把他在美國援助下七八年積蓄的力量在一年內打破，使國共兩黨的力量達到平衡。達到了平衡就很容易超過它。」[2]

正是由於貫徹了毛澤東提出的「以殲滅國民黨有生力量爲主而不是以保守地方爲主」[3]的積極防禦的戰略方針，共產黨軍隊不與強敵爭一城一地的得失，始終堅持打運動戰，以殲滅進攻之敵爲主，「每個月平均殲滅國民黨正規軍的數目約爲八個旅」[4]，逐漸扭轉了戰場的不利局面。在國民黨重點進攻南線的兩翼——山東和陝北過程中，毛澤東部署兩地人民解放軍在內線防禦中吸引敵人，於 1947 年中期由戰略防禦轉入戰略進攻，逐步殲滅敵人的有生力量。最終徹底扭轉戰局，粉碎了國民黨的重點進攻。

1947 年 10 月，國共戰爭的形勢開始發生逆轉。國民黨軍隊已經由過去的來勢洶洶、全面進攻轉入防禦爲主，而長期處在戰略防禦和被「圍剿」地位的「人民解放軍不但在東北、山東和陝北都恢復了絕大部分的失地，而且把戰線伸到了長江和渭水以北的國民黨統治區。」[5]

（四）國民黨專制統治與國統區民主潮流

從國共關係徹底破裂後，國民黨對共產黨解放區發動全面戰爭，到國統區頒行「戡亂」時期危害國家緊急治罪條例及戒嚴令，進一步強化其專制壓迫措施。國民黨政府的一系列倒行逆施，令社會中間力量包括大批不滿國民黨戰爭政策和政治壓迫的青年學生和部分知識分子逐漸看清了其眞面目，從最初的支持者轉而成爲國統區反抗專制的生力軍。

抗戰勝利之初，廣大青年學生、知識階層對國民政府抱有很高的期待，希望政府能夠努力建設一個和平發展的環境。但蔣介石卻違背民意，堅持消滅共產黨的想法，甚至還想倚仗美國裝備加以武力消滅，不斷在全國挑起事端，這自然引起全國人民尤其是充滿正義感的青年學生的強烈反對。1947 年

1　毛澤東：《要勝利就要搞好統一戰線》，《毛澤東文集》（第四卷），人民出版社，1996年版，第 197 頁。
2　毛澤東：《要勝利就要搞好統一戰線》，《毛澤東文集》（第四卷），第 198 頁。
3　毛澤東：《將革命進行到底》，《毛澤東選集》（第四卷），第 1372～1380 頁。
4　毛澤東：《將革命進行到底》，《毛澤東選集》（第四卷），第 1372～1380 頁。
5　毛澤東：《將革命進行到底》，《毛澤東選集》（第四卷），第 1372～1380 頁。

2 月底，國民黨又通令中共駐北京、上海和重慶的人員限期撤退後開始進攻延安，標誌著國共關係的徹底破裂。1947 年 3 月 15 日至 24 日，國民黨第六屆中央執行委員會第三次全體會議在南京召開。會議聲稱，「現在憲法既經頒布，在建國程序上，我們就要進入憲政時期，在政治形態上，就要由一黨負責的時期過渡到各黨派和全民共同負責的時期。」[1]會議還通過了《憲政實施準備案》和改組政府問題。此時國共戰爭正如火如荼，而且國民黨軍隊在前線連續失利，很多高層軍官開始失掉戰鬥的信心。為了集中力量對付中國共產黨，國民黨政府又於 7 月通過蔣介石提交的「厲行全國總動員，以戡平共匪叛亂，掃除民主障礙，如期實施憲政，貫徹和平建國方案」，宣布國統區將進入「動員戡亂時期」。在此基礎上，國民黨政府還頒布了一系列相關的「戡亂」反動法令，甚至宣布民盟為非法團體，籍此大肆迫害民主人士，鎮壓國內的抗議活動。

這種倒行逆施，自然引起國統區民眾的不滿。不僅如此，由於國民黨錯誤估計形勢，發動全面內戰，原打算的短時間內消滅共產黨的計劃結果是事與願違，不僅在軍事上慘敗，在政治和經濟上也陷入危機。為維持內戰的巨額費用，國民黨當局只能通過犧牲國家利益換取美國支持，濫發鈔票對國內民眾巧取豪奪，引發了物價狂漲，貨幣急劇貶值，將底層民眾推向了飢餓和死亡的深淵，「迫使全國各階層人民團結起來，同蔣介石反動政府作你死我活的鬥爭」「除此以外，再無出路。」[2]新華社 1947 年 5 月一條評論就談到：「中國境內已有了兩條戰線。蔣介石進犯軍和人民解放軍的戰爭，這是第一條戰線。現在又出現了第二條戰線，這就是偉大的正義的學生運動和蔣介石反動政府之間的尖銳鬥爭。」[3]在當時，不止正義的學生日益站到了蔣介石政府的對立面，越來越多的中間力量聚合起來，共同參與反內戰、反飢餓、反迫害的民主運動，從而形成了與解放區軍隊相互配合的另一條戰線。

這條戰線的形成和壯大，主要得益於中共中央的正確領導。從 1945 年 10 月起，在中國共產黨的領導下，國統區的愛國民主運動便轟轟烈烈地開展起來。11 月下旬，黨又在雲南昆明領導了聲勢浩大的反內戰學生運動。這一運

1　《中國國民黨第六屆中央執行委員會第三次全體會議記錄》，南京中國國民黨中央執行委員會秘書處，1947 年編印，第 7 頁。
2　毛澤東：《蔣介石政府已處在全民的包圍中》，《毛澤東選集》（第四卷），第 1225 頁。
3　毛澤東：《蔣介石政府已處在全民的包圍中》，《毛澤東選集》（第四卷），第 1224～1225 頁。

動遭到了國民黨當局的阻撓和鎮壓，參加活動的師生死亡 4 人，重傷 29 人，輕傷 30 多人，釀成了震驚全國的「一二・一」慘案，引發更大的反對浪潮，由此成為國統區第二條戰線形成的重要標誌。1946 年，國民黨政府為了爭取美國支持，不惜犧牲國家利益，與其簽訂一系列不平等條約，讓美國在中國享有一系列特權。同年底，北京大學女生沈崇遭兩名駐華美軍士兵強姦，被《世界日報》《經世日報》《北平日報》《新生報》和《新民報》多家報刊不顧當局禁令對外披露，以此為導火索，觸發了以北平為中心的抗議美軍暴行的群眾運動。在中共中央和中共晉察冀中央局的直接領導下，這一運動迅速席捲全國，共計有 50 萬學生參與了這次的罷課和示威遊行活動。1947 年 5 月，國統區以「反飢餓、反內戰、反迫害」為口號的學生運動又遍及 60 多個大中城市。雖然上述運動多數遭到鎮壓，但這種全國性的學生運動與工人罷工、教員罷教以及各階層人民的鬥爭交互進行，直接牽制了國民黨的力量，大大削弱了國民黨政府的統治力和公信力。

四、國共決戰與國民黨退守臺灣

隨著國共力量對比的變化，1948 年夏天，中共中央認為與國民黨進行戰略決戰的時機已經成熟，因此決定首先在東北戰場展開決戰。接著開始的遼瀋戰役、淮海戰役和平津戰役三大戰役，最終以共產黨解放軍的勝利和國民黨政府大陸垮臺而結束。

（一）三大戰役與國民黨的軍事失敗

1948 年，解放區土地改革的順利推進和區域擴大，為前線人民解放軍提供了更加堅實的人力和物力保障。到 8 月時，東北地區 97%的土地和 86%的人口已被共產黨的東北野戰軍所控制，國民黨軍隊卻被分割和壓縮在瀋陽、長春、錦州三地，而且補給困難。東北也因此成了全國唯一一個人民解放軍軍力超過國民黨軍隊的地區。基於此，以毛澤東為首的中共中央、中央軍委從整個戰局出發，決定在東北戰場發起戰略決戰，並採取首先攻取錦州要塞以關上東北大門，取得戰鬥的主動權，從而集中殲滅東北地區國民黨軍的作戰方針。

根據上述作戰方針，1948 年 9 月 12 日，人民解放軍開始集結，14 日向錦州發起猛攻，接著一鼓作氣解放了長春、瀋陽和營口。在前後 52 天的遼瀋戰役中，共殲滅國民黨軍 47 萬餘人，順利解放了東北全境。遼瀋戰役的勝利，

從根本上改變了國共雙方總兵力的對比，使得國共雙方的力量徹底顛倒。毛澤東在發給各中央局、各前委的電報中興奮地表示，「我們原來預計的戰爭進程，大爲縮短。」「現在看來，只要從現在起，再有一年左右的時間，就可能將國民黨反動政府從根本上打倒了。」[1]

1948 年 11 月 6 日，中共中央軍委又主動發起淮海戰役，在以黃伯韜兵團三個師駐地爲中心的東起海州、西至商丘、北起臨城（今薛城）、南達淮河的廣大地區之間進行。雙方集結兵力近 200 萬，前後歷時 65 天，經過浴血奮戰，殲滅黃百韜兵團約 10 萬人，孫元良兵團 4 萬人，邱清泉、李彌兩個兵團約 20 萬，基本解放了長江以北的華東和中原地區。淮海戰役的勝利，瓦解了國民黨在長江以北的統治，給蔣介石和國民黨以沉重打擊。

1948 年 11 月 29 日，平津戰役打響。在毛澤東及中央軍委的指揮下，按照「先打兩頭，後取中間」「隔而不圍」「圍而不打」等作戰方針，首克新保安和天津，繼而和平解放北平，最終一步步拿下了華北大部地區。

三大戰役期間，國共雙方的輿論動員和對外宣傳如同看不見的戰場，發揮了巨大作用。共產黨方面的宣傳注重以事實說話，其專門針對國民黨軍的廣播節目，吸引了國民黨軍隊的上中下層官兵及其家屬，成爲他們掌握前線戰況的可靠信源渠道。國民黨的軍事宣傳則在後期的軍事失利後謊話連篇，失去了民眾的信任。單就軍事而言，國民黨軍隊在這決定中國命運的三次戰爭中，也存在著一系列戰略戰術的重大失誤，如一味佔領並分兵把守大城市，致使機動兵力越來越少；各軍團之間關係錯綜複雜，甚至軍團內部將帥失和，在調動與配合方面不迅速及時，致使多次貽誤戰機等。黃伯韜就曾經感歎說：「國民黨是鬥不過共產黨的，人家對上級的指令奉行到底，我們則是陽奉陰違」。[2]共產黨解放軍方面則在整體指揮上集思廣益，同時充分尊重前方作戰將士的決定，靈活運用運動戰與陣地戰；加上內線人員及時傳送機密情報，無疑爲最後取得勝利發揮了巨大作用。

（二）中共中央「五一口號」與新政治協商會議動議的提出

經過了兩年的艱苦作戰，到 1948 年，人民解放軍的優勢地位凸顯，國民黨軍隊的戰鬥力則明顯減弱，呈現日益頹敗之勢，中國的革命與戰爭站在了

---

1 毛澤東：《中國軍事形勢的重大變化》，《毛澤東選集》（第四卷），第 1363～1365 頁。
2 轉引自李潤波：《淮海戰役，國共雙方最大的軍事較量》，《中國檔案》2009 年第 3
  期。

一個新的歷史起點。過去處於搖擺中的一些民間人士、民主黨派、愛國的知識分子，也日益認清了國民黨政府失敗的必然性，堅決站到了反對美蔣反動派、同共產黨攜手奮鬥的立場上來。

1948 年初，一些愛國民主人士，包括歸國考察的南洋華僑領袖陳嘉庚和民盟中央主席沈鈞儒等，都向中共中央提出建議，認為中共中央應盡快成立全國性的政權機關，以與國民黨的總統選舉相對抗。毛澤東、周恩來等領導人高度重視上述意見，毛澤東還寫信請人轉達共產黨的態度，邀請相關的民主人士來解放區參加由各民主黨派和各人民團體組成的代表會議，共商國家大計。

1948 年是馬克思誕辰 130 週年，也是《共產黨宣言》發表 70 週年。此時距共產主義思想在中國的傳播不過短短幾十年，但在其指導下誕生的中國共產黨卻歷經磨難，發展成了決定中國未來命運的大黨。其根本原因在於中國共產黨對於中國革命和歷史規律的深刻洞察，對於人民群眾和社會各界進步力量的依靠和團結。1948 年 4 月 30 日，中共中央鑒於形勢的發展，由毛澤東親自起草，發布了《紀念「五一」勞動節口號》，也稱「五一號召」，號召「各民主黨派、各人民團體、各社會賢達迅速召開政治協商會議，討論並實現召集人民代表大會，成立民主聯合政府」[1]，得到了各社會團體、民主黨派和無黨派人士的熱烈響應[2]。香港工人也極為重視這一政治信號，對其中的內容展開了熱烈討論。[3]5 月 5 日，民社黨和聚集於香港的其他民主黨派、民主人士聯合致電毛澤東，還通電國內外報館及各團體，響應這一主張。[4]

（三）渡江戰役勝利與大陸中央政府更替

三大戰役結束後，各大解放區已經連成了一片，人民解放軍的總兵力也由年初的 200 多萬增長了一倍多。在人力資源和戰鬥經驗大大提高的同時，武器裝備也獲得極大改善，已有把握在全國範圍內戰勝國民黨軍。1948 年 12 月 30 日，激情滿懷的毛澤東為新華社撰寫了《將革命進行到底》的新年獻詞，指出「中國人民解放戰爭中全國範圍內的勝利，現在在全世界的輿論界，包

1　《中共中央發布紀念「五一」勞動節口號》，《人民日報》，1948 年 5 月 2 日版。
2　馬續倫：《讀了中共五一口號以後》，《群眾》，1948 年第 2 卷第 20 期。
3　魯保：《香港工人對於「五一」號召的響應》，《群眾》，1948 年第 2 卷第 22 期。
4　《響應我黨召開政協主張，香港各民主黨派社會賢達，通電國內外報館及各團體》，《晉熱察導報》，1948 年 8 月 7 日版。

括一切帝國主義的報紙，都完全沒有爭論了。」[1]在這種形勢下，為爭取反擊的時間，1949年元旦，蔣介石發表「求和」聲明，聲稱「今日時局為和為戰，人民為禍為福，其關鍵不在政府，亦非我同胞對政府片面的希望所能達成，須知道這個問題的決定，全在於共黨，國家能否轉危為安，人民能否轉禍為福，乃在於共黨一轉念之間。」[2]還說「只要共黨一有和平的誠意，能作確切的表示，政府必開誠相見，願與商討停止戰事，恢復和平的具體方法」[3]，同時提出了保存「憲法」、國體和法統以及和軍隊的條件。14日，中共中央毛澤東主席發表公開聲明，批評「這個建議是虛偽的」認為蔣介石提出的條件「是繼續戰爭的條件，不是和平的條件」，並開出了包括懲辦戰爭罪犯、廢除偽憲法等和平談判的八項條件。[4]同年1月21日，蔣介石被迫宣告「身先引退，以冀彌戰銷兵，解人民倒懸於萬一」[5]，實際仍在背後操縱國民黨的黨政軍大權，破壞和平談判，同時派重兵加強長江防禦，妄圖以長江天險做屏障進行頑抗。4月1日，包括國民黨政府代表6人和共產黨方面的代表在北平開始談判，經過反覆交涉，國民黨代表將把反覆協商後的《國內和平協定（最後修正案）》帶回南京請示後回覆。但直到4月20日夜，國民黨政府仍拒絕簽字。4月21日，毛澤東、朱德向全軍發布了向全國進軍的命令，發起渡江戰役。這次戰役歷時44天，殲滅國民黨軍43萬餘人，解放了包括南京、杭州、武漢、上海等大城市在內的許多原國民黨統治中心地帶。接著解放軍三大野戰軍繼續向南推進，相繼解放了南方各省。渡江戰役打破了國共兩黨劃江而治的說法，避免了中國的分裂。

　　1949年5月12日，解放上海的外圍戰役打響；27日上海解放。28日，上海市人民政府正式成立，同日中共上海市委機關報《解放日報》在原《申報》館所在地漢口路309號創刊，頭版刊載的是《大上海全部解放》一文。6月15日，由中國共產黨、各民主黨派、各人民團體、各界民主人士、國內少數民族、海外華僑等23個單位134名代表組成的新政治協商會議籌備會第一次全體會議在北平舉行。7月1日，《人民日報》發表毛澤東為紀念中國共產

1　毛澤東：《將革命進行到底》，《毛澤東選集》（第四卷），第1313頁。
2　《新年文告》，《中央日報》，1949年1月1日版。
3　《蔣中正民國三十八年新年文告》，《中央日報》，1949年1月1日版。
4　《中共中央毛澤東主席關於時局的聲明》（1949年1月14日）《毛澤東選集》（第四卷），第1388頁。
5　《蔣總統引退告文》，《青年學習》（上海），1949年第1期。

黨 28 週年而寫的《論人民民主專政》，文章指出，「總結我們的經驗，集中到一點，就是工人階級（經過共產黨）領導的以工農聯盟為基礎的人民民主專政。」9 月 21 日，中國人民政治協商會議第一屆全體會議召開，毛澤東發表《中國人民站起來了》的著名講話。27 日，會議全體一致通過了中華人民共和國的國都、紀年、國歌和國旗。10 月 1 日，中央人民政府委員會第一次會議在北京中南海舉行，宣告中華人民共和國中央人民政府成立。同日下午三時，首都 30 萬軍民齊集天安門廣場，隆重舉行慶祝中華人民共和國中央人民政府成立的盛典。毛澤東主席在天安門城樓莊嚴宣告，中華人民共和國中央人民政府今日成立，並親自升起了新中國的第一面五星紅旗，宣讀了《中華人民共和國中央人民政府公告》：「中華人民共和國中央人民政府為代表中華人民共和國全國人民唯一合法政府。凡願遵守平等、互利及互相尊重領土主權等項原則的任何外國政府，本政府均願與之建立外交關係。」[1]隨後舉行了閱兵式和群眾遊行。朱德總司令檢閱了海陸空軍，並宣布命令，要求中國人民解放軍迅速肅清國民黨一切殘餘武裝，解放一切尚未解放的國土。在天安門廣場的現場，北京新華廣播電臺播音員齊越、丁一嵐在天安門廣場一側向全國人民現場報告了這次開國大典的盛況，各地人民廣播電臺同時轉播。同年 12 月 7 日，國民黨政府宣布將其首都「遷設」臺北，中國大陸中央政府實現了更替。

第二節　民國南京政府後期的社會經濟背景

　　汪偽政府垮臺和偽「滿洲國」及臺灣收復，原日偽產業大多轉入中國之手，充實和壯大了中國的經濟基礎。至 1947 年以前，國內經濟在整體上有所恢復。但 1947 年後隨著國民黨政治軍事形勢的惡化，軍費吞噬了越來越多的政府開支，加上南京國民政府各項經濟改革政策的失敗和經濟領域貪污腐敗橫行，國統區經濟日益陷入困難境地。與之相反，共產黨領導的解放區通過推行土地改革等一系列措施，總體經濟狀況有了明顯改善。

一、抗戰勝利後國民黨的經濟接收及後果

　　戰後國民黨政府拋開中國共產黨和解放區政權，用了大約一年時間對敵戰區日偽產業進行接收。國民黨政府成立了專門接收機構，由行政院制訂並

1　《中華人民共和國中央人民政府公告》，《人民日報》，1949 年 10 月 2 日版。

頒發《收復區敵偽產業處理辦法》，規定各機關的接收職權和範圍。但因接收機構重疊並存，政出多頭，加上更迭頻繁，接收工作中出現了很多重複、交叉等混亂景象，接受大員的接收很快演變成不可收拾的「劫收」鬧劇。對民眾和國內各項經濟事業而言，勝利的喜悅還未散盡，接收的痛苦卻很快就體會到了。

（一）勝利之初的接收亂象

對民國南京政府而言，日本投降雖在預料當中，但具體時間卻無法預測。1945 年 8 月 15 日日本天皇宣布無條件投降後，南京國民政府即委派行政院在 17 日主持制定了《行政院各部會署局派遣收復區接收人員辦法》，向各大城市派出接收委員，接收敵偽的各項資產。經濟接收使大批的工礦企業得以復員，保證了社會和人民的部分需求。大量金銀、貨幣、證券收歸國民政府及各級地方政權所有，充實了國庫，一定程度上彌補了戰時的損失。鐵路、公路、航空、水路電信部分恢復，保證了客貨運輸、物資交流。然而由於國民黨當局缺乏組織這種大規模經濟接收的經驗，敵偽資產面廣量大，造成了接收機構林立，由此產生遲滯與不協調，加上中間環節管制不當甚至失控，使整個接收工作混亂不堪，各種貪污腐敗、敲詐勒索橫行，民眾苦不堪言。「經歷了後方八年艱苦生活的國民黨各級官僚，驟一到達收復區，猶如閘門開口，在沒有約束的情況下，各謀私利，徇私舞弊，濫用權力，給收復區人民留下極壞的印象，當時稱之為『五子登科』，即房子、條子（指金條）、票子、車子、婊子。」[1]令人難以置信的是，抗戰勝利後接收的開始竟成了國民黨喪失民心的開始。

上海是接收大戰中競爭最激烈也最混亂的城市之一。以報業為例。上海 CC 系市黨部接收了一家《新中國報》，一天後就被重慶派來的人搶走了，改名為《正義報》。新報紙在 8 月 16 日隆重創刊，第二天又改成了《革新日報》，原因是被人以軍事委員會宣導委員的身份奪走了。七天後報紙又改成了《前線日報·滬版》，新的接收者是第三戰區司令長官的駐滬辦事處。[2]

對於接收中的混亂不堪和各級官員的貪贓枉法，橫行無忌，當時報刊包括國民黨黨營報紙都多有批評。1945 年 9 月 14 日《大公報》主筆王芸生發

---

1 《八年抗戰勝利後的瘋狂：國民黨因腐敗丟掉了民心》，人民網——文史頻道 http://history.people.com.cn/GB/198305/198865/13611915.html
2 轉引自吳曉波：《跌蕩一百年：中國企業 1870～1977》（下），中信出版社，2009 年版，第 61 頁。

表社評《收復失土不要失去人心》警告說：「我們現在不但要收復失土，而且要撫慰受創的心……收復失土，接收敵偽所攫取的財產，迎接我們受苦的同胞，把他們從水深火熱中拯起。」[1]1946 年 8 月國民政府派出「清查團」，到各地清查接收情況，收到了大量接收中不端行為的揭發材料。經濟接收對國民政府本是一件好事，把被日偽掠奪的財富接收回來，可以恢復國民經濟，把戰爭中損失的部分補回來。但由於官僚的貪污腐敗和投機倒把，國民政府各級官員在接收了大量物資和資金的同時，卻失去了更重要的民心。此後國民黨及其政權的腐敗之風不但沒有收斂，反而愈演愈烈，直至徹底失去了道義的支持，在全民的憤怒聲討中結束大陸的統治。對於這一點，連國民黨的最高統帥蔣介石都深惡痛絕。在 1948 年 7 月軍事會議上，蔣介石就曾憤怒地表示「由於在接收時許多高級軍官大發接收財，奢侈荒淫，沉溺於酒色之中，弄得將驕兵逸，紀律敗壞，軍無鬥志。可以說，我們的失敗，就是失敗於接收。」[2]

（二）「東工西農、南輕北重」經濟格局的形成

抗戰期間，為了把國內的有生力量集結到為戰爭服務上來，政治和軍事力量一度成為主導中國經濟發展的重要力量。為躲避日軍空襲和劫奪，東部地區大量民營企業隨國府西遷到西南或西部地區，使西部內陸尤其是西南地區成為機械工業的聚集地。當時很多新聞出版業也都西遷。而將本來位於東部沿海發達城市的企業在戰時遷往基礎設施薄弱、經濟條件落後、交通不便的西南腹地，對很多企業而言實屬情不得已。戰爭結束後，歸心如箭的各企業紛紛復原東遷。西部和西北部因為戰時內遷引發的經濟結構變化逐漸回復原來的以農牧為主。上海再次成為許多經濟產業的中心。原在上海的企業家還成立了遷川湘桂工廠聯合會上海辦事處，協助內遷工廠復員。以機械工業為例，戰後的上海擁有數量最多的民營企業，還是中國機械工業當之無愧的中心。以上海為代表，沿海的大中城市以交通便利、人口密集等地利和人和因素而再次成為工業密集之地。

東北在抗戰前即已成為中國最大的重工業基地，戰後在接收日本在滿洲遺留和蘇聯扶持援建的各類工廠後，東北作為重工業基地的地位更加牢固。

1　《收復失土不要失去人心》，《大公報》，1945 年 9 月 14 日版。
2　宋希濂：《回憶一九四八年蔣介石在南京召集的最後一次重要軍事會議實況》，《文史資料選輯》（第 13 輯），中華書局 1961 年版，第 15 頁。

而相比東北的重工業,南方的輕工業一向佔有優勢。二戰前,上海是中國唯一的世界級的工商業大城市,以它為中心的長江三角洲地區聚集了絕大部分的華資銀行、半數以上的工廠、承擔了超過六成的對外貿易。加上廣東和香港兩個新的貿易和金融中心,由此,東工西農,南輕北重的經濟格局悄然成型。這種產業布局,並非全然人為干預的結果,而是有其內在的天然條件的限制。

這種經濟結構的轉化,使與之緊密關聯的新聞業布局面臨又一次轉折。新聞業由戰時的西部和西南地區繁華,變為東部繁華,西部相對衰落。在抗戰時期,由於國府西遷,新聞業也一度西遷,包括重慶、昆明、桂林等西南地區的新聞業一度非常繁盛,由於戰後政府回遷,新聞事業也都一起跟隨東移,新聞業包括報業和廣播業密集分布於東部和東南沿海地區,尤其是上海、南京、北京等大中城市,而西部地區則相對不發達。同樣,在北重南輕的區域格局中,南部地區的新聞業比北部也相對發達。

二、三大經濟政策的推出與民營經濟的邊緣化

抗戰勝利後,命途乖舛的民族資本家們歡欣鼓舞,希望乘著和平的環境,再次振興展民族經濟,開創中國民族工業新局面。但事與願違,本來極為脆弱幼稚需要政府保護的民族經濟,卻在國民黨政府花樣翻新的財政經濟政策下備受擠壓,甚至被官僚買辦資本所控制。同時由於戰後蔣介石政府對美國支持的回報,進口美貨也對民族產業造成了嚴重打擊,本來幼稚的戰略性產業如國產機械工業、沿海運輸業等尤其受災嚴重。加上軍費開支的暴漲,其結果是極端的通貨膨脹,空前的物價高漲,民族工商業日益破產。

(一)貨幣兌換、外幣開放與產業國營化及其後果

抗戰中後期,國統區已開始出現較嚴重的通貨膨脹現象。抗戰勝利後,除前兩個月有所緩解外,通貨膨脹日趨惡化。為穩定物價,制止不斷的惡性通脹,1945年任行政院長、1946年又兼任國民政府最高經濟委員會委員長的宋子文走馬上任,於是年 3 月採取了一系列大膽的恢復對外貿易和開放外匯市場的政策,結束了金融管制政策,代之以開放黃金外匯市場,以大量拋售黃金吸引遊資;緊緊盯住法幣與美元的比價,及時穩定法幣幣值;通過刺激進出口貿易,大量進口和出售接收物資,緩解市場物資供應的不足;出售黃金回收泛濫於市的法幣,減少市場通貨。這些措施一度取得了相當成效,國

內匯率維持了三四個月的平穩局面,改革因此受到社會各界的普遍好評。[1] 1946年前八個月,物價上漲勢頭尚在可控範圍之內。

但這種局面並未維持多久。1946 年 8 月後,國內通貨膨脹開始加劇,經濟紊亂,民眾的生活費用暴漲。但當時的國民政府尤其是蔣介石對這種狀況仍然比較樂觀。隨著前方戰事吃緊,政府軍費開支暴漲,中央銀行紙幣發行陡增,惡性通脹再次加速,引發了 1947 年轟動海內外的黃金風潮,法幣非但沒有穩定,物價反而繼續暴漲,百姓生計遭受嚴重損害,不得不爲了「反飢餓」「反內戰」而走上街頭,宋子文被迫於 1947 年 3 月辭掉行政院院長職位,標誌著其金融開放政策的徹底失敗。

由於內戰的軍費開支使政府財政瀕臨崩潰,1948 年 8 月,國民政府又頒布法令宣布進行幣制改革,史稱金圓券改革,這場改革很快以失敗收場。蔣介石在《蘇俄在中國》中寫道「到了第三任行政院,於三十七年八月,乃採取了金圓券改革幣制計劃,以致幣信每況愈下。於是共黨乘機大肆其反動宣傳,煽惑人心,動搖社會。尤其對於各大都市的金融與經濟,施展其有形和無形的各種破壞手段,最後影響了全國金融紊亂,物價的波動,乃使通貨膨脹的趨勢益加惡化,而無法遏止。於是軍公人員的生活更見艱苦,而軍執風紀就不能保持其抗戰時期的水準。我們反共鬥爭之所以遭致失敗,這實是其最大原因之一。這一失敗,無論是主觀上的錯誤,或客觀的情勢所造成,都值得我們重加檢討和警惕的。」[2]

戰後國家資本的急速增長和對敵僞淪陷區經濟的劫收導致的產業國營化加劇,也進一步強化了政府與民爭利的功能,加劇了官民對立。在勝利之初接收敵僞產業的過程中,大量曾經被日僞當局控制的原民營企業被國民政府佔有並迅速國營化。這一方面爲國民黨的統治奠定了有力的經濟基礎,另一方面則嚴重擠佔了相關民營企業和民營資本的生存發展空間。這種現象在工業資本和交通業資本方面表現得比較明顯,而以工業資本最爲突出。在經濟學意義上,某一資本的壟斷地位,並非單純取決於它本身的數量大小,而是由它在整體或同業資本總額中所佔比重高低決定的,一旦某種資本所佔比重超出了其他所有單個資本之比,意味著其壟斷性地位的形成。從絕對數量

1　《上海各報評論:開放外匯市場》,《財政評論》,1946 年第 14 卷第 3 期,第 83〜84 頁。

2　秦孝儀主編:《先總統蔣公思想言論總集》(第九卷),中國國民黨中央黨史委員會,1984 年,第 195 頁。

看，戰後國家資本比戰前有所減少，但由於民間資本和外國資本的減少幅度比它更大，因此在整體或各類同業資本的總額中國家資本的依舊佔據除商業資本之外的全面高位，由此也導致抗戰時期就開始上升的國家資本壟斷性地位的鞏固。尤其是在交通業資本和金融業資本中，國家資本的原有壟斷地位進一步強化，甚至形成惡性壟斷的局面，工業資本領域也形成了弱勢壟斷的格局。

國家資本的膨脹及其壟斷，對整個國民經濟產生了巨大危害。國民政府把接收的原本應歸民營的輕工企業和敵產中的棉紡織企業收歸國有，名義上是為了更好地恢復發展生產、平抑物價，實際主要還是為了與民爭利，增加政府的財政收入，為發動全面內戰籌措經費。既然是以與民爭利和增加財政收入為擴張和經營國營企業之目的，那麼政府必然會利用其所掌握的權力為國營企業提供牟利的特殊優惠條件和權利，這使民營企業因失卻公平競爭的環境而受到損害。如中國紡織建設公司是抗戰後國民黨接收全部日本在華紡織企業基礎上組建的，裏面包含了很多抗戰前被劫奪的民營資產。戰後民營紡織業要求政府將這些企業租賃或出賣給他們經營，卻被政府嚴詞拒絕。在其成立後，不僅享有政府的財政撥款和低息貸款，還優先享受官價外匯和價格低廉的美國棉紡原材料，且可免於政府的限額收購，不僅壟斷了國內的棉紡業進出口貿易，還以低吸高拋等不當方式盈利，嚴重侵害了民營紡織業的正當權益。官僚資本和國營企業成了以「四大家族」為代表的國民黨官僚利用權力假公濟私、損公肥私的腐敗高發地，受到國內外輿論的嚴厲譴責。傅斯年就曾痛斥說，國營企業被「各種惡勢力支配著，豪門把持著，於是乎大體上在紊亂著、荒唐著、僵凍著、腐敗著。惡勢力支配，便更滋養惡勢力，豪門把持，便是發展豪門。」[1]

民國南京政府在上述經濟領域的倒行逆施，直接動搖了其執政根基。官僚資本的滋生，使國家資本不僅發生異化和流失，而且擴大和加重了對社會經濟的危害。1947 年的《中國經濟年鑑》在談到國統區民族工業破產的五大原因時，把「官僚資本的禍害」列為其中一大原因，認為「官僚資本在抗戰時曾扼殺了無數民營工業，勝利後更展其魔手於接收工業，許多敵偽的大型工廠都落入官僚資本的手裏，破壞法令，逃避關稅，壟斷原料，控制價格，

---

1 傅斯年：《論豪門資本之必須剷除》，陳昭桐主編：《中國財政歷史資料選編》（第12 輯‧下），中國財政經濟出版社，1990 年版，第 123 頁。

促成少數人發財，整個民族工業破產……國營中紡雖然因獲得原料的方便和壟斷而營利，但只注意於賺錢，忘記了技術的改良，設備的充實。」[1]

（二）民營企業的生存環境持續惡化

由於政府對民營企業的擠壓，加上戰後接收了數量龐大的敵僞資產，使得本來就備受擠壓的民間資本和民營企業愈發舉步維艱。大量被接收的敵僞產業，最後都是以自營、移管或保管的方式轉移到了國民政府各部門手中，使得國家資本再次暴增。在大力培植官僚資本的同時，國民黨政府對民營企業卻不管不顧，任其自生自滅。戰前，民營資本在紡織業佔有優勢，戰後國營的中國紡織建設公司以接收敵產的名義，壟斷了紡織工業的一半左右。民間私營資本在戰後備受官僚資本和美貨的壓迫，經營困難。隨後於 1948 年進行的幣制改革，更使民營企業雪上加霜。經濟動盪、戰事頻繁，必然導致原材料市場和生產市場的萎靡，最終必然是民營經濟的衰敗。

（三）經濟動盪對國統區新聞業的衝擊

南京政府對部分民營企業實行的所謂「國家化」改造實質是變相掠奪民族工商業資本。經濟惡化，新聞業也無法置身世外。一方面由於物價飛漲，與報刊業相關的紙張等原材料也持續上漲，極大地增加了報業運營成本；另一方面，內戰爆發後實行的紙張配給等措施，也使民營報業受到嚴重打擊和限制。1946 年，上海《益世報》《文匯報》《時事新報》《神州日報》等八家老報館負責人聯袂進京向當局申請低息貸款，以渡過經濟難關。[2]而各民營電臺也同民營工商業一樣，經濟上自保尚且困難，又要遭受各種官辦電臺和非法電臺的侵擾，自是苦不堪言。

紙張供應是報刊業的命脈所繫。抗戰期間，國內的紙張和排工印刷費用就一漲再漲。戰爭結束後，紙張價格不降反升，一些報刊的賣價也只能跟著上漲[3]。1947 年，因爲輸管會（輸入管理委員會，作者注）將紙張列爲第二類，國內紙張進口的申請許可證困難，進口紙張價格再度飛漲，「約漲起兩三倍，」[4]國產紙張雖然價格不高，但產量低，不夠市場所用。到年底出現紙荒。國民黨中央一方面提出紙張配售原則，一方面又提出了「節約紙張」

1　狄超白主編：《中國經濟年鑒》，太平洋經濟研究社，1947 年版，第 12 頁。
2　《本市八家報館代表，晉京向政府申請貸款》，《徵信所報》，1946 年第 243 期卷。
3　《編者的話》，《西風》，1945 年版，第 321 頁。
4　《紙張進口困難》，《商業月報》，1947 年第 23 卷第 3 期，第 4～5 頁。

號召。1947 年 12 月 19 日，全國經濟委員會舉行第 28 次會議討論關於造紙業增產問題。決定 1948 年起大幅增加紙張原材料進口，「紙數增產百分之八十至一倍，其中百分之五十爲白報紙。」[1]，同時要求加強紙張的節約。紙張暴漲暴跌對報業都不是好現象。1948 年，一些報刊難以爲繼。《邊疆服務》雜誌刊文稱：「因爲新聞紙價的暴漲和印刷費的一再提高，本刊受到了嚴重的打擊與限制。」[2]

三、共產黨解放區的經濟改革與宣傳

解放區民主政權經過抗戰八年的鍛鍊改造，從村到區到縣的建制都已較爲健全。抗戰結束後，一年多內各解放區已進行了普遍的代議性的國大代表選舉，農、工、商、學、兵及婦女都推選了自己的代表參加選舉。當時政權機關幾乎三分之二的幹部參加了扶持人民反奸清算、減租減息工作。在此基礎上，中共中央於 1946 年 5 月 4 日發布《關於清算並減租及土地問題的指示》（又稱「五四指示」），決定將抗戰以來實行的減租減息政策變爲沒收地主土地分配給農民，實現「耕者有其田」的土地政策。到 1948 年底，老解放區「已有百分之九十以上完成了減租工作，新解放區也有百分之六十到七十進行了這一工作。全邊區的農民平均差不多得到二三畝土地，在我們邊區大部地區已經做到消滅赤貧，逐漸實現孫中山先生『耕者有其田』的主張。」[3]

（一）農村地區的土改運動和城市經濟政策的推行

《五四指示》後解放區開展轟轟烈烈的土地改革運動，極大調動了當地農民的積極性。次年 9 月 13 日，中國共產黨全國土地會議通過了《中國土地法大綱》，並由中共中央於 10 月 10 日對外發布。這個大綱規定了徹底平分土地的原則，即「鄉村中一切地主的土地及公地，由鄉村農會接收，連同鄉村中其他一切土地，按鄉村全部人口，不分男女老幼，統一平均分配，在土地數量上抽多補少，質量上抽肥補瘦，使全鄉村人民均獲得同等的土地，並歸各人所有」，[4]同時還提出了「農民分土地，耕者有其田」「國民黨士兵分田廢

1　《紙張增產辦法決定》，《外交部週報》，1947 年版。

2　《編後語》，《邊疆服務》，1948 年版。

3　《晉冀魯豫邊區政府楊主席談邊區一年來的和平建設》，《人民日報》，1946 年 8 月 10 日版。

4　《中共中央文件選集》，第十六冊，中共中央黨校出版社，1992 年版，第 548 頁。

債」[1]等口號。土地改革運動激發了農民的革命創造熱情，翻身農民有力地支持了解放戰爭。1946 年 8 月《人民日報》報導：「冀南各地農民翻身隊紛紛下鄉。以二分區之高唐、夏津、恩縣、平原等新解放區為重點，從冀南黨校抽調幹部二百名，一、四、五分區抽調幹部二百五十名，另每縣組織工作隊二三十名，深入各村，協助群眾開展反奸訴苦運動。」「熱火朝天的反奸訴苦運動，在全冀南所有新解放區即將大規模的掀動起來。」[2]解放區的紡織業也有很大增長。減租和生產成為解放區工作的兩件大事。[3]但在土地改革的過程中，部分地區出現了「左」的現象。這種現象在 1948 年中共中央發現後被及時制止。

抗戰勝利初期，中國共產黨領導的解放區政權也面臨收復淪陷區的城市問題。為此，中共中央發布了一系列接管城市的文件，如《中央轉發太岳區黨委對新收復城市、據點的指示》《中央關於奪取大城市及交通要道的部署給華中局的指示》《中央關於蘇聯參戰後準備進佔城市及交通要道的指示》《中央關於日本投降後我黨任務的決定》《中央關於新解放城市工作的指示》以及《中央轉發晉冀魯豫中央局關於新解放區城市政策和群眾工作的指示》等，具體部署接管城市後的經濟政策，包括成立統一機關，接收敵偽公有財產和大漢奸企業，處理一般、私人工廠企業及各種物資等財產問題。此後隨著內戰爆發，解放區的城市經濟問題並未上升為首要問題。但 1948 年下半年起，中國共產黨領導的人民軍隊解放的大中城市越來越多且連成了一片。黨的工作重心正式從鄉村向城市轉移。

與農村經濟的核心問題是土地所有權問題不同，城市經濟的主要形式是工商業的生產和建設。對此，毛澤東及中共中央有清醒認識，「從我們接管城市的第一天起，我們的眼睛就要向著這個城市的生產事業的恢復和發展。」[4]在初期接管城市的工作中，部分地方出現了違反城市政策、侵犯工商業、損害

1　《中共中央文件選集》，第十六冊，中共中央黨校出版社，1992 年版，第 551～554頁。
2　《大規模反奸訴苦運動即將展開，冀南農民翻身隊下鄉，太行區井陘等縣組織翻身隊》《人民日報》，1946 年 8 月 3 日版。
3　毛澤東：《減租和生產是保衛解放區的兩件大事》，《毛澤東選集》（第四卷），人民出版社，1967 年版，第 1116 頁。
4　毛澤東：《在中國共產黨第七屆中央委員會第二次全體會議上的報告》，《毛澤東選集》（第四卷），第 1366 頁。

工廠設備等問題，在中央發覺後及時加強了相關領導工作，部分錯誤得到及時糾正。人民政權採取了沒收官僚資本，保護和發展民族工商業等政策，很快穩定了城市經濟。

（二）解放區經濟發展為新聞業發展提供了經濟基礎

解放區從分散到統一，各解放區的土地改革穩步推進，極大地調動了農民的生產積極性，農民通過開墾荒地、發展副業、互助合作等手段提高糧食產量和生活收入；各解放區推行的民主選舉工作，普及教育工作，使解放區軍民的政治水平普遍提高；加上前線戰事節節推進，都為新聞事業發展提供了經濟基礎。

全面內戰爆發前，中國共產黨領導的各解放區一面大力發展農村經濟，一面借助接收的敵偽資產，改善和提高工業生產能力，同時加強對外貿易尤其是與蘇聯的貿易往來，經濟狀況有了很大改善，報刊業也隨之獲得了較大發展，一些新的報刊相繼創立，廣播事業和通訊社事業也有了長足發展，共產黨領導的廣播電臺隨著解放區的擴大逐漸由延安一地向全國擴展。根據粗略統計，僅「從抗戰勝利後到內戰全面爆發前不到一年的時間內，東北解放區報刊新增約 60 種；西北解放區報刊新增約 10 種；華北解放區報刊新增約 67 種；華東解放區報刊新增約 44 種；華南解放區報刊新增約 33 種；中原解放區報刊新增約 8 種；人民軍隊報刊新增約 37 種。」[1]如 1946 年晉冀魯豫解放區新出的期刊就有《北方雜誌》，冀熱遼解放區有《熱潮》半月刊，太行地區有《文藝雜誌》，晉綏地區的《人民時代》，山東的《山東文化》《生活》《農村文娛》等，極大地豐富了解放區軍民的業餘文化生活[2]。

值得一提的是，隨著解放區整體經濟條件的改善，報刊的印刷和裝幀質量也都比抗戰期間有了質的飛躍，戰爭年代使用的油印、石印和「土法」造紙技術，逐漸被被新的鉛印、彩印和新聞紙甚至道林紙所取代。這既是共產黨人艱苦探索的結果，實際也與接收大量敵偽的印刷機器設備相關。如《中國土地法大綱》發布後，為了提高宣傳力度，《人民日報》社委託晉冀魯豫邊區工礦處第二機器廠趕製出了鉛印對開機，從技術設備的改進入手，大大提高了印刷出版效率。到該報創刊兩週年時，「出版份數較去年增加一倍，已達

1　錢承軍：《建國前中國共產黨報刊研究》，中國文聯出版社，2009 年版，第 274～275 頁。

2　《解放區新出的期刊》，《長城》，1946 年創刊號。

兩萬五千份」。[1]爲了增加報刊新聞的到達率，晉察冀邊區還在農村土改運動中普遍建立了轉抄報刊新聞的黑板報。這種基於當地生產水平而靈活變通的傳播方式，無疑進一步擴大了報刊新聞的傳播範圍。

第三節　民國南京政府後期的思想文化背景

　　民國南京政府後期，報刊技術的革新乏善可陳。而在全面內戰爆發後，隨著白紙價格的暴漲，工人的排字工資也水漲船高，新聞出版業的利潤空間被嚴重擠壓，改造和提升出版印刷技術的要求就更排不到各報的日程上來。廣播、通訊社事業領域也未出現突破性、引領性的技術。而與技術革新層面的相對沉寂不同，這一時期的思想文化領域卻異常活躍。自由主義、馬克思主義、三民主義等各種思潮輪番上演，在思想文化界引發了多次爭論。

一、自由主義思想在中國碰壁

　　在國統區，隨著「戰時新聞檢查」制度的廢止，一度陷入低潮的自由主義思潮伴隨著報刊業復蘇重新泛起。大批崇尚自由的知識分子借助報刊等輿論陣地，傳播其自由主義的政治、經濟及文化觀點，產生了巨大的社會反響，一度甚至左右了輿論走向。誠如儲安平所言，「『自由思想分子』這個名詞，本來是很籠統的。」[2]當時「除了民盟、民社黨這些組織外，就是散佈在各大學及文化界的自由思想分子了，這批自由思想分子，數量很大，質亦不弱，但是很散漫……這批人所擁有的力量，只是一種潛在的力量，而非表面的力量；只是一種道德權威的力量，而非政治權力的力量；只是一種限於思想影響和言論影響的力量，而非一種政治行動的力量。」[3]1948 年 1 月蕭幹爲《大公報》起草的社論《自由主義者的信念》中，就對自由主義者的一些基本問題進行了論述和分析：

> 　　自由主義不是一面空泛的旗幟，下面集合著一簇牢騷專家，失意政客。自由主義者不是看風使船的舵手，不是冷門下注的賭客，自由主義是一種理想，一種抱負，信奉此理想抱負的，坐在沙發上與挺立在斷頭臺上，信念得一般堅定。自由主義不是迎合時勢的一

1　安崗：《一年來從事黨的新聞工作的幾點體會》，《人民日報》，1948 年 5 月 15 日版。
2　儲安平：《中國的政局》，《觀察》，第 2 卷第 2 期，1947 年 3 月 8 日版。
3　儲安平：《中國的政局》，《觀察》，第 2 卷第 2 期，1947 年 3 月 8 日版。

個口號。它代表的是一種根本的人生態度。這種態度而且不是消極
的，不左也不右的。政府與共黨，美國與蘇聯一起罵的未必即是自
由主義。尤其應該弄清的是自由主義與英國自由黨的主張距離很遠
很遠。自由主義者對外並不擁護十九世紀以富欺貧的自由貿易，對
內也不支持作爲資本主義精髓的自由企業。在政治在文化上自由主
義者尊重個人，因而也可說帶了頗濃的個人主義色彩，在經濟上，
鑒於貧富懸殊的必然結果，自由主義者贊成合理的統調，因而社會
主義的色彩也不淡。自由主義不過是個通用的代名詞，它可以換成
進步主義，可以換爲民主社會主義。[1]

　　總體上看，持有自由主義思想的人在政治上主張的是和平改良，反對暴
力革命，尤其是反對軍事鬥爭，希望在中國建立英美式的議會政治；在經濟
上支持私有制，要求建立新式的、改良的資本主義。這種思潮在經受長期戰
亂的中國民族資產階級和知識分子中很有市場，自由主義的輿論陣地也興起
於一時。但隨著國民黨在軍事和政治經濟層面的失利，自由主義思想也很快
失去了生存的土壤。[2]

　　對於國民黨蓄意挑起的內戰，當時國內輿論一直有很大爭議，國共兩黨
則互相指責，認爲對方應負主要責任。自由主義知識分子反對戰爭，尤其是
反對這場內戰，對參戰的兩黨兩軍均有嚴厲批評。不過，隨著戰爭進程和國
統區各項治理的失敗，民主黨派和中間的自由知識分子在認識上普遍經歷了
一個變化過程。

　　起初蔣介石對這場戰爭信心滿滿，在宣傳上，國民黨的黨營媒體也只把
勝利初期的局部衝突定義爲「內亂」，指責共產黨解放軍不執行命令。但到1948
年末國民黨處於軍事劣勢的時候，其表述就有了很大變化。1948 年，蔣介石
發表《戡亂本質上爲民族戰爭》一文，污稱共產黨是「處心積慮的」的「半
邊奸匪」[3]，把國土殘破、民生疾苦的責任直接推到了共產黨頭上，並將自己
發動的戰爭美化爲「剿匪軍事，是爲保養領土主權的完整而戰，爲維護獨立
自由的地位而戰，在本質上實爲繼續八年抗戰的民族戰爭。」[4]在蔣介石 1949
年元旦聲明和同年 2 月 13 日國民黨中宣部所發的《特別宣傳指示》中，更是

1　蕭幹：《自由主義者的信念》，《大公報》，1948 年 1 月 10 版。
2　林建華：《1940 年代的中國自由主義思潮》，中國社會科學出版社，2012 年版。
3　蔣中正：《戡亂本質上爲民族戰爭》，《國防月刊》，1948 年第 7 卷第 1 期。
4　蔣中正：《戡亂本質上爲民族戰爭》，《國防月刊》，1948 年第 7 卷第 1 期。

將「戰爭責任一塌括子推在共產黨身上」[1]，說「二十年來我全國同胞因中國
共產黨變亂而受之損害，實甚於日寇所予吾國家人民之損害，或且尤過之，
但自政府倡導和平以來，忍辱負重，對於內亂責任問題，迄未置論，原期表
示誠意，感召祥和，實則本黨領導全國於民國十七年完成統一之後，吾人努
力建設國家，早司復興，徒以中共歷年不斷發動叛亂，破壞全國人民所渴望
之統一，乃使建國大業橫受梗阻」；還說「倘非因中共在其所謂『國內和平協
定』前文中強欲以內戰責任諉諸否中央政府，則本黨為弭戰息爭，而盡可忍
受一切內外之誣謗，但中共即如此歪曲事實，企圖一手掩盡天下耳目，本黨
為正義計，為偵理計，為天下後世歷史計，決不能接受一個完全違反事實偵
相的責任。[2]也即是說，眼看大勢已去，蔣介石政府仍不肯承認自己發動內戰
的錯誤。

　　對於國民黨當局表面和平、背後卻決意消滅共產黨解放軍的用心，共產
黨的領導人早有預料，也做了充分的輿論和軍事準備。早在 1945 年 4 月 23
日，毛澤東就在中國共產黨第七次全國代表大會上的開幕詞《兩個中國之命
運》中，指出黨的路線是「放手發動群眾，壯大人民的力量，在我們黨領導
之下，打敗侵略者，建設新中國」。[3]早期的宣傳也主要集中於揭露國民黨真內
戰、假和平的實質。1946 年內戰爆發前後，毛澤東先後發表《國民黨進攻的
真相》《美國調解真相和中國內戰前途》等文，還與外國記者安娜路易斯·斯
特郎等談話，表明共產黨對於國內局勢的觀察和態度。1947 年國共戰爭全面
展開後，共產黨領導的報刊、廣播都旗幟鮮明，將國民黨及其同盟為「反動
派」。其中的一篇評論甚至公開聲稱，「世界的反動勢力，就是美國的帝國主
義者，加上各國的反動派（中國的 xxx，英國的丘吉爾、法國的戴高樂等等），
再加上法西斯殘餘（西班牙的佛朗哥政府、日本的吉田內閣、德國的巴本、
沙赫特等等）。各國的反動派和法西斯殘餘，現在都由美國的帝國主義者直接
間接地支持著和包庇著，成為出賣各國人民的賣國賊。」[4]1948 年 9 月 3 日，
新華社發表毛澤東撰寫的《新華社奉命駁斥和謠》，說「至於在這一期間由 CC

1　毛澤東：《評國民黨對戰爭責任問題的幾種答案》，《毛澤東選集》（第四卷），人民
　　出版社，1991 年版，第 1417 頁。
2　《對中共「國內和平協定」國民黨聲明全文，盼共方懸崖勒馬立即頒停戰令》，《申
　　報》，1949 年 4 月 22 日第 5 版。
3　毛澤東：《兩個中國之命運》，《毛澤東選集》（第三卷），人民出版社，1991 年版。
4　陸定一：《對於戰後國際形勢中幾個基本問題的解釋》，《新華日報》，1947 年 1 月
　　14 日、15 日。

起草交給翁文灝在廣播電臺上照念的那篇反共演說詞，則主要地是給美國人看的，其目的是哀求某些對蔣介石喪失信心的美國人繼續對蔣介石給以保護。他們告訴這些美國人，就是欺騙中國人民的和談陰謀也使不得，這不但對蔣介石及其嫡系的利益有妨礙，即對美國的利益也是有妨礙的。最近時期一切所謂和諧的真相，就是如此。」[1]同年人民電臺播出了陳伯達的《人民公敵蔣介石》縮編稿，將蔣介石稱為「帝國主義在中國的最後一個大狗牙」。這種旗幟鮮明的態度，表現了中國共產黨人在原則問題上的歷史擔當。

而秉持自由主義立場的知識分子，對上述事件的態度是有一個前後變化的過程的。國共衝突初期，國統區的自由知識分子普遍把戰爭再起的責任算在了共產黨軍隊頭上，認為共產黨應該交出軍隊，與國民黨和平談判，共同建國。典型代表為《大公報》。戰後東北的國共衝突剛剛發生後，《大公報》1945年11月20日發表《質中共》一文，將戰爭的責任一股腦推到共產黨的頭上，並要求共產黨交出軍隊和解放區政權，認為「今天的局面演成，從文義上尋索，日本宣布請降之初延安總部發布的朱德總司令的命令是一個根源。」「為共產黨計，應該循政爭之路堂堂前進，而不可在兵爭之場滾滾盤旋。」[2]次年4月發表的《可恥的長春之戰》社論，繼續堅持以往立場，批評這種殘酷的以犧牲民眾為代價的「兵爭」。其實質是不認同共產黨的政策和做法。有人甚至認為共產黨是「思想學術上的法西斯主義者，」認為「他們不但想在政治上行使獨裁的制度，他們更想獨霸學術界，他們在思想學術上的排除異己，比之其在政治上行動還要厲害。」[3]

對於這種將矛頭指向共產黨的輿論傾向，共產黨媒體進行了有理有據的駁斥和辨析。而在全面內戰不斷升級後，國統區自由知識分子逐漸認識到國民黨統治的腐敗與不堪，繼而開始推動國民黨內部止息戰爭。重慶《國訊》雜誌連續發表黃炎培、郭沫若等人的文章，表達社會各界呼籲停止戰爭的訴求。黃炎培、俞頌華、左舜生、陶行知、何香凝等知名人士紛紛在報刊發表文章，民間文藝、詩歌等各種方式也提出反對內戰。1946年第42期的《國文月刊》，發表了重慶26種雜誌的呼籲：「我們接觸的方面很多，我們的聞見不

---

1 中共中央文獻研究室編：《新華社奉命駁斥和諧》，《毛澤東新聞作品集》，新華出版社，2014年版。

2 《質中共》，《大公報‧渝版》，1945年11月20日。

3 祖武：《我為什麼反對共產黨——向中共要求文化民主》，《青光》，1945年復刊第1卷第4期。

算少，我們知道此刻老百姓人同此心，心同此理，一句話，四個大字，不要內戰！我們編輯雜誌的同是老百姓，我們就自身的實感，同時就全國同胞迫切的願望，提出個簡單不過的口號：不要內戰！」[1]同年 6 月，上海工商教育文化界市民 5 萬餘人在北站歡送人民代表赴京情願，呼籲和平，反對內戰。而以《大公報》為代表的自由知識分子則在親歷國民黨的腐敗與對共產黨政策之後，不但繼續批評共產黨，也對國民黨的統治和各項政策表示失望。1948年 3 月出版的《時與文》雜誌發表《近年來的〈大公報〉》一文，就對這種兩面不討好的態度進行了深入剖析：

> 一個真正的自由主義者的起碼條件，當是明辨是非。可惜的很，大公報在這一方面是非常欠缺的。統觀它的言論，除了對日本問題尚能嚴守立場以外，其他問題，尤其是國際及國內政治問題，有時看來看去，簡直不知它說些什麼。看慣大公報的人，有兩個公式可以概括它，其一我名之曰「糊塗縣官」式：糊塗縣官問案，上堂不問青紅皂白，原告被告各打四十大板。大公報談問題也是這樣，甲方這樣這樣不對，乙方那樣那樣不該，支吾一通，結果不知所云。其二我名之曰「允執厥中」式：諸如「命固不可以不革，而亦不可以太革」之類。[2]

二、「第三條道路」的提出及其結局

「第三條道路」本是一個政治哲學領域的議題，在中國也曾經是一股不可忽視的政治力量。其提出者鑒於對已有的兩種道路或主義的不滿，認為其各有不足，因而不肯偏於一方，故提出一種有別於兩者的第三條道路。在中國，這類探討興起於大革命之後，興盛於抗戰勝利到國民黨失去大陸的統治時期，以《時與文》《再生》《觀察》等政論性雜誌為輿論陣地，不僅在思想理論層面多所涉獵，還在社會政治中往來奔走，廣為宣傳。此處僅以思想文化領域的表現加以闡述和分析。

抗戰結束後，一些不肯依附於國民黨、同時對共產黨各項主張也持不同意見的中間勢力在言論界和政界一度活躍。其代表人物有張東蓀、施復亮、黃炎培等。他們在抗戰期間和勝利初期即積極參與斡旋國共矛盾，幻想通過

1　《不要內戰——重慶二十六種雜誌的呼籲》，《國文月刊》，1946 年第 42 期。
2　陳石銘：《近年來的〈大公報〉》，《時與文》，1948 年第 2 卷第 23 期。

談判的方式完成中國政治的和平轉型，在 1946 年政協會議前後，又發展出一條相對系統完整的「中間路線」理論，也即「第三條道路」，提出了諸如在政治上反對國民黨一黨獨裁專政，要求限制政府權力，實行多黨政治，建立各黨派民主協商、平等參加的民主聯合政府；在軍事上實行軍隊國家化；在對外交往中「既不助美反蘇，也不助蘇反美」[1]；在經濟上要求發展民族工業，扶助農村經濟，改革土地制度，反對官僚壟斷資本和封建土地制度；在改革路徑上則堅決反對戰爭和暴力革命，要求和平改革等主張。上述主張曾引起相當多的自由知識分子的熱烈討論，也成爲當時輿論場中一支不可忽視的力量。

（一）「第三條道路」思潮產生的社會背景

「第三條道路」思潮的產生和發展，與戰後美蘇對峙的國際背景和國共相爭的國內形勢密不可分。

首先，在國共雙方由合作走向衝突的過程中，在日益彌漫的國共政爭、兵爭過程中，彼此都希望爭取更多的支持。而國民黨依仗的美國，也公開要求國民黨實行民主改革，放棄戰爭時期實行的一黨專制，容納更多的其他力量參與國家政治重建，因此勢必鼓勵了國內其他黨派力量的興起。

民盟可稱中間勢力的代表性黨派，它自稱是「一個具有獨立性與中立性的民主大集團。所謂獨立性，是說它有它獨立的政綱，有它獨立的政策，更有它獨立自主的行動。所謂中立性，是說它介在中國兩大政黨對峙的局面中，是兩大對峙力量組織中間的一種，要求它保持不偏不倚的謹嚴態度，不苟同也不立異，以期達到國家的和平、統一、團結、民主」[2]。民社黨的張東蓀對中間勢力的這種立場作了更爲詳盡的解釋。他認爲，國際存在美蘇對立，反映到國內即存在國共對立，中間勢力的責任，就是調和折衷，使兩者之間的對立趨於軟化。他提出：「中國必須於內政上建立一個資本主義與共產主義中間的政治制度，雖名爲政治制度，當然亦包括經濟教育以及全體文化在內，自不待言。這個中間性的政制在實際上就是調和他們兩者，亦就是，在政治方面比較上多採取英美式的自由主義與民主主義，同時在經濟方面比較上多採取蘇聯式的計劃經濟與社會主義。從消極方面來說，即採取民主主義而不

---

1 張東蓀：《一個中間性的政治路線：五月二十二日在天津青年會演講稿》，《再生》，1946 年第 118 期。
2 《中國民主同盟臨時全國代表大會政治報告》，《民憲：東南版》，1945 年特別增刊。

要資本主義，同時採取社會主義而不要無產專政的革命。我們要自由而不要放任，要合作而不要鬥爭，不要放任故不要資本家壟斷，不要鬥爭故不要階級鬥爭。」[1]對於國共對立，他希望將「偏右者稍稍拉到左轉，偏左者稍稍拉到右轉，在這樣右派向左，左派向右的情形，使中國得到一個和諧與團結，並由團結得到統一」[2]。「所以我們一百二十分贊成聯合政府，但我們卻以爲聯合政府必須建立於共同綱領之上，這個共同綱領，就是具有中間性的」[3]，「這條唯一的路可泛名之曰民主，但不是純粹英美式的，至於蘇聯式的，當然更不必說了。」[4]一句話，中間黨派主張在左與右之間保持中立，方法上採取和平改良的立場，協商談判，不搞暴力革命。

其次，由於當時的中國還「是一個落後的、農業手工業佔優勢的小生產制的社會，階級分化還不十分尖銳，中間階層還占著全中國人口的絕大多數。民族企業家、手工業者、工商業從業員、知識分子（公教人員及自由職業者）、小地主、富農、中農（自耕農和一部分佃農）等，都是今天的中間階層。簡單說，民族資產階級和小資產階級，都是今天中國的中間階層。這些中間階層，都是中間派的社會基礎。」[5]因此，這一龐大的社會群體必然會有區別於國共兩黨的政治訴求和社會理想。

也應該看到，在抗戰勝利後的現實條件下，中間勢力對於國內外形勢、尤其是國內形勢的看法，無論理論還是實踐都脫離實際。但由國內外形勢使然，政治鬥爭代替武裝鬥爭一度成爲戰後中國政治大舞臺的焦點，而在政治鬥爭中國共雙方都需要支持者，因此也就爲中間黨派的活動留出了一定的空間，客觀上提高了中間黨派的政治地位和社會影響力。

（二）「第三條道路」思潮及其必然結局

由於國民黨始終抱定一黨獨大的理念，對於戰後興起的各小黨派採取居高臨下的態度，對民間的各種政治勢力也不夠重視，對另外一些政治力量的拉攏也不成功。即使是與國民黨較爲接近的青年黨和民社黨，也在一個時期內反對國民黨以武力解決中共的政策，可見國民黨對中間勢力政策的不成

1　張東蓀：《一個中間性的政治路線》，《再生》，1946 年第 118 期。
2　張東蓀：《一個中間性的政治路線》，《再生》，1946 年第 118 期。
3　張東蓀：《一個中間性的政治路線》，《再生》，1946 年第 118 期。
4　張東蓀：《一個中間性的政治路線》，《再生》，1946 年第 118 期。
5　施復亮：《何謂中間派》，《文匯報》，1946 年 7 月 14 日版。

功。反觀中國共產黨在抗戰結束後，雖然與其他黨派的終極目標並不一致，但因爲受到中國「合法」當局國民黨的打壓，與多數民主黨派的現實處境類似，因此在反對國民黨壟斷政權、一黨專政的方面具有高度的一致性，因而與各民主黨派之間溝通良好，有時還相互配合，甚至與民盟簽訂合作協定。[1]在戰後國共政治鬥爭中，如停戰、政協、國大、憲法、改組政府等方面，中共與中間勢力尤其是民盟的合作，給國民黨造成了很大的政治壓力。

但即便如此，中共對中間勢力的基礎及其發展前景態度明確，認爲這些民主黨派所主張的道路是行不通的。如周恩來在總結中共的民主黨派工作時就指出，「經過二十多年的鬥爭和戰爭，一天天證明中間道路即第三條道路已成爲不可能。民盟由於抗戰特別由於政協的機緣，客觀上一時造成了他在全國的第三黨地位，使他中間許多領導人物代表著中產階級的想法，企圖在國共對立的綱領之外，尋找出第三條道路。但一接觸到實際鬥爭，尤其是內戰重起，就使他只能在靠近共產黨或靠近國民黨中選擇道路，而不能有其他道路。」[2]《人民日報》1947 年 12 月發表文章，在揭露蔣介石政府「普選」騙局的同時指出「第三條道路」的必然結局，認爲「凡是有熱血的中國人，都一致認爲沒有—也不能有第三條道路。」[3]

隨著形勢的發展，除了青年黨和民社黨投向國民黨陣營外，絕大多數中間黨派勢力逐步放棄了原來的政治主張，其中最強調中間立場的民盟則不斷靠近中共。1948 年 1 月，民盟在香港發表宣言認爲「獨立的中間路線，從中國的現實環境看，更難行通」；「人民的民主，只有在推翻反動獨裁統治集團之後才能實現」。[4]並表示要與中國共產黨「攜手合作」、爲實現新中國而奮鬥到底。

在日益尖銳的國共衝突面前，在國統區和解放區的鮮明比照之下，民主黨派和無黨派民主人士在思想上普遍經歷了一個轉化過程。尤其是在中國共

1　《中國民主同盟與共產黨成立協定》，T.V.Soong Papers，Hoover Archives。民盟内部不少成員甚至領導成員是中共地下黨員（如民盟中委周新民），他們在推動民盟與中共合作方面起了重要作用。

2　《關於當前民主黨派工作的意見》，《周恩來選集》（上卷），人民出版社，2004 年版，第 283～284 頁。

3　《馬西努指出中國人民唾棄僞選，蔣匪騙局遭可恥破產，我黨保衛主權贏得人民信任》《人民日報》，1947 年 12 月 7 日版。

4　《中國民主同盟一屆三中全會緊急聲明》，《中國民主同盟歷史文獻（1941～1949)》，文史資料出版社，1983 年版，第 363～364 頁。

產黨 1948 年率先提出「五一宣言」[1]後，各民主黨派、人民團體、海外華僑團體和無黨派民主人士紛紛響應，中國民主促進會發表《響應中共「五一」號召，不僅座談更應行動》的宣言，強調「中國的民主人士及民主黨派要就是團結在這口號的周圍，形成堅固的愛國民主統一戰線，為反帝國主義，反封建主義，反官僚資本主義而奮鬥，以奠定我們子子孫孫萬世太平的始基，要不然，就要自暴自棄，甘為歷史的車輪所輾碎。光明與黑暗，生存與死滅，中國沒有任何第三種路徑可循進的。」[2]一些民主黨派如民主促進會還派代表奔赴解放區，親身體驗解放區軍民火熱的工作和生活。更令他們興奮的是「解放軍獲得廣大人民的支持，在短短的幾個月中，解放了東北、華北，最近在華中又解放了許多重要名城，殲滅了蔣介石反動軍隊的主力，很快的便會直搗京滬，摧毀反革命的南京統治，而達成解放全中國的大業。」[3]1949 年 1 月，郭沫若、李濟深、沈鈞儒等 50 多位民主黨派和無黨派代表人士發表對時局的意見稱「願在中共領導下，獻其綿薄，共策進行，以期中國人民民主革命之迅速成功，獨立、自由、和平、幸福的新中國之早日實現。」[4]並表示與反動派和中間路線徹底決裂。以上種種表態說明，各民主黨派和無黨派民主人士的「中間路線」持有者，已經接受了中國共產黨的新民主主義革命路線和主張，願意與中國共產黨攜手合作，反對國民黨反動派的獨裁專制統治和賣國政策。至此，轟轟烈烈的「第三條道路」主張和宣傳在中國畫上了句號。

1　《中國共產黨中央委員會發布「五一」勞動節公告》，《晉察冀日報》，1948 年 4 月 30 日版。

2　《華商報》，1948 年 5 月 24 日版。

3　《全國各民主黨派團體一致擁護毛主席對時局聲明，國民黨民主促進會聲明，毛主席的八項條件是真正和平的基礎》《人民日報》，1949 年 2 月 2 日版。

4　《我們對於時局的意見》，《光明報》，1949 年第 11 期。

第二章　民國南京政府後期的國民黨新聞報刊業

　　抗日戰爭勝利後，「國民黨的黨報系統曾有過短暫的迅猛發展，經營管理體制和宣傳策略也有所變化。國民黨黨報普遍確立了企業化經營管理的體制，這使國民黨黨報一度變得有生機。但是，隨著全面內戰的來臨，國民黨黨報很快在宣傳報導及經營管理上陷入了危機，以致最後在大陸消失。」[1]

第一節　國民黨新聞報刊業在「和談時期」的擴張

　　抗戰勝利之初，「戰時內遷報紙開始紛紛復員，接收敵偽劫奪的舊業，恢復過去事業的基礎；新的報紙在光復區開創；使我國新聞事業邁入有史以來發展的高峰期。」[2]

一、收復區部分報刊業的「復原」與重建

　　抗戰勝利後，國民黨政治中心開始由西部向東部回遷，國統區的新聞傳播事業也隨之紛紛內遷，重返上海、南京等重要城市。1945 年 9 月，南京國民政府行政院頒布《管理收復區報紙通訊社雜誌電影廣播事業暫行辦法》，規定：敵偽機關或私人經營之報紙、通訊社、雜誌及電影製片、廣播事業一律

1　蔡銘澤：《中國國民黨黨報歷史研究（1927～1949）》，團結出版社，2013 年版，第261 頁。
2　賴光臨：《七十年中國報業史》，臺灣中央日報社，1981 年版，第 189 頁。

查封，其財產由宣傳部會同當地政府接受管理。[1]按照該辦法，南京上海等淪陷區的敵偽報館全部被國民政府收歸所有。

（一）《中央日報》的「復原」和擴張

早在日本投降之前，國民黨當局就已開始籌劃《中央日報》等黨營報館及其他新聞媒體的遷移工作。他們派出眾多「新聞專員」跟隨中央政府受降人員在美軍幫助下乘機抵達南京上海等地，搶佔新聞陣地、重建國民黨新聞事業網絡。在此期間，偽南京《中央日報》成爲了最先被「復原」的對象之一，並且其先後接受了兩次「復原」：第一次「復原」是在日本投降後，位於安徽屯溪的《中央日報》社利用距離較近的優勢，搶先派人來到南京接管了偽《中央日報》的房產、器材和人員等全部資產，並在此基礎上將其改組爲一張 4 開報紙，以《中央日報》名義於 9 月初繼續出版。第二次「復原」是此後不久的 1945 年 9 月 4 日，國民黨中宣部委派《中央日報》總社總編輯陳訓悆爲特派員，與重慶《中央日報》副總編輯卜少夫、李荊蓀等由重慶飛抵南京，以參與「受降儀式」爲名，再度接收了汪偽政府《中央日報》《中報》及興中印刷所等新聞出版機構。在此基礎上，他們利用偽《中央日報》設備、資產甚至部分原班人馬重建《中央日報》報館，地址依舊選在南京新街口《中央日報》原社址。6 天後的 9 月 10 日，在南京受降典禮的第二天，《中央日報》於南京復刊，號次緊接重慶《中央日報》，國民黨中宣部新聞事業管理處處長馬星野於 11 月出任社長。

（二）《東南日報》和《救國日報》的出版

這一時期，除《中央日報》外，一些地方報紙也開始了戰後「復員」的進程，《東南日報》就是其中之一。《東南日報》原爲《民國日報》，是國民黨浙江省黨部機關報，由胡健中創辦。根據業務發展需要和擴大宣傳影響的考慮，1934 年 6 月 15 日改名爲《東南日報》，擴充版面和篇幅，每天出版六大張，抗戰期間曾輾轉金華、麗水、雲和及福建南平等多地分兩路堅持出版。在此期間，胡健中被調往重慶擔任《中央日報》社長，但他仍兼任《東南日報》社長一職，指導報紙發行。[2]

---

1 劉哲民編：《近現代出版新聞法規彙編》，學林出版社，1992 年版，第 508 頁。
2 馬光仁主編：《上海新聞史》，復旦大學出版社，1996 年版，第 994 頁。

抗戰勝利後,胡健中辭去《中央日報》社長職務,專心經營《東南日報》。在此時期,《東南日報》報館也分兩路先後復刊:輾轉麗水、雲和出版的一路隨國民黨軍隊回到杭州繼續出版。該報恢復出版後業務迅速發展起來,發行費、廣告費及電影營業收入不斷增加並成為主要增收手段,報館收入「每月盈餘,為數不少」[1];福建南平版則在 1945 年 12 月停止發行,並於 1946 年 1 月遷至上海並準備創辦滬版,與當時上海的眾多報紙一爭高下。該報在虹口區四川北路長春路設立總管理處、在溧陽路設立編輯部及印刷部、將經理部設立在黃浦區南京東路上,聘請原《東南日報》副社長劉湘女擔任總編輯、原重慶《中央日報》副總主筆胡秋原擔任總主筆。1946 年 6 月 16 日,《東南日報》上海版出版發行。在發刊詞《一朝相見》中,《東南日報》上海版提出了包括「為求得國內大局之安定而努力,為求得國家經濟之發展而努力,為求得國內政治之清明而努力,為求得社會秩序之安定而努力」的四項要求。[2]此外《救國日報》等報刊也在國民黨軍統報人龔德柏的運作下得以復刊。龔氏以國民黨陸軍部少將參議的身份先期進入南京,並利用接管的兩家日偽印刷廠的資產將《救國日報》復刊。

(三)各省市國民黨黨報的快速擴張

除南京外,國民黨在全國多地開展了對新聞事業的接收和擴張工作。在上海,國民黨當局以《申報》《新聞報》曾在抗戰中附逆敵偽的經歷為把柄,通過《上海敵偽報紙及附逆報紙處置辦法》《管理申報新聞報辦法》《申報新聞報報務管理組織規程》等文件將兩份報紙「黨化」:一方面,國民黨當局安排潘公展、蕭同茲分別擔任申新兩報的報務管理委員會主任,並在此基礎上改組報館董事會、調整報館負責人;另一方面,國民黨當局採用在報館股份中加入官股的方式,改變了兩報紙的民營性質,使其成為國民黨管報紙。除此之外,國民黨上海市黨部機關報《正言報》《民國日報》等也相繼復刊;《和平日報》《東南日報》上海版等紛紛創刊,一時間上海報業市場儼然變成了國民黨黨報「一家獨大」。

其他地區,國民黨也在抓緊時間恢復和新創黨營報刊。1945 年 10 月 1 日,《華北日報》利用日偽《華北新報》資產和人員復刊;同日,廣東《中山日報》遷往廣州出版發行。據統計,截至 1946 年 5 月,國民黨中央直轄黨報在

---

1 穆軼群:《〈東南日報〉的變遷》,《新聞研究資料》,1985 年第 3 期,第 192 頁。
2 穆軼群:《〈東南日報〉的變遷》,《新聞研究資料》,1985 年第 3 期,第 192 頁。

全國範圍內共計 23 家，發行數量約為 45 萬份，省級主管報紙達 27 家，發行量達到 14 萬份。而各種準黨報、地方級黨報及國民黨軍辦報紙的數量則更為龐大，發行地區遍布全國。

二、收復區部分漢奸報刊更名易主後繼續出版

1945 年 9 月，國民政府頒布了《管理收復區報紙通訊社雜誌電影廣播事業暫行辦法》後，便開始在全國各收復區內，打著「黨化全國報紙」的招牌，大肆復原並接收原敵偽新聞機構。在此期間，許多日偽新聞機構「搖身一變」，迅速改頭換面為國民黨新聞事業的組成部分，有的甚至還成為了國民黨的地方機關報。而在「接收」敵偽新聞業的過程中，國民政府雖表面上依據規定照章執行，但過程中卻不加甄別，照單全收，不僅將很多地區的原日偽新聞事業一股腦併入國民黨黨營新聞事業之中，甚至在復刊及創辦新刊時，出現了不加甄別使用原敵偽報紙人員的現象。

（一）上海：漢奸報紙《平報》換名《正言報》繼續出版

太平洋戰爭爆發後，上海徹底淪陷。此時眾多漢奸報紙開始在上海的土地上滋生。第一類由日本人收買的漢奸報人和無恥文人創辦；另一類則由日本侵略者所扶持的汪偽政權主辦，而《平報》正是其中之一。《平報》創刊於 1940 年 4 月 1 日，幕後老闆為偽上海特別市市長周佛海，漢奸報人羅君強、金雄白先後在該報擔任社長。

抗戰勝利後，國民黨上海市黨部主任和上海市副市長吳紹澍派人將《平報》及其相關資產接收。此後不久的 1945 年 8 月 23 日，吳紹澍利用沒收的《平報》資產及設備復刊國民黨上海市黨部機關報《正言報》，這也是抗戰勝利後國民黨在上海出版的第一家報紙。

（二）兩湖：漢奸報紙《大楚報》換名《華中日報》繼續出版

漢口的漢奸報紙《大楚報》創刊於 1939 年 3 月 6 日，是原偽武漢特別市黨部機關報。在報社的機器設備被接管後，該報改名為《華中日報》並於 1945 年 8 月 18 日正式創刊。《華中日報》是國民黨漢口市黨部的機關報，主持人為國民黨第六屆中央檢查委員袁雍。

（三）華北：漢奸報紙《華北新報》換名《華北日報》繼續出版

在華北地區，接收日偽報刊的行動也在持續進行。

抗戰期間，日本將淪陷區的新聞事業置於其法西斯軍事統制之下，一方面使新聞事業成爲淪陷區奴化宣傳的工具；另一方面是爲了將淪陷區的新聞事業捆綁於軍國主義的戰車之上。在華北地區，日僞先後創辦了多家報紙，其中以《華北新報》最具影響力。

1944 年 5 月 1 日《華北新報》分別於京津兩地同時創刊成立，社長爲管翼賢，副社長爲日本人大川幸之助。抗戰後期，面對資財的不足，汪僞政權提出了「以節約物資、強化宣傳」爲目標的「新新聞體制」，主張將眾多報紙的財力人力和物力集中起來辦一份「大報」，這份報紙正是一份在日僞當局控制下，由先前北平《新民報》《實報》《民眾報》以及天津《庸報》《新天津報》等若干份報紙整合而成的綜合體，[1]其任務在於喚起民眾的「決戰情緒」和「必勝信念」使淪陷區民眾甘心與日本侵略者同甘共苦，同生共死。[2]在此之後，《河北日報》《山西新民報》《石門新報》《山東新民報》等報刊也先後被納入其中；《華北新報》石門分社、保定及山西分社、唐山分社等通訊社更紛紛成立。

雖然《華北新報》整合了華北地區多家日僞報刊，一時間成了全華北影響最大的漢奸報紙。但隨著日本投降，這家報紙也壽終正寢。

抗戰勝利後，國民黨派員接收了這份報紙，並利用其設備資產於 1945 年 10 月 1 日恢復了原國民黨在華北地區的中央直轄黨報《華北日報》。《華北日報》復刊後，不但重新錄用了原《華北新報》報館的大部分人員，甚至將其中的兩名日本特務聘任爲該報的日文版主持人。

三、《申報》《新聞報》被國民黨以「附逆」爲名強行接辦

抗戰勝利後，國民黨除迅速復原黨辦新聞事業並沒收日僞新聞事業外，還通過多種方式強行併吞部分民營報刊，《申報》和《新聞報》就是兩個典型的案例。

（一）國民黨中宣部制定《管理申、新兩報辦法》

作爲我國近現代新聞事業發展中具有舉足輕重地位的兩份報紙，長期以來，《申報》和《新聞報》不僅影響其所在的上海地區，其能量更是輻射華東乃至整個中國。國民黨執政後，曾多次利用各種方式妄圖控制申新兩報，但

1　程曼麗：《華北地區最後一份漢奸報紙——〈華北新報〉研究》，《新聞與傳播研究》，2004 年第 3 期，第 80 頁。

2　程曼麗：《華北地區最後一份漢奸報紙——〈華北新報〉研究》，《新聞與傳播研究》，2004 年第 3 期，第 80 頁。

均未成功。抗戰前，史量才因在《申報》多次激烈批評蔣介石的不抵抗政策而遭遇暗殺。太平洋戰爭爆發後，申、新兩報被敵僞控制，成爲日僞進行新聞宣傳的重要輿論陣地。抗戰勝利前夕，面對無力扭轉的潰敗局面，兩報中的敵僞漢奸紛紛逃跑；而原有員工則在經濟困難、紙張拮据的情況下堅持繼續出版，但這也僅能保證每日出版對開半張報紙。

申、新二報在抗戰時期的「附逆」爲國民黨對其進行控制提供了機會。在接收上海時，《申報》《新聞報》被國民黨接收大員勒令暫時停刊聽候處理，1945 年 9 月 16 日兩報被迫停刊。

在此之前，國民黨中宣部就已經制定了《上海敵僞報紙及附逆報紙處置辦法》，特別針對類似於申、新兩報這樣在抗戰期間附逆的報紙。此後，蔣介石還就如何「處置」兩報先後兩次發表指示。在其指示的基礎上，國民黨當局制定了《管理〈申報〉、〈新聞報〉辦法》和《〈申報〉、〈新聞報〉報務管理委員會組織規程》等章程，並特別提到要保留兩報名稱，以利宣傳。[1]

依照這一改組辦法，《申報》和《新聞報》的屬性由過去的民營報紙變成了「國民黨同志主辦」：「此類報紙雖並非正式黨報，但或因主持人是國民黨重要幹部，或則原爲商營，戰時被敵僞挾持，勝利後由國民黨投資改組，取得經營權。故其言論立場，與政府較爲接近。」[2]

爲了進一步控制報館，管理辦法中還制定了「向報館派適當人員 11 人至 15 人，以組織兩報管理期間的最高權力機構報務管理委員會，該委員會直接對宣傳部負責」的方針。在管理委員會的「組織規程」中提到：「本會設立主任委員及副主任委員各 1 人，由宣傳部指定之。兩報總主筆、總經理及總編輯在管理期間由本會遴選之，在主任委員及副主任委員之指導下負責經理報務。」[3]經過國民黨中宣部擬定，《申報》報務管理委員會主任委員爲潘公展、副主任委員李維果，委員包括吳紹澍、馮有眞、陳景韓、錢永銘、張翼樞、馬星野、陳訓悆、陳克成等 11 人。其中，潘公展爲指導員，陳訓悆爲總經理，陳景韓爲發行人。

在爲期半年的指導期滿後，國民黨又於 1946 年 3 月擬定了《改組〈申

1　高郁雅：《國民黨的新聞宣傳與戰後中國政局變動（1945～1949）》，國立臺灣大學出版委員會，2005 年版，第 50 頁。

2　曾虛白：《中國新聞史》，臺灣三民書局，1989 年版，第 462 頁。

3　馬光仁主編：《上海新聞史》，復旦大學出版社，1996 年版，第 1000 頁。

報）、〈新聞報〉辦法》，以期從政治上、經濟上和編輯業務上全面佔有兩張報紙。其具體措施包括：一、收購兩報原有股權，並加入官方股權。《申報》原有資本總計 1.5 萬股，國民黨先後通過官方和個人渠道收購了 1.2 萬股。二、改組董事會。在成為最大股東控制了兩報的股權後，國民黨接下來開始改組兩報董事會，規定「兩報新董事會董事各 11 人，監事各 3 人，由新股東產生代表 6 人，監事 1 人」。《申報》老股東由陳景韓、史詠庚、杜月笙、錢永銘、李叔明擔任，陳陶遺、徐大浩為監事，新股東則包括陳布雷、端木愷、潘公展、陳訓悆、吳任滄、程滄波，其中徐青甫為監事，董事長為杜月笙，副董事長為史詠庚。三、調整管理機構和管理人員。在控制董事會後，國民黨當局進一步調整兩報的管理機構，任命潘公展為《申報》社長兼總主筆，陳訓悆為總經理兼總編輯。此外，國民黨當局在《申報》的編輯、會計、事務、人事、機要等其他相關部門中均安插了人員。至此，國民黨當局終於通過「官商合辦」的方式將《申報》收入囊中，使其成為了「不掛國民黨黨報招牌的黨報」。

與《申報》類似，《新聞報》也被國民黨以「組織報務管理委員會」的方式進行了管控。《新聞報》報務管理委員會主任委員為蕭同茲，副主任委員許孝炎，委員包括蔣伯誠、董顯光、吳任滄、程希孟、錢永銘、曾虛白、詹文滸、杭石君、鄧友德等 11 人。其中程滄波為指導員，詹文滸為總經理，趙敏恒為總編輯，錢新之為發行人。

申新兩報管理委員會的具體工作包括：（1）兩報及其附屬事業財產之接管及經營事宜；（2）兩報股東及員工附逆情況調查及提請政府懲處事宜；（3）兩報股權之清查及提請政府處理事宜；（4）兩報在管理期間之報社組織、編輯方針及營業計劃之核定事宜；（5）兩報在管理期間重要負責人之遴選及任用事宜；（6）兩報其他屬於公司中董監事會職權範圍內之事宜。在兩報的報務管理委員會成立、人員逐步就任後，兩報於 1945 年 11 月 22 日復刊，報紙也由復刊之初的對開一大張逐漸增至兩張。

（二）以「商營民辦」方式強吞《申報》《新聞報》

1945 年 11 月 22 日，《申報》和《新聞報》復刊。《申報》的《重與讀者見面》一文中提出「在新聞自由的號召下，盡其鑒別取捨之能事，不使新聞

的散佈，發生顛倒是非作用。」[1]但實際上，國民黨當局以控股、籌建報務管理委員會、安插人員等方式，把持了申新兩報的管理和運營。

在股權控制方面，《新聞報》亦遭受到了國民黨的強行收購。《新聞報》原 2 萬股中，被國民黨以各種方式收購的股份達到 51% 以上。此外，《新聞報》還在原有錢永銘、史詠庚、杜月笙、李叔明、秦潤卿等董事的基礎上增添了陳布雷、趙棣華、程滄波、潘公展、詹文滸、張翼樞等新董事。其中，程滄波被任命為《新聞報》社長，詹文滸擔任總經理，趙敏恒擔任總編輯，陳布雷擔任兩張報紙的「名譽總主筆」。1946 年 5 月，兩報分別召開股東大會，至此國民黨當局又進一步控制了兩報的董事會。與《申報》一樣，國民黨在控制了《新聞報》的報務管理委員會和董事會後，又將觸角伸向報社的其他相關機構和部門，在編輯、會計、事務、人事、機要等部門中，國民黨亦安插了眾多人員進行管理和監督。

至此，在近代中國新聞市場上佔據舉足輕重位置的兩張報紙——《申報》和《新聞報》經過幾十年的經營和抗爭後，最終都落入了國民黨的手中，成為了其御用的新聞宣傳工具。

第二節　國共內戰中的國民黨新聞報刊業

國共內戰之前，為了進一步鞏固和擴張黨營新聞事業，國民黨當局參照歐美多國組營報刊的方法，開始嘗試對多家報紙進行企業化改革。在此過程中，以《中央日報》為代表的各類國民黨中央級黨報均作出了企業化的探索。內戰初期，隨著國民黨在美國支持下勢力範圍的快速擴張，國民黨地方黨報在短時間內急速膨脹。伴隨著解放戰爭形勢的變化，國民黨頹勢漸顯，其地方新聞業也逐漸衰微。

一、國民黨中央黨報的企業化改革

（一）《中央日報》的再度企業化改革

國民黨對黨報的企業化改革並非一時興起。早在 30 年代初期，在程滄波、蕭同茲等人建議下，國民黨就已開始籌劃黨報企業化經營的方式和方法，但由於抗戰爆發，這場實驗只能半途而廢。

1　《重與讀者見面》，《申報》，1945 年 11 月 22 日版。

　　1946 年 5 月 5 日，國民政府正式還都南京。在此時期，此前已復刊的《中央日報》經歷了一次人事變動：原主持社務的陳訓悆被調往上海擔任《申報》的總經理兼總編輯；原社長胡健中主動辭職，回到自己創辦的《東南日報》任社長。在此情況下，國民黨安排馬星野擔任《中央日報》社長兼總經理、陶希聖擔任總主筆、王新命擔任總編輯。此時的《中央日報》已是日出三大張、使用輪轉機印刷的報紙。

　　1946 年，國民黨中常會上明確提出對黨媒進行企業化改革[1]。包括中央通訊社、廣播事業管理處在內都必須「盡快實行企業化」[2]。隨後，南京《中央日報》社社長馬星野在國民黨六屆二中全會上提出「建議南京《中央日報》自動停止領取政府津貼、並開始實施報業企業化」的計劃，此計劃得到了國民黨中央的批准。經過近一年準備後，1947 年 5 月 30 日《中央日報》成立「國民黨中央日報社股份有限公司」並召開第一次股東大會，宣布正式進行企業化改組。人事關係上，陳果夫擔任董事長、陳誠為常駐監察人、馬星野擔任社長兼發行人。這一時期的《中央日報》，經營方式雖發生了改變，但它仍屬國民黨黨營新聞機構，依舊對國民黨中央負責。

　　《中央日報》在進行了「企業化管理報紙運營」的改革後得到了迅速的發展。自南京復刊至其改組後的一段時間是《中央日報》業務發展最為迅速的時期。此時不僅報紙的發行量大增；更確定了《中央日報》「雜誌化」辦報的方針。這一時期，該報僅定期專刊就多達 10 個，其中包括《中央副刊》《地圖週刊》《兒童週刊》《婦女與家庭》《科學》《山水》《食貨》《星期雜誌》和《報學雜誌》等類型多樣、主體多元的專刊。與此同時，經過企業化改革的《中央日報》在短時間內發展成一個擁有 12 家分社的報業集團。這 12 家分社遍布南京、上海、重慶、貴陽、昆明、桂林、長沙、福州、廈門、海口、瀋陽、長春等城市。此外，自 1946 年 5 月起南京開始發行《中央晚報》，同年 7 月又增添了暑期廬山版。企業化改革後，《中央日報》構建起了遍及全國、影響甚廣的大型報團，其中僅南京一地的《中央日報》日均銷量就達到了 7 萬餘份。[3]

1　《中國國民黨黨營事業管理通則（1946 年 4 月）》，《中央黨務公報》第 8 卷第 5 期，1946 年 5 月 31 日。
2　《關於中央黨務機關縮編報告（1946 年 6 月）》，中國第二歷史檔案館編，《中國國民黨中央執行委員會常務委員會會議記錄》（第 39 冊），第 120 頁。
3　曾虛白：《中國新聞史》，臺灣三民書局，1989 年版，第 460 頁。

（二）其他國民黨黨報的企業化探索

抗戰勝利後，國民黨重新制定黨報企業化的政策：國民黨中央直接創辦的報紙改組爲企業化組織，其他報紙則向企業化方向逐步邁進。除《中央日報》外，此時國民黨的各大黨報均遵照國民政府的統一安排、按照公司法進行改組後成立股份有限公司。這些報業股份公司後來逐步形成了報業集團。

孫中山誕辰八十週年紀念日當天[1]，原隸屬於國民黨軍事委員會的《掃蕩報》改組爲《和平日報》繼續出版。《和平日報》在進行了企業化改革後，逐漸發展爲在南京、上海、漢口、重慶、蘭州、廣州、瀋陽、臺灣和海口等 9 座城市發行地方版的全國性報團。

在此時期中影響較大的國民黨報團還包括《武漢日報》。作爲國民黨中央直轄的黨報，該報除漢口版日報及晚報外，還增設了宜昌版；國民黨另一份中央直屬黨報《中山日報》也在廣州之外出版了梅縣版；此外，包括《東南日報》在內的部分國民黨要員主辦的報刊及地方黨部主辦報刊，也均按照國民黨的統一部署逐步實現企業化運營。

（三）企業化改革後國民黨報紙「中央大」還是「日報大」之惑

馬星野擔任《中央日報》社長期間所進行的改革曾經遭遇過很大的阻力。圍繞著《中央日報》全新的辦報方針，報社內部的新舊兩派曾出現一番「較量」。中央宣傳部副部長、同時兼任該報總主筆的陶希聖按照蔣介石的意圖，提出了「先中央、後日報」的主張，在他看來，既然報紙是國民黨的機關報，就應堅決站在國民黨的立場上，以爲國民黨服務爲第一要務；而馬星野等則堅持改革，他們認爲「先日報、後中央」，強調「報紙如果辦得沒人看，中央的立場站得再穩，又有何用？」

企業化改革中，馬星野延攬了新鮮血液進入《中央日報》，這些年輕的總編輯、副總編輯都在 30 歲上下，辦報立場上堅持「爲民爭利、爲黨國清廉」。其中，擔任《中央日報》副刊編輯的儲安平就是其中之一。他文鋒犀利、敢言他人所不敢言。但卻後因與國民黨黨報體制的不合離開《中央日報》。後來自辦《觀察》雜誌，並借助該刊物而成爲了知名的自由主義知識分子。著名哲學家金岳霖的弟子殷海光於 1946 年任《中央日報》主筆。早期的殷海光憑藉一腔熱血忠誠寫出了一批熱血社論，如《設防的基礎在人心》、《趕快收拾

---

1 孫中山誕辰爲 1866 年 11 月 12 日，文中提到的八十週年紀念日當天爲 1946 年 11 月 12 日。

人心》等。但在這些文章中，因殷猛烈抨擊國民黨種種喪失民心的惡行因此遭受蔣介石的訓斥。殷海光由此看到了國民黨的腐敗本質，隨後也脫離了《中央日報》。

改革之初的《中央日報》雖然曾試圖貫徹「先日報、再中央」的辦報方針，但無奈得罪國民黨權貴而被蔣介石勒令整改，因此報紙的編輯方針不得不回到「先中央、再日報」，這樣一來，報紙的立場和態度完全回到爲國民黨服務之中，絲毫不再考慮讀者的需求和感受。1947 年下半年，《中央日報》副總編輯陸鏗等人因目睹了國民黨當局的種種行爲，深感當局腐敗日益嚴重，而《中央日報》在改革失敗後已無獨立發展的可能，便提出辭呈。馬星野請陶希聖幫忙挽留，陶在信中勸說「站在一起，吾人方能生存」，而陸鏗則不假思索地回覆說：「站在一起，吾人同歸於盡。」[1]

1948 年後，國民黨即將走向窮途末路。此時國民黨的新聞機構紛紛拆遷設備、遣散人員，準備轉移至臺灣。1949 年初南京總社的大量工作人員和設施設備被運到臺北，並於當年 3 月 12 日出版了臺灣《中央日報》。在此之後，中央日報社長曹聖芬曾設想進行改革，提出《中央日報》不僅是一黨的喉舌，更是全社會的公器的主張。想要把《中央日報》作爲一項文化事業來經營，做到既盈利，又要推動臺灣的文化事業發展，但他的設想在殘酷現實制約下並未實現。隨著臺灣頒布「報禁」和「戒嚴令」，臺灣的新聞事業在 40 年的時間中一直籠罩在政治高壓下毫無發展。

國民黨的黨報企業化改革，使國民黨有志新聞人以爲踐行「先日報、後中央」的道路出現了曙光；但是，國民黨在內戰中不斷收緊的出版發行政策和不斷加強的新聞管控手段，使黨報難以擺脫當局政府的控制，進而不得不延續「先中央、後日報」的路線。儘管國民黨黨報的企業化改革對報刊運營發行有所幫助，但究其本質，這些報紙的黨管機關報屬性始終未有改變。

二、國民黨地方黨報的發展和衰微

全面內戰爆發後，國民黨借助美國的援助，依靠暫時的軍事優勢向解放區發動瘋狂的進攻。在解放戰爭初期的戰略防禦階段，國民黨不斷擴大其控制地區，在全國大力構建地縣級黨報系統。在此期間，一些基層報刊相繼出現；同時，這些國民黨地方黨報也借助企業化的機會，不僅數量上急速膨脹，

1　陸鏗：《回憶與懺悔錄》，臺灣時報文化企業有限公司，1997 年版，第 112～113 頁。

更紛紛向報業集團化的方向發展。據統計，截至 1947 年國民黨各省黨部主辦的地方黨報已達 27 家，總銷量達到約 14 萬份。其中，江蘇擁有省級黨報 6 家、約三分之二個省份都建立了地縣級黨報系統；而湖南則在每個縣都設置了縣級黨報。數據顯示，這些地縣級黨報的數量已經佔據了全國報刊發行總量的將近一半。[1]

在此時期，國民黨政府逐漸建構起了以中央黨報爲核心、地方黨報爲支撐、地縣級黨報爲基礎的報刊宣傳體系。此體系中除了黨報外，還涵納國民黨軍報、部分受到國民黨管控和操縱的民營報紙，以及一些國民黨特務主辦的「內幕新聞刊物」。如國民黨特務在抗戰中操辦起來的《新聞天地》便是此類典型。該刊在全面內戰爆發後十分流行，但內容格調較爲低俗，大多以「透露國民黨內部派系矛盾及內幕」爲噱頭吸引讀者，並輔之大量的反共反人民的造謠文章行污蔑宣傳。

根據國民黨內政部調查統計，1946 年全國共有登記註冊的報紙 984 家，銷量約爲 200 萬份。在眾多城市中上海報館數量最多，約爲 70 餘家；其次爲重慶有 44 家，北平及廣州各有 42 家，南京則有 40 家。而僅僅一年之後的 1947 年全國報紙就有了「飛躍式的發展」。據當年 8 月底的統計數字顯示，國統區內登記在冊的報紙總數已達 1781 家，近乎於上一年的兩倍。在分布方面，上海依然爲報業最爲發達的城市，共有 96 家報館；南京發展迅速，已從一年前的 40 家急速發展爲 87 家；天津超越北平及廣州以 68 家位列第三；北平則有 59 家報館。在省份方面，廣東 137 家成爲全國報業最發達的省份，其次爲湖北 119 家、福建 114 家、江蘇 102 家。[2]

伴隨著解放戰爭情勢的發展，特別是戰爭進程從戰略相持階段轉向戰略進攻階段後，國民黨軍隊在戰場上節節敗退，再加上內政外交和經濟上的失盡人心，國民黨在大陸的統治終於到了土崩瓦解的邊緣，而國民黨統治下的新聞事業也即將在大陸走到瓦解的地步。在解放戰爭進行的最後兩年，各國民黨中央和地方新聞機構也開始爲自己考慮後路。在此期間，遷移設備、精簡人員成了這些新聞機構的常態。包括《中央日報》、中央通訊社和中央廣播電臺在內的國民黨三大中央級媒體先後裁撤遍布全國各地的分支機構，並從

1　方漢奇主編：《中國新聞事業通史》（第二卷），中國人民大學出版社，1996 年版，第 1135 頁。
2　曾虛白：《中國新聞史》，臺灣三民書局，1989 年版，第 453～455 頁。

大陸遷離。《中央日報》自 1948 年便開始籌備臺北版，並於一年後的 3 月 12 日創刊，社長由原總社社長馬星野擔任。工作人員和器材設備大多從南京運來。中央通訊社則從 1948 年開始一方面在全國各地裁撤分社，另一方面從南京向臺北運送設施器材，並於 1949 年 12 月在臺北重新設立中央通訊社總社。與之類似的還有中央廣播電臺。除此之外，包括《和平日報》、廈門《中央日報》、軍事新聞通訊社、空軍廣播電臺、南京建中新聞通訊社、遠東新聞通訊社、聯合新聞通訊社、世界新聞通訊社、民本通訊社等歸屬國民黨各方勢力範圍下的新聞機構也在此期間遷往臺灣。[1]除大量新聞機構遷往臺灣外，包括上海《中央日報》以及天津《民國日報》等在內的部分國民黨新聞機構則在解放戰爭後期遷往香港。

第三節　國民黨新聞報刊業在大陸的徹底潰敗

解放戰爭後期，隨著軍事上的節節失利，國民黨在大陸的統治搖搖欲墜。1949 年國民政府遷臺前期，國民黨當局率先將大陸的新聞事業遷至臺灣，並在臺灣形成了以「三個中央」為中心、延承國民黨大陸黨報體系、但管控力度更為嚴苛的新聞報業生態。

一、國民政府遷臺前的臺灣地區報刊業

抗戰結束後，臺灣回歸國民政府管轄，但至「二・二八」事件前，臺灣新聞報刊業一直處於較為矛盾的發展環境中。一方面，為了刺激在長期日占中已經凋敝的新聞業，抗戰結束之初國民黨政府便廢止了日本殖民當局在臺灣設置的長達半個世紀的新聞檢查制度，對臺灣報業施行「創刊不需許可、言論不受檢查」的保護性措施。據臺灣報人回憶：「當時因為沒有申請登記的限制，最簡單的只要借一個門臉，掛起報社的招牌，隨便租賃和佔據一兩間廊作為編輯經營兩部，接洽一個小印刷廠承印便可以開始辦報。」[2]另一方面，在鼓勵和刺激報業發展的同時，國民黨當局也通過「全面取消報刊日文版、制定報刊雜誌的發行審核機制」等一系列法令和制度，對重建階段的臺灣報業進行干預和管控，此間一些觸犯政令的報紙期刊被嚴格處罰。此舉實質上

1　方漢奇主編：《中國新聞事業通史》（第二卷），中國人民大學出版社，1996 年版，第 1140 頁。

2　曹立新：《臺灣報業史話》，九州出版社，2015 年版，第 21 頁。

是將國民黨當局在大陸的新聞管控制度移至臺灣，臺灣的新聞報刊業仍被國民黨當局牢牢握於手中。

（一）「光復」後短暫繁榮的臺灣新聞業

自 1895 年中日甲午戰爭中國戰敗，至抗日戰爭結束後國民黨政府接管臺灣，臺灣陷於日本之手長達 51 年。在被日侵佔的半個世紀中，日本對臺灣的一切報刊之印刷發行實行嚴格管控：不允許臺灣發行中文報刊，全島所有報紙均爲日文；後來爲了加強對民眾的奴化宣傳，日本當局才允許報紙內出現漢字，但對文字內容則進行嚴格審查。日本此舉妄圖瓦解臺灣人民的民族意識，進而達到在臺灣進行奴化統治、實行愚民政策的目的。

1932 年，臺灣唯一一張自辦報紙《新民報》出現，但日本當局要求其內容必須中日文各一半，報社編輯及管理人員需由日本人擔任。即便如此，《新民報》還是在幾年之後被取締。在半個世紀的時間裏，日本在臺灣實行嚴格的刊前新聞審查制度，報紙消息基本爲日本各級政府、駐臺日軍司令部或是日本同盟社發布的各種官方消息。

抗戰勝利前一年，臺灣全島僅有 6 家報紙，分別是臺北的《臺灣日日新報》《興南日報》、臺中的《臺灣新聞》、臺南的《臺灣日報》、高雄的《高雄新報》以及花蓮的《東臺灣新報》。[1]而這僅存的六張報紙最終也未能逃脫厄運。它們被日本當局強行合併後改組爲《臺灣新報》，在日本當局搖搖欲墜的統治下苟延殘喘。

抗戰勝利後，臺灣時隔半個世紀終於回到祖國懷抱。1945 年 10 月 25 日，臺灣回歸國民政府管轄。在此時期，國民黨當局一方面廢止了延續半個世紀的新聞檢查、對臺灣報業採取了「創刊不需許可，言論不受檢查」的保護性措施；另一方面又授意大陸眾多隸屬國民黨中央的黨報、地方黨報及軍報向臺灣派駐採編和發行人員，以控制臺灣地區的輿論宣傳以及新興的報業市場。

1945 年 10 月 10 日《民報》創刊，這是臺灣在戰後出版的第一份報紙。此後，以《人民導報》爲代表的一些報紙利用國民黨當局爲報業發展創造的環境，在尚未取得登記證的情況下就開始出版發行，僅在報頭標注「本報業已呈請備案中」。[2]在相對寬鬆的政治環境下，臺灣報業一時發展迅速，僅 1946～1947 年，全島就有十餘家報刊先後創刊，包括位於臺北的《臺灣新生報》

1　曾虛白：《中國新聞史》，臺灣三民書局，1989 年版，第 504 頁。
2　曹立新：《臺灣報業史話》，第 22 頁。

《人民導報》《工商日報》《民報》《臺灣經濟日報》《大明報》《國是日報》；位於臺南的《鯤聲報》《中華日報》《工商經濟新報》《興臺新報》；位於臺中市的《民聲日報》《和平日報》《自由報》；位於高雄市的《國聲報》、基雄市的《自強報》、彰化的《中興日報》以及花蓮的《臺東日報》等。[1]截止至 1947 年「二二八事件」爆發前，臺灣共有登記在冊的報刊 28 家，其中日報有 17 家，三日刊和五日刊各 2 家，週刊 3 家，旬刊 4 家。[2]因此，這段時間被稱爲「臺灣報業的勃興期」。

隨著臺灣局勢的逐漸穩定和報業市場的發展，海峽兩岸報業間的聯繫和溝通交流也不斷增多，除了臺灣本地報紙的較大發展外，部分國民黨的黨營報刊、大陸的民營報刊也在國民政府的授意下來到臺灣開闢市場。國民黨黨營報刊中影響最大的當屬《臺灣新生報》《中華日報》和《和平日報》這三家國民黨黨營報紙；而來臺灣發行的眾多民營報紙中，《申報》《新報》《大公報》銷量較好，《中央日報》上海版發行量亦較爲突出。

《臺灣新生報》由日本佔領時期唯一的報紙《臺灣新報》改組而來。日本投降後，部分《臺灣新報》的臺籍員工將報社接管，並於 1945 年 10 月 10 日恢復出版。10 月 25 日，國民黨當局將其改名爲《臺灣新生報》繼續發行，派遣李萬居接管、並規定其隸屬於臺灣省行政長官公署。該報出版後每期爲對開 1 大張，1～3 版均爲中文、4 版仍爲日文（一年後取消日文改爲中文）。在創刊詞中，《臺灣新生報》宣告「以源源介紹豐富的中國文化、以標準國語爲文章，以最大篇幅刊載祖國消息，及傳達並說明政府法令，做臺灣人民喉舌」三事爲主要任務。[3]創刊之初的《臺灣新生報》同樣面臨人手不足、設備陳舊老化、經濟困難等問題，而這種情況一直持續了半年多，直到 1946 年才有所好轉。1946 年 5 月和 12 月，《臺灣新生報》先後兩次擴充版面並增添副刊；同年 8 月又新設臺灣中南部版。

《中華日報》於 1946 年 2 月 20 日在臺南創刊，它建立在日本在臺創辦的 8 家新聞單位的基礎上，但實際上這 8 家報社並未爲其提供相對完好的辦報基礎，因此在創刊之初，《中華日報》的處境較《臺灣新生報》更爲窘迫，其虧損多達 20 餘萬元，多次險些停刊。直到 1951 年，其經濟狀況才逐漸好轉。

1　賴光臨：《70 年中國報業史》，臺灣中央日報社，1981 年版，第 260～261 頁。
2　曾虛白：《中國新聞史》，臺灣三民書局，1989 年版，第 507 頁。
3　陳揚明、陳飛寶、吳永長：《臺灣新聞事業史》，中國財政經濟出版社，2002 年版，第 27 頁。

1948 年，《中華日報》增設北部版，隨後發行《中華週報》及晚報。《中華日報》雖然經濟狀況不佳，但自身特色顯著：借助與大陸眾多國民黨黨報黨刊的良好合作關係，《中華日報》時常能刊發各種獨家信息，這為《中華日報》積聚了不少忠實讀者，也使其成為能夠與《臺灣新生報》分庭抗禮的重要報紙。

除了以上兩份在臺創刊的報紙外，一些國民黨老牌黨報、軍報也來到臺灣開疆拓土，臺中地區的《和平日報》是大陸國民黨軍報《和平日報》的臺灣版。此報於 1945 年 5 月 4 日在臺灣創刊，因宣揚反共主張得到了國民黨頑固派和反動派的大力支持。隨著解放戰爭的勝利推進，大陸多地的《和平日報》紛紛停刊並將設備運來臺灣，這些設備和資源隨後盡數併入了臺灣版《和平日報》之中。1949 年 7 月 1 日，《和平日報》重新改回《掃蕩報》，但終因人力、財力和物力難以支持而於 1950 年 7 月 7 日宣告停刊。

值得注意的是，這段臺灣報業的黃金期內也出現了一些報界亂象：一些報紙和報人利用當時較為寬鬆的辦報環境，編造新聞、歪曲事實以達到提高銷量的目的。這種置新聞真實和新聞法治於不顧的現象，為後來「二二八事件」中臺灣新聞事業的大混亂埋下了伏筆。

（二）「二二八事件」後的臺灣新聞業

1947 年臺灣爆發震驚世界的「二二八事件」，此事件不僅給全島的政治和經濟生態帶來重創，更使剛剛重新起步的新聞事業再次陷入黑暗中。

1947 年 2 月 27 日，6 名國民黨專賣局稽查探員在臺北街頭的「臺北天馬茶坊」附近稽查私煙時，發現一位林姓女煙販涉嫌出售走私香煙。他們來到女商販旁要求沒收，雙方發生爭執，6 名探員隨即對林進行了毆打並致其流血昏迷。由於民眾對國民黨執政幾年間的作為不滿已久，事件在路人的圍觀中引發了民眾對稽查員的圍攻。紛亂中，稽查員妄圖掏槍驅逐群眾，卻誤傷一名陳姓市民並導致該市民不治身亡。事件發生後，群眾的憤怒更難遏制，他們推翻並焚燒了稽查員乘坐的車輛，隨後越聚越多的群眾包圍了憲兵團和警察局，憤怒的市民一夜都沒有散去。

2 月 28 日，臺北市民發起遊行，聚集到長官公署前請願要求交出罪犯，但又遭國民黨當局的鎮壓。國民黨當局的舉動再次激起了民眾的憤怒，更大規模的衝突進一步爆發：憤怒的群眾到專賣局門前示威，並搗毀了專賣局臺北分局；另有部分群眾佔領了廣播電臺並播送廣播號召民眾參與集會。臺灣行

政長官陳儀在當天宣布實施戒嚴並出動軍隊鎮壓群眾，製造了更大規模的血案。幾天內，臺灣全島商店關門，工廠停工，學生停課，暴動的民眾開始與國民黨軍隊的武裝對抗，並控制了臺灣省大部分地區。面對失控的局面，3 月 8 日陳儀急電南京求援，國民黨當局隨調駐守上海的 20 師在基隆登陸，對臺灣群眾進行大規模的血腥鎮壓。事件持續到 3 月 17 日，蔣介石看到事態愈發嚴重，終派「國防部長」白崇禧來到臺灣親自處理「二二八事件」，局面才出現緩和跡象。八天後的 3 月 25 日，國民黨方面宣布事件已經結束。此次「二二八事件」令全世界震驚，在近 20 天的時間中，共有 3 萬多臺灣民眾慘遭殺害。

「二二八事件」的發生並非偶然，它是多年來臺灣社會深刻矛盾爆發的產物。

在政治上，臺灣雖結束了長達半個世紀的日本殖民統治，但國民黨的到來並未改變臺灣人無法參與本地治理的狀態。國民政府在臺灣設立的行政部門中，重要職位由大陸來臺人員控制，長官公署的九個重要處會、十八位正副處長中，只有一位副處長是臺灣本省人；十七位縣市長中，僅有四名本省人。臺灣本省人無權參與本省治理，讓很多臺灣政治界人士深感不滿。此外，在接收過程中，國民政府甚至錄用了大量的日籍人員，這讓眾多臺灣島人感到蒙羞；而在接收過程中國民黨各級官員的貪污受賄行為更令民怨沸騰。在經濟上，終於擺脫日本統治的臺灣原以為會迎來經濟的復蘇及高速發展，但國民政府管控下的臺灣經濟卻遭遇了更加殘酷的盤剝：國民政府設立的所謂「貿易局」聲稱能夠幫助臺灣解決失業問題，重建家園，但此機構實際上將近乎全部的臺灣特產之經營權收歸政府專管，臺灣本地的民營企業則被排除在外，這更加劇了失業潮的蔓延。在農村，地主階級借助城市中商業發展的亂象強行加租，令農民苦不堪言。在此情況下，臺灣行政當局為了支持國民黨在大陸發動內戰所需，肆無忌憚地濫發紙幣，臺灣島內僅一年間物價就上漲了 100 多倍。在社會治理上，社會上盜賊橫行，搶奪搶劫頻發，臺灣彷彿一下子進入「無政府狀態」；而從大陸來臺的部分國民黨士兵、軍警則更肆無忌憚的使用槍械，一言不合就開槍殺人。以上種種因素的累積，最終導致了「二二八事件」的爆發。

「二二八事件」發酵的過程中，臺灣新聞界，特別是民營報刊在整個事件中揭露真相，痛斥當局，起到了引導輿論的重要作用，他們與臺灣人民和各界一道，共同反抗國民黨的倒行逆施。在此期間，臺灣多家報紙每日刊發

社論，表達對當局的不滿。但是，也有部分媒體借混亂局面大肆散播謠言，更有甚者則公然宣傳「臺獨」，這也爲後來國民黨的出兵鎮壓埋下了伏筆。

此外，還有部分國民黨控制的黨報黨刊及其他報紙站在當局立場上對事件進行了抨擊。《臺灣新生報》在事件爆發之初，曾將其定性爲「日本教育的迴光返照和日本思想餘毒作祟」；《民報》《人民導報》《自由日報》《中外日報》《興臺日報》等也持相同立場。這些報紙的言論引起了臺灣民眾的不滿，部分報館被憤怒的群眾搗毀；《民報》社長林茂生，《人民導報》社長宋斐如，《新生報》總編輯吳金煉等人在事件中先後失蹤。[1]而包括《民報》《大明報》《人民導報》《自由日報》《中外日報》《重建日報》在內的多家報紙則在此次事件後宣告停刊。

國民黨當局認爲，臺灣報業在「二二八事件」中存在嚴重的「轉移人民視聽」的過錯。因此，在該事件後，國民黨當局對臺灣地區的新聞管制更加嚴苛，一度火熱發展的報業也瞬間沈寂下來。3 月 13 日起，國民黨當局開始對臺灣眾多報紙進行大規模的整肅。警察總署首先以「思想反動、言論荒謬、詆毀政府、煽動暴亂」罪名將《人民導報》《民報》《大民報》三家查封；此後，又以「未核准登記」「擅自發行號外」「煽動民心」等理由將《中外日報》《重建日報》《青年自由報》《工商日報》《自強日報》等刊查封。半月後，臺灣地區除兩張由國民黨政府直接管控的機關報外，其餘報紙幾乎全被封禁。此外，國民黨當局還設立了「新聞處」，表面宣稱「扶植並督導新聞」，實則是將其在大陸管控新聞輿論的方法全盤移至臺灣。3 月 15 日，宣傳委員會改爲僅從事省政府新聞發布與聯絡工作的長官公署秘書室新聞室，其他相關工作均交由民政廳主管；因「二二八事件」中臺灣民眾對長官公署提出了包括「確保言論出版自由、廢止宣傳委員會」等多項要求，4 月 22 日，行政院會議決定撤銷臺灣省行政長官公署，翌日改組爲臺灣省政府；當年 8 月 11 日，臺灣省政府新聞處正式成立，這宣告了「二二八事件」後，臺灣省級新聞行政體制的最終確立。

「二二八事件」後，臺灣的新聞業在國民黨的管控之下，呈現出較爲矛盾的發展路徑。一方面整體上發展向好：1948 年，《國語日報》《華報》《臺北晚報》《閩臺日報》《幹報》《大同日報》《臺灣日報》先後創刊於臺北；除臺北外，花蓮地區出現《更生報》《警民報》《東臺日報》《公民日報》；基隆創

---

1 曾虛白：《中國新聞史》，臺灣三民書局，1989 年版，第 507 頁。

刊《潮聲報》《大聲報》《民鐘日報》；臺中創刊《民聲日報》《民風報》《力行報》《自由日報》《天南日報》《中臺晚報》《工業新報》，此外各縣也紛紛建起地方報刊，臺灣各地區的報業發展形勢向好。雖然這其中的部分報刊因經濟原因導致停刊，但新的報刊很快出現。據統計，至 1948 年，臺灣地區各類報紙已發展到 40 餘家，其中日報 17 家，晚報 2 家，剩下的主要爲三日刊、五日刊及旬刊，報業最爲集中的仍是臺北地區。[1]另一方面臺灣新聞業也囿於社會大背景而出現種種問題。首先，人才資源捉襟見肘，特別是國語採編人員稀缺。長達半個世紀的日本奴化教育，使很多臺灣人已不會說漢語而只識得日文，因此報紙編輯初期不得不採取中日兩種文字編排，這無形中爲編輯、記者帶來了沉重的工作負擔。有的記者和編輯不得不身兼數職，另有一些報刊出現了從大陸引進國文採編人員的情況。其次，設備方面的落後始終制約著臺灣報業的發展。抗戰結束後，臺灣報業使用的設備以日本戰敗後遺留的設備爲主，這些設備大部分年久失修，損壞嚴重。加之當時臺灣島電力等基礎設施不完善，常常出現水電等供應不足的情況。同時，臺灣無線電接收的落後使得最新消息無法及時編譯。最後是經濟環境的影響。臺灣報業的發展始終伴隨著嚴重的經濟困難，有的報社連買紙都成了問題，拖欠員工工資、員工待遇無法改善的情況更比比皆是。在此情況下，大大小小各種報紙均深感經濟壓力，報館倒閉關張的情況更屢屢出現。

二、國共內戰結束與國民黨報刊業遷往臺灣

　　解放戰爭初期，國民黨黨營新聞事業發展至頂峰，但此背後也孕育著其必然失敗的趨勢。高度集權下的新聞傳播業，已經成爲了國民黨法西斯專政的宣傳工具，其反人民、反社會的本質逐漸暴露。爲了國民黨的政治及軍事需要，新聞業可以肆意捏造、顛倒黑白，製造一系列的無恥事件，置新聞道德和新聞眞實於不顧。比如在內戰爆發的問題上，《大剛報》1946 年 10 月 15日發表題爲《中共的出路》的社論，聲稱其「呼籲和平，反對內戰，不贊成中共武力奪取政權」云云；與此同時，南京《中央日報》、上海《中央日報》也紛紛指責中共挑起內戰。國民黨報刊罔顧事實，利用傳播便利，企圖將罪名強加給中國共產黨。

---

1 陳揚明、陳飛寶、吳永長：《臺灣新聞事業史》，中國財政經濟出版社，2002 年版，
　第 31 頁。

　　1949 年，國民黨大廈將傾，解放戰爭即將走向尾聲。因此，國民黨在戰爭結束前一方面率先將黨屬新聞機構遷臺；另一方面在臺灣創辦不少新報以備政府遷移之需。此後，國民黨政府照搬大陸管理模式，在臺灣形成了「以黨媒為中心、配合國民黨思想路線與戰略、嚴控新聞輿論和言論自由」的新聞報刊體系。

（一）解放戰爭後期國民黨新聞報刊業的急遽衰微

　　解放戰爭進行到戰略相持和反攻階段後，國民黨軍隊節節敗退，統治當局敗勢漸顯。但在此情況下，國民黨新聞機構仍不斷歪曲事實、編造戰果，在輿論上製造聲勢。他們對解放區進行污蔑和誹謗，不斷製造諸如「種植鴉片、販賣人肉」等聳人聽聞的虛假消息；他們對戰場上國軍的節節敗退視而不見，反而天天編造所謂國軍的「巨大勝利」和「赫赫戰果」。如《和平日報》在報導國民黨七十四師被殲滅的消息時，將師長張靈甫被擊斃的事實報導為「最後不屈，在陣地相率自戕」。面對國民黨軍隊的失利，這些報刊報導的仍是「勝利在望」「乘勝追擊」；甚至到了解放軍準備強渡長江之時，一些國民黨報刊仍宣稱「固若金湯」「不遷都，打到底」。

　　此外，解放戰爭期間，國民黨為了強化對新聞宣傳的管制，經常以中央宣傳部的名義強行干涉各報工作。在一些涉及國際國內的重大問題上，均採用中宣部撰寫的稿件，以保證口徑一致。國民黨當局還定期召集各地黨報負責人開會，以統一各報言論，使各報做到思想上、行動上與國民黨中央的高度統一。

　　得道多助，失道寡助。拋棄了新聞真實性和新聞道德的國民黨新聞事業，最終也只能隨著其政權的倒臺而不得不倉皇遷往臺灣。

（二）國民黨《中央日報》遷臺出版

　　在國民黨遷往臺灣之前，其部分新聞機構面對在大陸難以挽回的失敗局面，就已開始籌劃在臺灣重建，這其中較早著手搬遷事宜的就是國民黨《中央日報》。在 1948 年，南京《中央日報》眼見大勢已去，便開始在臺灣籌備臺北版《中央日報》，並於一年後正式遷臺。在 1949 年遷往臺北的過程中，南京《中央日報》在社長馬星野的帶領下絕大多數工作人員和器材設備都轉移到了臺北，經過一段時間的籌劃後，1949 年 3 月 12 日《中央日報》臺北版正式發行出版。

（三）《和平日報》以《掃蕩報》名義遷臺繼續出版

　　除《中央日報》外，許多國民黨黨媒或軍媒遷往臺灣。《和平日報》便是其中之一。《和平日報》原為創刊於 1932 年的國民黨軍報《掃蕩報》，抗戰期間其在武漢、重慶、桂林及昆明等多地出版發行。抗戰結束後，《掃蕩報》於 1945 年 1 月 12 日改名為《和平日報》並分別於南京、上海、重慶、廣州等全國八個城市設立分版發行。定名《和平日報》，目的是為了配合國民黨在和談中所虛假宣稱的爭取和平的主張。在改名發行的四個月後，即 11945 年 5 月 4 日，《和平日報》臺灣版也在臺中正式創刊發行。解放戰爭期間，面對在大陸的一瀉千里，南京《和平日報》社也在後期逐步將人員和設備遷往臺灣，並最終與臺灣《和平日報》合併出版。1949 年 7 月 1 日，《和平日報》臺灣版重新恢復報名為《掃蕩報》。但由於經營不善等問題，僅僅一年後《掃蕩報》便宣告停刊。

（四）內戰結束前後臺灣新聞事業的管控加強

　　1949 年前後，國民黨在大陸的統治搖搖欲墜，蔣介石政權便將臺灣視為其最後的機會，進一步加緊了對臺灣的管控。在此期間，陳誠和蔣經國先後赴臺主持政務，在臺開展大規模整治，而新聞界則在這場整治中成為「重災區」。

　　為了吸取「二二八事件」中的教訓，國民黨政權通過多種手段從經濟、政治、法規等方面對對新聞業高壓管控、大規模扼殺臺灣的自由報業和進步報紙。經濟上，廢除新聞紙配給制，使許多經濟基礎薄弱的小報紙因此難以為繼，紛紛宣告倒閉，這其中就包括《自立晚報》《大風報》《正義日報》等；政治上，國民黨當局將在大陸對付《申報》《新聞報》的方式移植到臺灣，用強行並購、勒令改組或停刊等多種手段將《臺北晚報》《國聲報》等多家報刊控制或裁撤；法律上，除了全部照搬大陸設立的各種限制新聞自由的法令外，國民黨政府還不斷修改臺灣的《出版法》《戒嚴法》等條款，並相繼出臺《戰時新聞用紙節約辦法》《臺灣地區戒嚴時期出版物管理辦法》《臺灣省新聞雜誌資本限製辦法》等一系列法令法規以限制臺灣地區的新聞自由。

　　《戰時新聞用紙節約辦法》中規定「各報社報紙每日篇幅不得超過對開 1.5 張即 6 版」；「同一報紙不能在不同地方印刷」；甚至更將臺灣的報紙總數控制在 31 家之內。在陸續推出了「限紙」「限張」「限印」「限證」「限價」等法規後，國民黨當局進一步設置了多個管控輿論的機構，其中最有影響力的

當屬「國民黨中央文化工作委員會」。這些輿論管控機構只要發現哪家報紙有與政府相左的言論出現，輕則懲處，重則直接停刊。

　　至 1950 年國民黨全面遷臺後，新聞管制的種種手段更為嚴苛。1949 年 5 月 20 日臺灣全省實行「戒嚴」，《臺灣地區戒嚴時期出版物管理辦法》隨即出臺，這對臺灣地區的言論自由造成了更加嚴重的破壞。而在一年後的 1951 年 6 月 10 日，國民黨開始了歷史上著名的「報禁」，「停登、限張、限印」等政策的施行使臺灣新聞業遭遇了空前的浩劫，直到 1988 年 1 月，這一禁令才宣告解除。

第三章 民國南京政府後期的共產黨新聞報刊業

　　抗戰勝利後的中國面臨重重的機遇與挑戰，但國民黨卻企圖在美國支持下通過發動內戰消滅共產黨，侵佔解放區。1945 年前後，隨著重慶談判、停戰談判及政治協商會議的進行，國共兩黨邊打邊談，共產黨報業在摩擦與爭端中艱難前行。1946 年全面內戰爆發後，蔣介石全面進攻解放區；中國共產黨則貫徹「邊打邊撤」方針，保存了實力。在戰略反攻和戰略決戰階段，人民解放軍轉守為攻，並取得了解放戰爭的最終勝利。國共雙方的新聞報刊業也在這一博弈抗衡的過程中展開了激烈較量。民國南京政府後期的中國共產黨領導的人民新聞報刊業經歷了發展、暫時收縮、再度繁榮發展的曲折歷程。

第一節 抗戰勝利初期短暫壯大的共產黨新聞報刊業

　　抗日戰爭勝利後，隨著大地主大資產階級與廣大人民群眾、國民黨與共產黨間衝突的愈演愈烈，國內的主要矛盾由民族矛盾轉變為階級矛盾。國共兩黨在軍事上的最後對決，必然導致兩黨的新聞事業也隨之進入最後的較量時期。

　　抗戰結束至國共內戰前（1945 年 9 月至 1946 年 6 月），中國共產黨領導的人民軍隊衝破國民黨當局的重重束縛與鉗制，對日本侵略者展開全面大反攻，不僅迅速收復了大片淪陷區，更把原先支離破碎的根據地連成一片，使人民解放區的範圍迅速擴大。至 1946 年年初，中國共產黨領導下的解放區面積擴展至近 300 萬平方公里，占全國總面積的四分之一；解放區人口約 1.4 億

人，占全國總人口的三分之一。在此背景下，解放區共產黨新聞事業一方面利用國共兩黨形式上的合作，以迅雷不及掩耳之勢在收復區創辦報刊；另一方面又在不斷擴大的解放區大力發展新聞報刊業。因此在這一時期的解放區內，新、老解放區在辦報數量、質量以及辦報條件上都有很大程度的改善。

一、在「對日反攻」中快速發展的解放區報刊業

隨著淪陷區的不斷收復，解放區的範圍和面積迅速擴大，解放區新聞事業也隨之蓬勃發展。這一時期的共產黨新聞報刊業，一方面在陝甘寧、晉察冀、晉綏等地加快創辦新刊；另一方面，不少根據地的機關報進入大城市發行，不僅擴展了發行範圍，也標誌著中國共產黨新聞報刊業的發展步伐逐漸從農村進入城市。如華北地區的《晉察冀日報》進入張家口發行；山東地區的《大眾日報》分別在煙臺、威海衛兩個重要城市出版；華中《新華日報》在淮陰地區的清江市創刊；東北地區的《東北日報》在瀋陽創刊、繼而在哈爾濱市出版；《吉林日報》於 1945 年 10 月 10 日在吉林市創刊[1]等。至此，一個由中央局到地區黨委的解放區報刊網絡初步形成，在一定程度上為解放區報業的發展打下了基礎。

表 3-1：部分解放區報紙情況一覽

地區	領導機關	城　市	名　　稱	創刊或復刊時間
河北	中共中央晉察冀分局	張家口	《晉察冀日報》	1945 年 9 月 12 日
河北	中共晉冀魯豫邊區中央局	邯鄲	《人民日報》	1946 年 5 月 15 日
山西	中共中央晉綏分局	興縣	《抗戰日報》更名為《晉綏日報》	1946 年 1 月
山東	中共中央山東分局	濟南	《大眾日報》	1945 年 8 月 15 日
華中	中共中央華中局	清江	《新華日報》（華中版）	1945 年 12 月 9 日
東北	中共中央東北局	瀋陽	《東北日報》	1945 年 11 月 1 日
東北	中共吉林省委	吉林	《吉林日報》	1945 年 10 月 10 日

同時，為了適應形勢的需要，解放區的一些報紙紛紛擴版或改版為大型日報、擴大發行範圍。如《晉察冀日報》由四開一張擴大為對開一大張，改版後，其日銷量也增至 3 萬多份。

---

1 錢承軍：《建國前中國共產黨報刊研究》，中國文聯出版社，2009 年版，第 275 頁。

（一）陝甘寧邊區報業的大發展

陝甘寧根據地橫跨西北三省，包括陝西北部、甘肅東部和寧夏東南部，首府中心是延安。1937 年 1 月，中共中央的領導機關遷至延安，使延安成為了日後中共中央領導和推動抗戰走向勝利的政治中心；加之中央媒體和許多全國性的新聞單位都集聚於此，因此延安也是當時中國共產黨革命新聞事業的指揮中心。

1933 年 4 月至 1937 年 9 月間，陝北、西北地區從陝甘寧邊區、陝北革命根據地逐漸轉變為陝甘寧邊區政府。陝甘寧邊區是中國革命在日後取得全面勝利的堅實有力的指揮中心，也是推動西北革命乃至整個中國革命取得最終勝利的領航者。

自 1936 年黨中央進駐陝北至 1949 年解放戰爭結束，陝甘寧革命根據地形成了覆蓋中央、西北局、分區、縣甚至鄉村、連隊的多層次的報刊和新聞機構，建構了大眾化新聞宜傳網絡。據不完全統計，十幾年的時間裏，陝甘寧邊區共出版各類報刊 86 種[1]，其中包括中央級報紙和地方小型報，基本形成了以延安為中心、覆蓋了整個陝甘寧邊區的報刊網絡。此外，不少農村還辦有牆報或黑板報[2]。可以說，陝甘寧革命根據地的新聞報刊業為黨動員群眾、傳播聲音、指導各抗日根據地的建設、爭取革命的最終勝利等方面都作出了重要的貢獻。

下表為陝甘寧根據地 1945～1949 年期間部分尚在發行的共產黨報刊輯覽[3]。

表 3-2：為陝甘寧根據地 1945～1949 年期間部分共產黨報刊輯覽

報刊名稱	刊期	出版地	創刊年月	終止年月	主辦單位	說　明
《解放日報》	日刊	延安	1941 年 5 月	1947 年 3 月	黨中央機關報	
《邊區群眾報》		延安	1940 年 3 月	1948 年 1 月	陝甘寧邊區文化協會，中共中央西北局	1946 年 11 月 2 日改半週刊，1947 年 4 月 21 日改為日刊
《教育通訊》	月刊	延安	1945 年 4 月		教育廳	
《隴東報》	5 日刊	慶陽	1945 年 8 月		中共隴東區委	由《救亡報》改為《隴東報》
《大眾報》		延安	1946 年			

1　李文：《試論陝甘寧根據地新聞事業的群眾性》，《新聞研究資料》，1993 年第 1 期。
2　祁媛：《抗戰時期陝甘寧邊區報刊發展概覽》，《社科縱橫》2006 年第 10 期。
3　趙曉恩：《延安出版的光輝》，中國書籍出版社，2002 年版，第 23、29～30 頁。

《農業導報》		延安	1947 年 3 月 1 日		建設廳	
《邊區政報》			1947 年 7 月 15 日		邊區政府	
《新聞研究》			1947 年 9 月			新聞業務刊物
《延屬報》			1948 年 2 月 7 日		延安分區地委機關	
《陝北群眾日報》	日刊	延安	1949 年 5 月 26 日	1950 年 3 月 15 日	中共中央西北局	

　　陝甘寧邊區比較典型的大報有《解放日報》《邊區群眾報》等。《邊區群眾報》創辦於 1940 年 3 月 25 日，謝覺哉任社長，毛澤東親自題名。該報是延安創辦的出版時間最長、陝甘寧邊區發行最廣的一份報紙。該報四開四版，以陝甘寧邊區普通群眾和基層幹部爲讀者對象，以邊區群眾喜聞樂見的民間語言和民間文化形式，因而很注意通俗化，解決了邊區群眾識字少、看報難的問題。《邊區群眾報》曾先後是陝甘寧邊區、中共中央西北局的機關報，是溝通黨和群眾之間的橋樑，也爲反映群眾呼聲和密切聯繫群眾提供平臺。1948 年 1 月 10 日改名爲《群眾日報》，是中共中央西北局機關報；中華人民共和國成立後，於 1954 年 10 月正式更名改爲《陝西日報》，是中共陝西省委機關報。

　　《隴東報》是在抗戰中發展壯大的陝甘寧邊區創辦最早的地方黨委機關報之一，是隴東新聞事業的代表，始於 1934 年中共陝北邊特委、陝甘邊蘇維埃政府在華池南梁創辦的機關報刊《布爾什維克生活》和《紅色西北》，同時結束了隴東地區沒有報刊的歷史。抗戰時期，隴東根據地的各級黨政軍領導和新聞工作者，艱苦創業，奮發圖強，相繼創辦了《救亡日報》《救亡報》《民眾先鋒》《隴東報》《新聞教育》《抗大》《新寧報》《群眾生活》等數十種黨政軍機關報刊和民眾團體報刊。《救亡日報》和《救亡報》是陝甘寧邊區隴東革命根據地的特委機關報，也是該報的前身。1942 年 7 月 7 日，《隴東報》在慶陽出版，爲中共隴東特委機關報，報頭由毛澤東同志親筆題寫。[1]在抗戰時期，每期發行千份左右，解放戰爭時期，頻繁轉移，每期發行仍保持在 700 餘份。除在隴東根據地各縣、區、鄉、村發行外，贈閱範圍在《救亡報》的基礎上不斷擴展，最遠送到晉綏根據地[2]，充分發揮了宣傳、組織、鼓舞人民群眾的戰鬥作用。

<hr>

1　高文、鞏世鋒：《隴東老解放區通訊選》，甘肅人民出版社，1992 年版，第 620 頁。
2　鞏世鋒主編：《隴東革命根據地》，中共黨史出版社，2011 年版，第 303～304 頁。

陝甘寧邊區根據地的新聞報刊業有組織、有規劃、有層次，爲中國共產黨新聞戰線的齊整建立了一套傳播網，它不僅準確宣傳和介紹了中國共產黨的綱領路線、方針政策，而且眞實記錄了邊區軍隊和群眾共同建設邊區的實際情況，以及爲革命獻身的光輝歷程，是邊區新聞報刊業的代表，爲根據地報刊業的發展積累了豐富的辦報經驗，打下了堅實的基礎。

（二）晉察冀解放區的《晉察冀日報》進入張家口出版

晉察冀抗日根據地是中國共產黨在敵後創建的第一個抗日根據地，其機關報《抗敵報》最具代表性，創刊於 1937 年 12 月 11 日，1940 年 11 月 7 日更名爲《晉察冀日報》，是敵後抗日根據地創刊最早、連續出版時間最長的邊區黨報之一，後發展爲中共中央北方分局機關報。《晉察冀日報》辦報十年六個月零三天，共 2855 期，社長鄧拓，在很長一段時期，《晉察冀日報》積極宣傳黨的主張和根據地實際建設情況，是晉察冀邊區在黨的領導下有效開展各項工作的有力的傳播工具。

1945 年 9 月 12 日，第 1817 期《晉察冀日報》在張家口開始出版，成爲解放區第一份在城市出版的大型日報。在張家口時期，《晉察冀日報》副刊的發展達到了很高水平。延安大批作家、詩人、學者和藝術家向《晉察冀日報》副刊投稿，包括肖三、丁玲、賀敬之、艾青等人，成爲了文化陣地，也是反映晉察冀解放區新文化的一個重要展示平臺。1946 年，丁玲受《晉察冀日報》社長鄧拓之邀任副刊主編。副刊中很多文稿都眞實地反映了根據地群眾的實際情況，其所富含的文藝性、大眾性和戰鬥性使它成爲《晉察冀日報》中最受歡迎的部分。1946 年 4 月，中華全國文藝協會張家口分會成立，曾在《晉察冀日報》社擔任過編輯、記者或通訊員都成爲了中華全國文藝協會張家口分會的重要成員[1]。

（三）晉綏地區的《抗戰日報》改名《晉綏日報》繼續出版

晉綏地區是陝甘寧邊區通向華北、華中、華南抗日根據地的交通要地，乃延安的大門，地理位置十分重要。1940 年 9 月 18 日，《抗戰日報》創刊，是中共中央晉綏分局的機關報，也是晉西北有史以來的第一份鉛印報紙，四開四版，曾出三日刊、間日刊，1944 年 9 月 18 日起改爲日刊。[2]《抗戰日報》

1　張學新：《晉察冀文藝運動大事記》，《新文學史料》，1986 年版。
2　邵挺軍：《戰爭年代的〈晉綏日報〉》，《新聞研究資料》，1987 年第 2 期，第 95 頁。

從根據地實際出發，通過具體生動的事實宣傳黨的方針和政策，教育、團結和動員廣大幹部群眾，維護和實現根據地各項工作的有序開展。

1944 年 12 月 20 日，毛澤東在延安同林楓談話中，對如何辦好《抗戰日報》作了重要指示。回到晉綏邊區後，林楓及時向分局和報社傳達了毛澤東的重要指示。這大大推動了新聞通訊工作的開展，鼓舞了廣大新聞工作者的鬥志，提高了大家辦好報紙的自覺性。1945 年 7 月，國民黨軍隊進攻邊區的陰謀和行動並未停止，《抗戰日報》的報導方向也逐漸向「為民族的民主自由行文、為中國未來落墨」的方向轉移。1946 年 7 月 1 日，《抗戰日報》更名為《晉綏日報》，在社論中重申：「本報今後將一本初衷，無條件地為我晉綏人民服務，晉綏人民的利益就是本報的利益，晉綏人民的疾苦就是本報的疾苦，使之真正成為晉綏人民的喉舌。」[1]1949 年 5 月 1 日《晉綏日報》終刊，共出版 2171 期。創刊九年間，《晉綏日報》在抗日戰爭和解放戰爭中為中國共產黨提供了寶貴的組織經驗。[2]

（四）華中根據地《新華日報》創刊

正當全國人民歡慶抗戰勝利的時候，國民黨卻加緊發動內戰，企圖消滅共產黨、侵佔解放區。華中地處江淮平原，臨近滬寧，是全國經濟、文化的中心地帶，具有極重要的戰略地位，因此是國民黨反動派重點爭奪的地區。1945 年 8 月，華中新四軍一舉收復了蘇北和津浦路以東皖北的許多城市，在東至黃海、西至津浦路、北至隴海路、南抵長江北岸的遼闊土地上建立起統一的蘇皖解放區。按照黨中央的決定，10 月 24 日，中共中央華中分局和華中軍區宣布成立；10 月 29 日，蘇皖邊區政府成立。為了有效地指導華中解放區的工作和鬥爭，華中分局決定出版一份「全華中性」的機關報紙。為此，1945 年 12 月 9 日，中共中央華中分局的機關報 ——《新華日報》（華中版）在蘇皖邊區首府淮陰正式創刊。初創時為四開兩版，並從 1946 年 3 月 1 日起擴大為對開四版。華中版《新華日報》創刊那天，正是「一二・九」運動 10 週年紀念日。當日的報紙四版出了紀念專刊，通欄口號是：「反對內戰，為實現和平民主團結而奮鬥！」[3]而在創刊號刊登的《華中分局（軍區）關於出版新華日報華中版及加強新華社華中分社的決定》中，宣布由鄧子恢、張鼎丞、曾

1　王力：《從〈抗戰日報〉到〈晉綏日報〉》，《黨史文匯》2015 年第 2 期。
2　晉綏日報簡史編委會：《晉綏日報簡史》，重慶出版社，1992 年版，第 21 頁。
3　嚴鋒：《記〈新華日報〉華中版》，《新聞研究資料》，1991 年第 3 期，第 105 頁。

山、劉瑞龍、李一氓、馮定、范長江組成黨報委員會；書記鄧子恢，副書記李一氓，社長范長江，副社長包之靜；由范長江、惲逸群、黃源、婁適夷、包之靜、史乃展、謝冰岩組成編輯委員會，總編輯范長江。

1946 年 1 月國共停戰協定公布後，華中各線國民黨軍隊違約向解放區騷擾破壞。面對國民黨反動派「假和平真內戰」的陰謀，《新華日報》（華中版）先後發表《撲滅反動派的野火》《國民黨反動派與全民為敵》等多篇社論，短評，聲討國民黨軍隊對人民犯下的新罪行，揭露國民黨反動派加緊備戰與人民為敵的事實真相。內戰爆發後，在險惡的戰爭環境中，《新華日報》（華中版）幾度搬遷，但仍堅持辦報。1946 年 12 月下旬，《新華日報》（華中版）奉上級指示，北撤山東，開闢新的戰場。

《新華日報》（華中版）誕生於中國現代史上一個具有偉大意義的轉折時期，此時中國共產黨的新聞事業已進入相對成熟的發展時期。在辦報過程中，《新華日報》（華中版）圍繞「和與戰」進行的系列宣傳報導，在整個解放區的戰爭動員工作中起到了重要的作用；同時該報以全心全意為人民服務為宗旨，繼承和發揚了共產黨黨報理論聯繫實際、密切聯繫群眾、批評與自我批評的優良傳統。

（五）山東解放區的《大眾日報》改為中共華東局機關報

抗戰勝利後，山東根據地報業已有一定規模。解放戰爭時期，作為華北、華中兩大抗日根據地的紐帶，山東根據地新聞報業進入了興盛時期。

《大眾日報》誕生在抗日戰爭的硝煙烽火中，1939 年 1 月 1 日創刊於沂水縣王莊。它是山東抗日根據地最早創建的黨報，也是在抗日戰爭和解放戰爭中唯一沒有間斷、連續出版的省級日報，更是現在出版的全國省級以上日報中唯一一個全面系統報導抗日戰爭和解放戰爭的一家報紙。1945 年 10 月中共山東分局的成立，為《大眾日報》的進一步發展創造了條件。1946 年底，華中《新華日報》與山東《大眾日報》合併，實現了華東新聞工作者的大會師，此時的《大眾日報》改為中共華東局機關報，除擔負山東全省的宣傳報導任務外，還兼顧整個華東地區的宣傳報導任務，指導範圍遠達蘇北、皖東等抗日根據地[1]。戰爭年代，大眾日報長期作為黨的「大區」報紙存在，在整個華東乃至全國都是一張發行量居前、影響力較大的報紙。黨在延安召開第七次全國代表大會時，中央舉辦報紙展覽，《大眾日報》被評為敵後辦得最好

1　劉衍琴：《民國時期山東報業概述》，《新聞大學》，1996 年第 1 期，第 43 頁。

的報紙之一。解放戰爭期間，報社先後受到敵人「掃蕩」襲擊幾十次，經歷大小戰鬥上百次。爲了堅持報紙的連續出版，報社多位工作人員獻出了自己的寶貴生命。

表 3-3：山東解放區部分發行報紙輯覽

報紙名稱	創刊地	創刊日期	停刊日期	主辦單位	負責人
《大眾報》	黃縣	1938.8.13	1950.4.20	中共膠東區委	賀致平
《大眾日報》	沂水	1939.1.1	至今	中共山東省委	劉導生
《魯南時報》	費南	1940.7.1	1948.2.15	中共魯南區委	林乎加
《渤海日報》	惠民	1944.7.1	1950.4.26	中共渤海區委	陳放
《群力報》	膠東	1945.2	1949.12	膠東各救會	張修己
《濱海農村》	莒南	1945.6.1	1948.1.22	中共濱海區委	吳建
《魯中大眾》	沂源	1945.9	1948.2	中共魯中區委	宮達非
《魯中南報》	沂水	1948.9.26	1950.4.20	中共魯中南區委	宮達非

二、短暫恢復並發展的國統區共產黨報刊業

1945 年 8 月下旬，中國共產黨在國統區大力開展黨的新聞事業。1945 年 9 月 14 日，毛澤東、周恩來雖在重慶參加和平談判，但明確提出要盡快派同志到上海等收復區開辦報紙、在國統區佔領新聞宣傳陣地、早日開展爭取和平民主的輿論鬥爭等要求。隨後，在上海、南京、北平等大城市及香港地區相繼出版了許多共產黨的報紙和刊物，如上海的《群眾》週刊；北平的《解放》和《平津晚報》、香港《正報》《華商報》等，共產黨報刊在國統區得到了短暫發展。

（一）上海地區的共產黨報刊業

上海是中國近現代新聞事業發展的重要陣地，因此中國共產黨十分重視上海地區民主報刊的發展情況。早在日本宣布投降伊始，中共上海地下組織就搶在國民黨勢力返回上海之前領導創辦了《新生活報》（9 月 1 日更名爲《時代日報》，日刊，鉛印）。該報以蘇聯塔斯社主辦的俄文《新生活報》中文版爲名出版，並聘請蘇商匝開莫擔任發行人，但報紙的實際負責人是共產黨員姜椿芳。[1]

1　錢承軍：《建國前中國共產黨報刊研究》，中國文聯出版社，2009 年版，第 267 頁。

　　與此同時，周恩來等還積極籌措《救亡日報》在上海的復刊，指示夏衍盡快到上海與徐邁進會合，盡早復刊四開一張的《救亡日報》。周恩來還指示「上海這個地方很重要，一定要盡快建立我們的宣傳陣地，我們會很快通知華中解放區和上海黨組織，全力支持你們」，指示報紙仍要以群眾面目出現，要注意「有理、有利、有節」。[1]

　　利用國共合作的契機，利用可以在國統區辦報的合法權利，中共中央南方局派出一批新聞人才，同淪陷時期留滬鬥爭的同志創辦了一大批報刊，將上海的辦報活動推向高潮，並逐漸開闢出自己的報刊發行網絡。下表為抗戰結束至解放戰爭前夕上海地區活躍的部分共產黨領導的報刊概況。

表3-4：抗戰勝利後上海地區部分共產黨領導的報刊輯覽

報刊名稱	創辦日期	刊期	單位	負責人	說明
《新生活報》	1945.8.16	日刊	蘇聯塔斯社	實際負責人則是中共黨員姜椿芳	
《聯合日報》		日刊	中共中央南方局		
《人人週刊》	1945.9.18	週刊			
《群眾》		半月刊			後改為週刊
《建國日報》	1945.10.10	日刊	上海文化界救亡協會	夏衍	《救亡日報》更名而來
《文萃》	1945.10.9	週刊		國際新聞社記者孟秋江	
《時代學生》	1945.10.16	半月刊	中共上海市委學委		
《生活知識》	1945.11.12	週刊	中共上海工人運動委員會	紀康	
《學生新聞》	1946.2		上海市學生團體聯合會籌備會		
《消息》	1946.4.7	半週刊		姚溱	
《新華週刊》		週刊		龔澎	英文

1　《夏衍自傳》，江蘇文藝出版社，1996年版，第181頁。

據當時中共上海地下黨「文委」成員梅益回憶：「過去望平街[1]報刊發行市場，幾十年都被國民黨的一批流氓、報棍霸佔。我們新出版的報刊，一送到望平街，不是被他們燒掉就是撕掉，都被禁止發行。後來我們作報販、報童的工作和他們鬥，帶頭鬥爭的人不是被他們打死、打傷、就是被抓走。不改變這種情況，我們在上海就沒有立足之地。經過長期鬥爭，我們終於開闢了自己的發行市場，現在所有的革命報刊，都可以自由地在望平街發行了。」[2]

這些報刊的具體發行情況如下：

1945 年 9 月 18 日，黨「職委」主辦的《人人週刊》創刊；9 月 21 日，《聯合日報》出版。報紙係根據中共中央南方局提出的「爭取在上海創辦一份民間日報」的建議，由重慶派至上海的劉尊棋、王紀華等人籌建。爲了隱蔽黨的身份，該報名義上由美國新聞處任發行人，並提出了「以純粹民間資本，無黨派立場，發揮民間輿論精神」的辦報精神。《聯合日報》一經創刊便日銷 20 萬份，但是僅出版了兩個月，就被國民黨當局於 11 月 30 日下令停刊。

1945 年 10 月 9 日，《文萃》週刊問世。《文萃》週刊由國際新聞社記者孟秋江主持編務，報紙初爲集納性、文摘性刊物，以轉載重慶、成都等地報刊的進步文字爲主，旨在溝通大後方與收復區的民主輿論，將內地民主運動擴展至收復區。1946 年 6 月，《文萃》逐步改版爲時事政治性刊物，由黎澍接任主編，後又陸續吸收陳子濤等參加編輯工作。

1945 年 10 月 10 日，抗戰初期在上海人民當中產生廣泛影響的《救亡日報》以《建國日報》爲名復刊。《建國日報》是原《救亡日報》總編輯夏衍根據周恩來的指示於 9 月 22 日返滬籌劃出版的。該報原擬用《救亡日報》舊名，後經周恩來交代改名爲《建國日報》，但其報頭欄標有「上海文化界救亡協會主辦，社長郭沫若，總編輯夏衍」[3]一行字樣，以示其與抗戰初期創刊的《救亡日報》一脈相承。《建國日報》是一張四開小型報紙，內容充實，文字簡短敢於講話，一經出版便吸引了大批讀者，其銷量很快達五六千份。但是，該報僅出版了 15 天 12 期後，就被國民黨上海市黨部以未經合法登記爲由於 10 月 24 日下令查封。事實上，國民黨中宣部曾明文規定，凡在抗戰前或抗戰中

---

1 望平街是當時上海一條報社雲集的街道，如今是上海市山東路的一段。
2 通州市文史資料編輯部編：《通州文史·第 16 輯·姚溱紀念文集》，國際文化出版公司，2000 年版，第 26 頁。
3 《建國日報》，1945 年 10 月 10 日。

出版過的報刊可以先出版後登記，《建國日報》的前身是《救亡日報》，且在出版前就已提出登記申請，但國民黨當局出於忌恨，不問是非曲直便強行查封。

1945 年 10 月 16 日，由中共上海市委學委領導的半月刊《時代學生》創刊。爲了長期發展，學委規定刊物的內容應知識化、生活化；1946 年初，隨著社會環境的變化，該刊開始大量報導反對內戰、爭取民主鬥爭的內容。同年 5 月，由於環境惡化，學委決定停刊。《時代學生》的一大特點是在很多學校設有通訊員，這些通訊員除了寫稿外，還要兼顧推銷和發行。據陳昌謙回憶：「通訊員除了公開徵求外，大都由學校黨組織或黨員推薦的傾向進步的同學或積極分子擔任，少數亦由黨員擔任，組成一個通訊網。」[1] 刊物每期印 2000 本，通訊員們負責在校內發行 1000 餘本，其餘由五洲書報社、上海書屋、上海書報社等經銷。

1945 年 11 月 5 日，黨「教委」領導的中小學教師群眾團體「小教聯」主辦的《教師生活》出版。同日，五金業黨組織以「益友社五金業幹事會」名義出版的《五金半月刊》復刊。同月，共產黨創辦的面向工商界人士的刊物《經濟週報》問世。

1945 年 11 月 12 日，中共上海工人運動委員會領導的指導工人運動的刊物《生活知識》週刊創刊。此刊爲 16 開本，1946 年 8 月底停刊，共出版 39 期。作爲中共上海工人運動委員會指導的刊物，編輯部負責人紀康會定期同上級領導聯繫，以瞭解最新的鬥爭形勢和黨的政策，並及時向社內人員傳達；黨內領導同志用筆名寫的指導工運鬥爭的重要文章則均作爲頭條發排。此外，《生活知識》週刊的發行方式較爲特殊：刊物出版後，除了由書報社發行一部分外，每期約有千餘份由記者分工送至固定聯繫人手中，再由他們秘密分發給訂戶。資料顯示，「在著名連環畫作家、地下黨員趙宏本家裏，還設有一個秘密發行站。」[2]《生活知識》的讀者主要是工廠地下黨員、工協會員、積極分子等。1946 年 8 月，由於辦刊環境日益惡化，當月 31 日該刊主動停刊後，改出更爲秘密的油印刊物《勞工通訊》。

1　陳昌謙：《回憶〈時代學生〉半月刊》，金炳華主編：《上海文化界：奮戰在「第二條戰線」上史料集》，上海人民出版社，1999 年版，第 282 頁。

2　朱守恆、李信：《上海工人的喉舌——〈生活知識〉》，《上海工運史料》，上海市總工會工運史研究組，1983 年版。

　　1945 年 12 月，《世界知識》復刊，《文壇月報》創刊。1946 年 2 月，黨「學委」創辦《學生新聞》，以新成立的上海市學生團體聯合會籌備會名義出版。3 月 1 日，黨領導的國民黨政府財政部系統的中央銀行、中央信託局等四行二局職工成立「四行二局員工聯誼會」，並以該會名義出版了《聯訊》。

　　1946 年春，中共上海分局「文委」決定充分利用當時的有利條件，出版一份針對現實、富有戰鬥性且新聞效果良好的半週刊以擴大宣傳工作。上海局委員劉長勝要求姚溱、方行負責籌辦，刊物在政治上由張執一把關。這個刊物的名字後來定位《消息》。1946 年 4 月 7 日，《消息》半週刊創刊。《消息》半週刊以報導時事政治新聞為主，姚溱（化名宋明志）、方行（化名丁北城）任主編，經常撰稿人有夏衍、胡繩、金仲華、梅益、姚溱、方行等，刊物每逢星期四和星期日出版。在報刊物的內容方面，主編姚溱認為《消息》半週刊要用三天半的時間和天天出的報紙搶新聞，「就必須抓普通人都感興趣的事，幫助讀者瞭解背景，把道理講透，通過這些內容把讀者的注意力吸引過來」。[1] 因此，《消息》半週刊因同時具有報紙與雜誌的雙重特點而深受各界讀者歡迎，刊物一經出版很快就打開銷路，不久便突破了 2 萬大關。在刊物發行方面，發行負責人謝易將他開設的文具店變成該刊的對外發行處，他獨立承擔發行工作，常常深夜還在馬路上奔波，去找報販們結帳收款。《消息》半週刊的出版引起了社會關注，許多進步報販來發行處批銷，刊物不但發行量不斷上升，甚至風行全市並遠銷外地。但出至第 14 期後，上海市社會局告知不准登記，《消息》半週刊被迫停刊。

　　中國共產黨原本計劃在上海、南京、武漢、廣州、瀋陽等地出版《新華日報》，重慶出版的《新華日報》則改組為中共四川省委機關報。1946 年 5 月，中共中央將中共代表團遷至南京、上海工作，並在上海、南京分別成立了籌備處以籌備辦報事宜。周恩來曾為《新華日報》遷滬一事致信錢大鈞，「茲有懇者，《新華日報》自始即隨國府播遷，由寧而漢，由漢而渝，現國府還都在即，《新華日報》理應追隨東下」。[2] 雖經多方努力，但由於國民黨當局的百般阻撓，上海、南京兩地的《新華日報》始終未能面世。因此，中共中央決定先將抗戰時期曾在漢口和重慶出版且是國統區最早的公開刊物《群眾》週刊

1　溫崇實：《從〈消息〉半週刊談起——懷念姚溱同志》，《姚溱紀念文集》，國際文化出版公司 2000 年版，第 71 頁。

2　金炳華主編：《周恩來為〈新華日報〉遷滬事致錢大鈞函》，《上海文化節：奮戰在「第二條戰線」上史料集》，上海人民出版社，1999 年版，第 148 頁。

由重慶遷至上海，並由半月刊改爲週刊，以擔負黨在國統區的機關報的宣傳重任。

　　1946 年 5 月《群眾》週刊獲批刊發，自第 11 卷第 5 期起遷至上海出版。《群眾》週刊擔負起黨報任務，主要登載中共中央有關重要文件，傳達談話精神，轉載延安《解放日報》與新華社播發的重要消息，介紹報導解放區情況等內容。[1]但是遷往上海後，該刊屢受國民黨軍警憲特的破壞，面臨嚴峻的生存考驗。9 月 4 日，上海警備司令部派人搜查《群眾》社址，搶奪刊物；後又於次日指派警察到上海各書店、各報攤撕毀、沒收《群眾》雜誌。9 月 13 日，上海市警察局奉上海市政府密令，要求《群眾》雜誌停刊。周恩來、董必武曾爲中共黨報在國統區普遍受到封閉、破壞向張厲生致函抗議，要求立即制止相關行爲。《群眾》週刊堅持在險惡環境中堅持宣傳，直到 1947 年 2 月 28 日被國民黨軍警包圍，強迫工作人員撤退回延安。這時，該刊第 14 卷第 9 期已在排印中，出版日期寫的是 3 月 2 日。

（二）北平《解放》報與北平的共產黨新聞報刊業

　　北平《解放》報是抗日戰爭勝利後中國共產黨在北平創辦的第一份公開機關報，這份報紙利用合法的手段公開宣傳中國共產黨的政策和主張，揭露國民黨反動派破壞政協協議以及蔣介石「假和平、眞內戰」的眞實面目，號召民眾起來爲實現和平民主而鬥爭，因此深受讀者喜愛，並爲中國共產黨爭取良好的輿論和鬥爭環境創造了條件。

　　抗日戰爭勝利後，和平建國成爲中國人民最迫切的要求。而此時，蔣介石因爲兵力一時難以部署完畢無法立即發動內戰，加之全國人民對和平、民主的迫切要求，因此在美國支持下，擺出了一副和平、民主的姿態，同意召開各黨派和社會各界民主人士推動召開的政治協商會議；此後，國民黨政府還假意通過了改組政府、和平建國的五項決議，承諾了保障人民權利、政黨合法等四項諾言。1945 年 10 月 10 日，國共雙方簽訂《雙十協定》。就在全國人民以爲和平即將到來之時，蔣介石卻在「和平」掩護下，在內地秘密部署兵力，製造輿論，準備發動內戰。

　　爲了揭露蔣介石「假和平，眞內戰」的眞實面目，1946 年 2 月，新華社在重慶、北平各建立分社，出版北平《解放》報，向廣大人民群眾宣傳和介

1　錢承軍：《建國前中國共產黨報刊研究》，中國文聯出版社，2009 年版，第 267 頁。

紹中國共產黨的方針政策，介紹解放區。2 月 22 日北平《解放》報創刊，初為三日刊，自第 27 期起改為雙日刊，由中共中央晉察冀分局主辦，由地下黨領導的《人言週刊》所屬立華印刷局承印[1]。北平《解放》報是一份八開四版的小報，報頭是移用毛澤東題寫的延安《解放日報》報頭的「解放」兩字。報頭下是「三日刊」三個宋體字，並注明「中華民國三十五年二月二十二日，第一號。臨時發行處：北平西四三道柵欄 41 號。本刊已申請登記。發行者：解放三日刊社。每份法幣二十元」等字樣。[2]北平《解放報》的創立為向北平群眾介紹解放區提供了平臺。該報注重宣傳共產黨的主張，報紙中曾先後刊登了「平津保三角地帶，國民黨軍發動內戰」、「國民黨當局完成圍殲中原區準備」、「隴海線軍運頻繁，河南形勢緊張」[3]等文章，以事實揭露國民黨假和平、真內戰的真實面目。此外，北平《解放》報作為人民喉舌，文風生動活潑，觀點鮮明有理，在揭露國民黨的黑暗統治和暴行中起到了巨大作用。報紙還開闢了「解放區之頁」專欄，以及「讀者呼聲」、「讀者中來」、「故都剪影」、「問與答」等欄目；報紙採用新華總社的新聞稿，系統剖析國內外重大事件，重點介紹解放區欣欣向榮的景象，幫助人民逐步提高革命思想認識，引導更多青年志士走向革命征途。

《解放》報是在北平公開發行的第一份中國共產黨的黨報，也是繼國統區《新華日報》之後公開出版的第二份報紙。因此，黨中央為報社配備了強有力的領導班子，確定由徐特立任北平新華分社和解放報社社長（因工作需要在延安），還確定由錢俊瑞代理總編輯代社長。[4]此外，黨中央還從全國各地選派出一批有經驗的記者和工作人員共同參與報紙的編輯和發行工作。與此同時，在北平，中共地下黨員王真夫（呂平）、金冶等人還創辦了《平津晚報》《老百姓日報》《魯迅晚報》等報刊。方壺齋胡同是宣武門外大街路東一條短小的胡同，很不起眼，但是從 1946 年 3 月 4 日至 5 月 29 日，這裡一直是北平《解放》報社社址，該報在這條胡同中與國民黨展開了卓有成效的鬥爭。

1 劉佩珩：《在輿論宣傳戰線上》，《解放戰爭時期北平第二條戰線的文化鬥爭》，北京出版社，1998 年版，第 396 頁。

2 史建霞：《北平〈解放〉報的一百個日日夜夜——訪於光遠》，《中共黨史資料》，2006 年第 1 期，第 107 頁。

3 鹿璐：《北平〈解放〉報——中國共產黨在北平第一份公開機關報》，《前線》，2011 年 4 月 5 日，第 16 頁。

4 史建霞：《北平〈解放〉報的一百個日日夜夜——訪於光遠》，《中共黨史資料》，2006 年第 1 期，第 108 頁。

當年北平《解放》報的小樓如今仍然保存完好。在這座小院中，報社的同志夜以繼日地工作，他們用手中的筆與國民黨反動派進行著無聲的鬥爭。因此，在北平和平解放前，曾流傳著一句順口溜：「出了宣武門，往東別往西，到了方壺齋，便是解放區。」[1]

北平《解放》報和新華社北平分社自創建第一天起就時常遭到國民黨特務的鉗制與破壞，報童被毆打、報紙被搶劫、貼報被撕毀等暴行更時常發生。加之創刊後北平《解放》報受到了人民群眾的熱烈歡迎，這更加劇了國民黨當局的恐慌。因此，國民黨反動派決定採取行動查封北平《解放》報。

1946 年 4 月 3 日晚，以國民黨警備司令部張靖、北平警察總局趙耀南為首的國民黨軍、警、特、憲 200 餘人以查戶口為名，對方壺齋胡同 9 號和三道柵欄 41 號的北平《解放》報社發動突然襲擊。他們對報社進行破壞之餘，還綁架了 40 餘名工作人員。葉劍英知道此事後，立刻向國民黨當局提出抗議，並採取了積極的營救措施，被綁架的同志在獄中也與敵人進行了頑強的鬥爭。4 日下午 6 時，國民黨反動派不得不釋放了被捕人員；迫於當時的壓力，警察局局長陳焯還當著葉劍英、羅瑞卿、李克農的面向全體被捕人員賠禮道歉。這一事件迅速提升了北平《解放》報的聲譽，發行量也從創刊時的 1 萬份增至 4 萬份，最終達到了 5 萬份，成為平津地區銷量最大的報紙。而國民黨在同地的機關報《華北日報》，發行只有寥寥 8000 餘份。

北平《解放》報影響力日益增大，5 月 9 日，報紙從三日刊改為二日刊、並準備在 6 月份出版日報。就在 5 月 29 日凌晨 3 時，北平《解放》報和新華社北平分社突然接到警察局「勒令」停刊的通知。當天晚上 8 時，北平市政府派警察和便衣到北平《解放》報社，用封條對報社進行了查封。同一天北平市被國民黨當局勒令停刊的進步報紙、通訊社、雜誌多達 77 家之多。

北平《解放》報被查封後，舊有人員分別向延安、山東、張家口解放區撤退。從 1946 年 2 月 22 日創刊到 5 月 29 日被查封，北平《解放 》報共出版了 37 期，其中三日刊 26 期，隔日刊 11 期。北平《解放》報雖然僅存在了短短的三個多月時間，但無論是其歷史功績還是影響都是巨大的。1946 年 2 月至 5 月三月間，正是國內局勢日趨緊張，鬥爭異加激烈的時期。北平《解放》報通過系統的報導，揭露了國民黨接收北平的醜惡面目，打破了國民黨反動派操縱輿論，欺騙北平和華北人民的局面。同時，北平《解放》報也宣

1　王文彬：《中國現代報史資料匯輯》，重慶出版社，1996 年版，第 170 頁。

傳了共產黨「和平、民主、團結、建設新中國」的主張，使不少人通過北平《解放》報逐步瞭解了共產黨，瞭解了解放區，進一步提高了思想認識，並走上了革命道路。

（三）《新華日報》與重慶地區的共產黨新聞報刊業

《新華日報》是中國共產黨在國共兩黨合作抗日期間，在國民黨統治區公開出版的大型機關報，隸屬於中共中央南方局，由周恩來兼任董事長，南方局副書記董必武等直接領導[1]，抗戰時期在大後方產生了巨大影響。

《新華日報》是特殊歷史條件下的產物，也在黨的報刊史上、中國革命新聞史上具有獨特的地位，起著特殊而重要的作用。《新華日報》努力傳播馬克思列寧主義和毛澤東思想，結合國統區的實際情況，宣傳共產黨爭取和平、反對內戰的路線；揭露國民黨反動派發動內戰、賣國獨裁的陰謀。這些真實、生動、活潑的新聞宣傳，贏得了社會各界民主人士的廣泛同情與支持，擴大了中國共產黨和中國革命在國際上的影響。

《新華日報》高度重視與群眾的密切聯繫，深入踐行從群眾來，到群眾中去的辦報原則。由於《新華日報》的主要任務是宣傳黨的抗日民族統一戰線，促進團結抗日。要在國統區獨樹一幟，《新華日報》必須與各階層人民尤其是工農群眾（在國統區統治中心主要是工人群眾）建立友好關係。因此，《新華日報》兼顧革命性與通俗化、大眾化並重的辦報方針，集中反映了他們的願望和訴求。這使《新華日報》得以此在環境險惡的環境下贏得了群眾支持，更進一步動員和教育了國民黨統治區的廣大群眾。

另一方面，國民黨反動派把《新華日報》看作洪水猛獸，極盡壓制、迫害之能事，甚至玩弄卑劣手段，妄圖扼殺它。在周恩來同志直接領導下，《新華日報》的全體戰士同國民黨反動派展開了針鋒相對的鬥爭，戰勝重重困難，確保報紙正常出版。1945 年 8 月 7 日，黃炎培的《延安歸來》一書在進步出版機構的支持下由重慶國訊書店出版，未經國民黨當局審查便自行出版並在整個出版界乃至文化界引起軒然大波，得到了《憲政》《國訊》等數家報刊雜誌的積極支持與相應。1945 年 9 月 1 日，《新華日報》發表社論《為筆的解放而鬥爭》，將國統區的新聞出版、圖書報刊的拒檢運動推向高潮，並最終迫使國民黨當局取消了圖書原稿送審制度，以及戰時新聞檢查。

1　韓辛茹：《新華日報史》，重慶出版社，1990 年版，第 5 頁。

（四）以煙臺為代表的膠東地區共產黨新聞報刊業

在山東，中共中央山東分局機關報《大眾日報》於 1945 年 8 月 15 日由雙日刊改為日刊；此後，《膠東日報》《煙臺日報》《新威日報》也分別在煙臺和威海衛兩個重要城市出版。

中共山東膠東區黨委於 1938 年 8 月 13 日在山東黃縣創辦機關刊《大眾報》，並將編輯部設在煙臺萊山薑家店，印刷廠設在萊山上的古剎萊山院中。建立初期，報社共有工作人員一百多人，分為編輯部、印刷部、經理部和電臺四部分，賀致平、阮志剛等人先後任社長。《大眾報》共有四開四版：第一版是社論和要聞，第二版是國內要聞，第三版是國際新聞，第四版是地方新聞和各類副刊，副刊則主要有《新教育》《大眾》《工農園地》《牆頭詩》等。此外，《大眾報》也會適當登載一些廣告的啓事等。[1]

《大眾報》最初因為沒有收發報機，國內外消息主要依靠抄收國民黨中央臺播發的記錄新聞和中央通訊社的電訊作參考。後來他們克服了重重困難，自製安裝了收報機，直接可以收聽延安新華廣播電臺的消息。在此之後，《大眾報》的國內外新聞主要以編發延安新華社播發的消息為主，這使黨中央的指示可以及時傳到膠東，指導膠東半島人民的革命鬥爭活動。

1948 年 12 月 1 日，《大眾報》改名為《膠東日報》並在煙臺萊陽出版。1938 年到 1948 年間，《大眾報》共出了 2368 期，先後用油印、石印、鉛印出版過二日刊、三日刊，報紙的發行份數也由初期的數百份增至 1200 多份。[2]

《煙臺日報》則是中共煙臺市委機關報，創刊於 1945 年 9 月 18 日，社長於大申，總編輯先後是宋茲心、郝藝軍、季讓等。《煙臺日報》創刊後，大力宣傳黨的工商業和系列城市政策，促進了煙臺經濟、文化事業的繁榮發展，有力地支持了解放戰爭。在反對美軍登陸和楊祿奎事件的外事鬥爭中，《煙臺日報》作了有理、有利、有節的宣傳報導，反映了群眾的正義呼聲，也為這兩次中國近代外交史上影響較大的事件留下了真實的記錄。《煙臺日報》創刊初期，煙臺剛剛從日僑手中解放出來，人們對黨的政策還有一些疑慮。但《煙臺日報》通過『讀者顧問』等形式同群眾開展對話，使報紙成為黨聯繫群眾的有力紐帶。」[3]

1　陳華安：《建國前煙臺地區報紙簡介》，《新聞研究資料》，1986 年第 3 期。
2　陳華安：《建國前煙臺地區報紙簡介》，《新聞研究資料》，1986 年第 3 期。
3　《煙臺日報》，1985 年 9 月 18 日，第二版。

《新威日報》是中共威海市委機關報，1945 年 10 月 1 日創刊，初期爲四開二版，後改爲四開四版，鉛印。[1] 威海市長於州兼該報社長，孔東平爲副社長，於夢尤任總編輯，報社內設編輯部、採通部和電臺部三部門。《新威日報》雖在政治上是市委機關報，但在基金籌集和組織形式上則是公私合營性質。報紙的基金大部分爲城市工商界籌集，並設有新威日報董事會。《新威日報》的辦報方針是：「宣傳黨的各項方針政策，推動黨的各項工作的發展。」[2] 1947 年秋，國民黨進攻威海市，報社隨政府機關撤離市區並改爲東海地委機關報繼續在文登、榮成、威海邊界出版。

（五）以香港爲代表的華南地區的共產黨新聞報刊業

抗戰勝利後，中共報業在華南地區也有一些辦刊活動。根據 1945 年 9 月初中共中央電報的精神，中共廣東區黨委決定由東江縱隊《前進報》派出骨幹赴香港辦報。兩個月後，戰後黨在香港創辦的第一份黨報《正報》於 1945 年 11 月 13 日創刊。該報除了在港、澳和華南地區廣泛發行之外，還遠銷新加坡、馬來西亞等地，最高發行量達 2 萬份。但是當報紙出版至 1948 年 11 月 13 日，因中共在華南地區工作重點的轉移而自動停刊。[3]

《正報》爲小型報，初爲四開，後改爲八開。《正報》特點鮮明，每期都有獨家新聞、評論和政治性漫畫，副刊則有《正風》《新野》《港粵文協》等。《正報》的內容主要對《解放日報》的社論和新華社電訊予以轉載，宣傳中國共產黨的綱領、方針、政策，報導國內外要聞等。報紙上的文章通俗易懂，短小精悍，同時兼具知識性和趣味性，深受讀者喜愛，甚至遠銷東南亞地區。該報當時的日銷量一般 8000 份左右，重大節日曾銷到 2 萬多份。《正報》的出版，在華南地區有力地宣傳了中國共產黨的政策綱領，打破了國民黨政府對這一地區進行的長期新聞封鎖。

《華商報》於 1946 年 1 月 4 日在香港復刊，並由晚報改爲早報。作爲中共在抗戰時期創刊於香港的一份報紙，《華商報》自復刊之日起就高舉和平民主的旗幟，呼籲制止內戰，實現和平。該報的內容以宣傳和平、民主、團結和反對獨裁陰謀統治爲主。爲便於在內地採訪、發行，1946 年 4 月 27 日《華商報》廣州分社、《正報》廣州營業處正式營業並發售進步書刊。隨後，國民

1　《威海市志》討論稿第十五編，第 22 頁。
2　《威海市志》討論稿第十五編，第 4 頁。
3　鍾紫：《戰後香港第一家黨報——〈正報〉》，《新聞研究資料》，1982 年第 2 期。

黨特務採用各種暴行對報社進行破壞，並編造謠言污蔑《華商報》，甚至在 5 月 4 日混進學生隊伍將《華商報》的營業處搗毀。《華商報》廣州分社，《正報》廣州營業處義正辭嚴地駁斥了國民黨方面的造謠，並於次日照常營業，但最終還是在 6 月 29 日被警察局封閉，此後，《正報》和《華商報》只好轉入地下發行。《華商報》出至 1949 年 10 月 15 日，並於廣州解放翌日停刊，報社的全體工作人員則根據黨的指示回到廣州創辦和發展《南方日報》。[1]

　　《群眾》週刊也曾遷至香港出版。1946 年 6 月，《群眾》週刊由重慶遷至上海。全面內戰爆發後，於 1947 年 1 月遷到香港並成為中共南方局的機關刊物，主要向香港、華南、南洋和其他地區的讀者宣傳中共政策和解放區的建設成，報導解放戰爭的進程。當時，《群眾》經上海黃河書店在內地秘密發售，為防止國民黨當局的檢查扣押，常用《經濟導報》的紙型夾帶《群眾》紙型安全通過檢查。新中國成立後，該刊於 1949 年 10 月自動停刊。[2]

第二節　國民黨進攻下艱難堅持的共產黨新聞報刊業

　　1946 年 6 月下旬內戰全面爆發後，解放區的新聞事業在國民黨軍隊大舉進攻的形勢下不斷惡化、收縮。戰爭開始時，面對國民黨軍隊的大規模進攻，人民解放軍以消滅敵軍有生力量為主要目標，不爭一城一地的得失，使國民黨軍隊暫時佔領一部分解放區，也使共產黨面臨了更為險惡的辦報環境，解放區的報刊業受到了極大的損失。因此，這一時期的中共報業由發展轉為收縮，黨的報刊發行工作開始轉入了秘密狀態。

　　1946 年 6 月至 1947 年 7 月，人民解放戰爭處於戰略防禦階段，共產黨新聞業也進入艱苦鬥爭的階段。在內戰炮火中，解放區的報刊遭到極大破壞，不得不在規模上有所收縮。1947 年 2 月 27 日和 3 月 27 日，中共中央機關報《解放日報》和《新華日報》被迫停刊，新華通訊社發揮了「一身三任」的重大作用。與此相對的是國民黨新聞事業在這一階段發展至頂峰。

一、國民黨進攻下的解放區報刊業發展

　　抗戰勝利後，國民黨政府以「除奸」為名，通過頒發《維持社會秩序臨

1　李谷城：《香港中文報業發展史》，上海古籍出版社，2005 年版，第 76 頁。
2　何建城、陳金龍：《〈群眾〉週刊與馬克思主義在國統區的傳播》，《安徽史學》，2016 年第 4 期。

時辦法》等規定，在廣大的收復區大肆摧殘進步報刊及出版機構。國民黨當局頒布了《動員戡亂完成憲政實施綱要》《剿匪總動員宣傳計劃綱要》等一大批法規，嚴加管制人民的一切基本權利，將一切鎮壓措施「合法化」。收復區的共產黨報刊面對經常性的特務搜查，只能依靠書報攤建立地下黨支部發行小組——將報刊進貨後轉發給書報攤銷售，書報攤則將刊物暗藏在商店角落偷偷賣給熟悉的老讀者。[1]

1946 年 6 月，隨著國民黨軍隊不斷進攻解放區，辦報環境持續惡化，中共報刊事業發展轉為暫時收縮，解放區的新聞報紙生存環境窘迫，《七七日報》《大江報》《淮南日報》等大批報紙被迫停刊。

（一）報紙被迫大批停刊

中國共產黨中央委員會機關報《解放日報》創刊於 1941 年 5 月 16 日，它是中國共產黨在延安抗日根據地創辦的第一份大型日報，也是我國民主主義革命時期貢獻最大、影響最大的一家革命報紙。

1947 年 3 月，陝甘寧解放區遭遇國民黨軍隊進犯，此時的《解放日報》面臨嚴峻的生存危機。在此情況下，報紙先是由一張四版縮版為半張二版，又由社長廖承志緊急轉移至陝北瓦窯堡，新華社工作人員也隨之撤離。面對險惡的環境，3 月 15 日起，《解放日報》在延安郊區子長縣史家畔村改為日出二版的小張報繼續發行。由於版面縮減，長篇文章和副刊都被裁撤，國際新聞報導僅保留「國際一周」專欄。但無奈時局險峻，《解放日報》最終於 3 月27 日出至第 2130 號後停刊，原報社人員併入新華社隊伍並跟隨毛澤東轉戰陝北，繼續為黨的新聞事業努力。

隨著國共和談破裂，國民黨軍隊轉攻解放區，中共兩份中央機關報——重慶《新華日報》、延安《解放日報》先後於 1947 年 2 月、3 月被迫停刊，此後大約一年時間中，中央機關的辦報活動幾乎停滯。

在國民黨當局的強勢打壓下，很多報紙或縮小發行範圍，或延長出版週期，或縮減發行數量，甚至有許多報刊選擇停辦。許多報紙由大報改為小報，由鉛印改為油印，由日刊改為雙日刊甚至三日刊、週刊以及不定時期刊；部分報紙的發行範圍與數量也由大變小，還有一些報刊被迫停刊。如山東《大眾日報》退入山區，輾轉鄉村繼續出版。中原解放區原機關報《七七日報》停刊；1946 年 10 月 11 日，在解放軍撤出張家口後，《晉察冀日報》也隨之撤

---

1 王曉嵐：《中國共產黨報刊發行史》，中國社會科學出版社，2009 年版，第 209 頁。

離遷回河北保定的阜平山區繼續出版，報紙版式上也由對開一張大報改爲半張；隨著人民解放軍撤出淮陰，《新華日報》也隨軍撤離並於 1946 年 12 月 26 日停刊。

（二）共產黨新聞報刊在戰爭中艱難前行

1946 年 5 月 5 日，《大眾日報》發表社論《警覺起來！粉碎反動派內戰陰謀》，認爲「全國性的大內戰有一觸即發之勢」，並喊出「反對內戰，保衛和平，保衛解放區！」的口號，有助於解放區軍民積極備戰。除社論外，報紙也刊發領導人題詞、文章和時事綜述等內容。《大眾日報》雖然編輯部設在沂蒙山區，但是視野並不侷限於山東、華東，而是根據國際國內整個鬥爭形勢，不斷發出有影響力的時事報導和評論，重視報導重大政治事件，每年都組織特派記者到具有重大影響的事件現場去採訪報導。在國共和平談判期間，《大眾日報》派出記者，隨軍調處執行小組到北平、濟南、青島、徐州等地採寫新聞，發回獨家的記者現場報導，展現了國統區的政治、經濟、文化狀況，反映了民眾盼望自由、實現溫飽、迎接和平的美好願望，爲解放區軍民廓清時局和形勢起到了推動和引領的作用。這一時期的《大眾日報》在華北、華中各抗日根據地和敵佔區的大城市如北平、天津等地都擁有眾多熱心讀者。1946 年 6 月全面內戰爆發後，再次進入戰爭狀態的山東解放區接到中共中央華東局指示報社將撤離臨沂城。1947 年 7 月 7 日，《大眾日報》發行中國人民愛國自衛戰爭週年特輯，刊登了毛澤東、周恩來、朱德、彭德懷等領導人的題詞和新聞《華東自衛戰一年，殲敵 43 萬餘人》，還推出評論《華東一年戰績》。雖在戰爭之中舉步維艱，但《大眾日報》仍然用實際辦報行動鼓舞了軍民鬥志和士氣民心。

1947 年人民解放戰爭全面開始後，10 月 11 日，《晉察冀日報》隨晉察冀解放軍撤離張家口市。15 日，《晉察冀日報》在保定阜平恢復出版，改爲對開半張報紙，設有《軍區要聞》《邊區生活》等欄目，加強了軍事宣傳報導。作爲中國共產黨晉察冀分局黨委的喉舌，《晉察冀日報》在戰爭中艱難前行，其所發表的社論積極宣傳中國共產黨的路線方針，根據國內外形勢和晉察冀邊區的實際情況，闡明政策，指導實際工作。《晉察冀日報》的社論以政治爲主，內容涉及機構改革、民主選舉、剷除漢奸等方面。其他社論還涉及經濟、文教、軍事等方面，貼近邊區人民生活，如土地改革、反掃蕩等等。在黨中央「打倒蔣介石，解放全中國」的號召下，成爲邊區軍民同國民黨反動派進行鬥爭的強有力的宣傳鼓動工具。

（三）東北解放區的《東北日報》

1945 年 9 月底，以彭真為首的中共中央東北局在瀋陽成立。隨後按照中央指示，1945 年 11 月 1 日，《東北日報》在瀋陽創刊，報紙是 4 開兩版，報頭由東北人民野戰軍副總司令員呂正操將軍題寫。1946 年 4 月 28 日，《東北日報》改用毛澤東專門為其題寫的報頭。這是中國共產黨在東北解放區創辦的第一張地區大報。

創刊初期的《東北日報》條件和環境十分惡劣。其主要原因有兩個方面，一是依照蘇軍與國民黨政府的協議，報紙不能在瀋陽公開出版，更不能懸掛報社的牌子。因此報社地址只好對外保密，以避免蘇軍干涉和敵、偽、頑反動勢力的搗亂和破壞。二是「四缺」，缺錢，缺採編人員，缺印刷設備，缺紙張，可謂白手起家。最初，報社沒有電臺，稿源靠剪輯從各解放區捎來的報紙；後來報社設立了自己的電臺以接收和刊登新華社電稿。此外，報紙的出版也非常艱難：報紙印刷沒有固定地點，報紙印出後，需派人分送到各部隊和機關。《東北日報》館設立在瀋陽市，因前蘇聯政府與國民黨政府訂有相關協議，即蘇聯駐軍不允許在其中國管制區公開辦報，因此前 10 期社址只能注明「山海關」。此後，《東北日報》的社址曾輾轉至本溪、海龍以及長春等市。[1]

《東北日報》是在中國共產黨同國民黨反動派爭奪東北的角逐中誕生的。從初創至 1946 年 7 月的時間中，《東北日報》的編輯記者最多還不足 20 人。儘管環境艱險，物力困難，但報社上下齊心協力，患難與共，除了在轉移過程中報紙曾中斷外，其餘時間一直在堅持出報；報紙內容上則地方新聞日益增多，並且越來越有針對性的對地方事務進行報導，報紙輻射範圍由小到大，有力地配合了東北解放戰爭和土地改革。

《東北日報》作為中國共產黨第一張大區報紙，在經歷了整個解放戰爭時期後迎來了新中國的誕生。從 1945 年 11 月 1 日創刊，至 1954 年 8 月 31 日終刊，歷時八年零十個月。《東北日報》創辦之初便提出「靠兩萬幹部，十萬兵，一張報紙」開展工作的口號。除了向淪陷 14 年的東北人民進行愛國主義和人民當家作主的教育外，還介紹了中國共產黨的政策及人民軍隊的形象，動員和組織人民力量開展土地改革，支持前線，指導東北解放區的生產建設等。

---

1 張英：《〈東北日報〉創辦始末》，《中國商報》，2001 年 9 月 8 日。

（四）反「客裏空」運動中的《晉綏日報》

解放戰爭期間，中共中央領導解放區進行土地改革，陸續消滅了封建以及半封建土地剝削制度。土地改革運動興起後，新華社與解放區報刊、電臺積極宣傳中國共產黨的土改路線、方針與政策，傳播和推廣土改工作經驗。但是，土改運動初期也一度出現了「右」的傾向，一些報刊在土改宣傳中犯了右傾錯誤。在中共中央晉綏分局領導下，《晉綏日報》首先認識錯誤並進行糾正，率先在報紙上展開反「客裏空」運動：發生在晉綏土地改革期間，以反對不眞實的新聞報導和報導中弄虛作假的資產階級新聞作風爲內容的新聞改革運動，也是一場報紙公開的批評與自我批評爲主要方式的思想教育運動（「客裏空」爲蘇聯劇本《前線》中的一個善於吹牛拍馬和弄虛作假的戰地記者形象）。

自 1947 年 6 月起，《晉綏日報》在中共中央晉綏分局的領導下，率先檢查其新聞報導工作中所存在的右傾錯誤和新聞失實問題，並採用在報紙上公開進行批評與自我批評的方式，發動群眾揭露假報導，維護新聞眞實性。6月 15 日，《晉綏日報》用第四版整版篇幅刊登蘇聯劇本《前線》中有關「客裏空」的情節。25 日、26 日，《晉綏日報》用整版篇幅發表了編輯部文章《不眞實新聞與「客裏空」之揭露》，連續曝光報社由自我檢查或群眾揭發檢舉的新聞失實報導。因此，《晉綏日報》發起的這場運動被稱爲反「客裏空」運動。

新華社晉冀魯豫總分社即向各分社發起「號召在『九一』前掀起學習熱潮」。在 1947 年 8 月 28 日，新華社發表署名總社編輯部的專論《鍛鍊我們的立場與作風——學〈晉綏日報〉檢查工作》，要求各解放區的新聞工作部門及個人在普遍公開的方式下徹查自己的立場與作風，開展學習運動；9 月 1 日，新華社發表社論《學習晉綏日報的自我批評》，肯定反「客裏空」運動的意義，指出出現新聞失實的根本原因是新聞工作者的思想和立場出現了問題。通過新華社的宣傳報導，《晉綏日報》發起的反「客裏空」運動及開展自我批評的做法被推廣到各解放區的新聞界。

在新華社的號召下，各解放區新聞工作者普遍響應，開展自我檢查與自我批評，並制定相應措施加強新聞報導的眞實性和客觀性。山東《大眾日報》檢查了該報工作中的缺點和錯誤，指出該報在採編中出現的「缺乏反覆思考分析的愼重、嚴肅、科學的態度，也就是缺乏對黨對人民眞正負責的態度。」

「我們記者和特約通訊員，大都是採訪會議，採訪幹部，大都是在幹部會議、會議幹部中打圈子，很少直接採訪群眾」等問題。

但這場運動也存在「左」的偏向。其主要表現是：孤立宣傳貧農路線，沒有全面向人民群眾介紹黨在土地改革工作中的總路線和總政策；並未全面宣傳黨的統一戰線政策，而是孤立地宣傳唯成分論等。這使得 1947 年下半年，特別是第四季度的土改宣傳報導中出現了片面強調「走貧雇農路線」的「左」傾錯誤。所幸的是，這一情況迅即為黨中央所察覺。1948 年 2 月 11 日，毛澤東起草了《糾正土地改革宣傳中的「左」傾錯誤》一文，要求各地黨的領導機關、新華總社及各地總分社、各地報刊工作人員，根據馬克思列寧主義原則和中央路線，檢查工作，改正錯誤。根據這一指示，解放區的新聞機構於 1948 年春普遍開展了一次對於土改政策宣傳中「左」傾錯誤的檢查活動。這場反「客裏空」運動從 1947 年 4 月開始並持續到 9 月結束。

解放區新聞戰線上的這場尋求新聞真實性和客觀性的反「客裏空」運動，糾正了土地改革中的錯誤宣傳，推動了土改運動的健康發展；促成了解放區新聞界的自我教育，從思想上組織上純潔了黨的新聞工作隊伍，增強了報紙活力和戰鬥力；維護且強調了新聞工作的真實性原則，發揚了共產黨在報刊發展上踐行批評與自我批評的優良傳統，不僅得到了黨中央的肯定，還得到了廣大群眾的支持和讚賞。

二、受到國民黨打壓的國統區共產黨報刊業

國統區共產黨報業在全面內戰爆發後更加舉步維艱，國民黨繼續採取各種極端措施加強新聞檢查和鉗制，運用各種手段打壓異己新聞事業，如從物資、行政管理、所謂「憲法」到逮捕、搗毀、暗殺等極端手段，對共產黨新聞事業和新聞工作者進行殘酷鎮壓。重慶《新華日報》與上海《群眾》週刊遭到國民黨當局以各種理由查禁而停刊。與此同時，北平的《解放》報、上海《文萃》週刊等大批國統區的中共報刊被陸續查禁，除香港《華商報》還堅持出版外，在國統區出版的中共報刊在國民政府的打壓下均被停刊；不少報人紛紛被迫撤離，「《文萃》三烈士」的陳子濤、駱何民、吳承德三位報人均在鬥爭中犧牲。

（一）《新華日報》被迫撤回陝北

解放戰爭開始後，重慶《新華日報》由於處於國統區中心而長期受到國

民黨反動派及軍警的嚴密監視中，報社更曾多次遭到搜查、破壞。國共合作破裂前，國民黨當局就散佈謠言說新華日報社藏有武器，並多次派軍警憲特進行搜查。新華日報社所處的重慶化龍橋是一片窪地，國民黨軍隊便在四周山上構築了工事，將報社人員的行動置於嚴密監視之下。1947 年 1 月 11 日，《新華日報》發表了《檢討和勉勵──讀者意見總結》一文，向讀者陳述「本報處境和困難」[1]同時還指出報紙在發行中被破壞，讀者遭到恐嚇，記者被剝奪採訪自由等情況。1947 年 2 月 28 日凌晨，新華日報館被蔣介石集團出動的兩千多名國民黨軍警憲特包圍，宣布報館人員於當日凌晨 3 時開始停止一切活動，最後一期的刊號則停留在 3231 號。南京、上海等地的中共機構也在 2 月 28 日接到「限令」停止活動的通知。

　　《新華日報》自 1938 年 1 月 11 日創刊至 1947 年 2 月 27 日被封，在國民黨統治區共出版 9 年 1 個月又 18 天。《新華日報》不僅爲中國共產黨推進抗日民族統一戰線的形成做出了巨大貢獻，而且也成爲了國內與外部世界取得溝通的重要平臺，在鞏固抗日民族統一戰線，正確宣傳中國共產黨政策方針，團結國統區軍民方面發揮了重要作用。

（二）國統區受到摧殘的其他共產黨報刊

　　解放戰爭爆發前後，國民黨統治下的上海、北平等重要城市中的共產黨報刊生活在當局的高壓管控之下，受到嚴重的摧殘，報刊條件極大破壞，面臨嚴重的生存危機。

1. 上海

　　上海是近代中國報業和輿論發展的中心。抗戰結束初期，各種報紙在滬大量創刊和恢復出版，上海地區的報紙數量超過戰前。然而自 1945 年底開始，除《申報》《大公報》和《新聞報》等少數報紙勉強爲繼之外，其他報紙紛紛陷於泥淖。上海報業從大量湧現到曇花一現，其根本原因在於國民政府各種經濟政策、軍事政策、內戰政策等對上海報業基本辦報條件的破壞和影響。

　　爲了在國統區堅持進步宣傳，中國共產黨領導的報刊在國共合作破裂後轉入「地下」秘密出版發行。1946 年秋，全面內戰爆發後，黨的報刊發行開始轉入秘密狀態，國民黨當局經常派特務到上海望平街搜查書報攤中間批發

1　中國社會科學院新聞研究所編：《檢討和勉勵──讀者意見總結》，《中國共產黨新聞工作文件彙編》下卷，新華出版社，1980 年版，第 84 頁。

商，將剛剛到貨的進步報刊成捆沒收。因此，書報攤地下黨支部建立了發行小組，進貨後轉發給書報攤銷售，書報攤則將刊物暗藏在商店角落偷偷賣給熟悉的老讀者。

《文萃》週刊最初是中共中央上海工委支持出版，創刊初期的紙張是由《新華日報》撥了一部分後才得以出版。[1]準備就緒後，《文萃》週刊於 1945年 10 月 9 日創刊，16 開本。該刊主編先後為計惜英、黎澍、陳子濤；發行人為黃立文，具體負責發行出版社是國際書報社。據黃立文回憶，刊物印行後很受讀者歡迎，「南京、蘇州、常州、無錫、常熟、鎮江、杭州、寧波、嘉興，都有書店要求特約經銷，而且往往是兩三家書店同時提出要求。當出版到第三期的時候，連北平、天津、長安、漢口、開封、⋯⋯蚌埠、成都等地，都開始有了特約經銷處了。」[2]

《文萃》週刊發行最多的時候達 2 萬份以上。但是由於物價飛漲，該刊定價也一再變化，第 1 期 30 元，第 3 期 40 元，第 6 期 80 元，第 8 期 100元⋯⋯到了第 70 期便成了 2000 元。《文萃》週刊雖然暢銷，但代銷的書報社卻故意拖延付款[3]，因此編輯人員不得不四處張羅籌款維持再生產。加之當時所有的報刊定價都水漲船高，不斷變化，給發行工作帶來了一定困難。

隨著時局惡化，警察經常成批沒收該刊並禁止書報攤出售。至 1946 年夏，國光印書局接到警察局的命令不再承印《文萃》，外地的特約經銷處也大都受到國民黨當局的警告，不能再公開代售《文萃》了，《文萃》週刊開始轉入地下。1947 年 3 月，《文萃》改名《文萃叢刊》，32 開本，改由中共上海分局文委領導。但是到 1947 年 7 月時，因被當局破獲而停刊，共出 10 期。

為了發行《文萃叢刊》，當時中共上海地下黨還成立了「人人書報社」作為該刊的總發行所。人人書報社每期出版《文萃叢刊》5000 份，同時還發行其他報刊以作掩護。[4]刊物也由原來的 16 開本改為 32 開本，以每期週刊內的一篇文章的題目作為刊名（如第一期取名為《論喝倒彩》），並印上「文萃叢刊」4 個小字。為了迷惑敵人，《文萃》還不斷變換手法，自第 4 期起，封面不再印有「文萃」字樣，而是印有一個特殊的小標誌，使老讀者一看便知《文

1 黎澍：《記上海〈文萃〉週刊和〈文萃〉三烈士》，《社會科學》，1982 年第 6 期。
2 黃立文：《回憶文萃週刊》，《新聞研究資料》，1981 年第 5 期。
3 黃立文：《回憶文萃週刊》，《新聞研究資料》，1981 年第 5 期。
4 汪其宏：《解放戰爭時期上海書報攤片段回憶》，新華書店總店編：《書店工作史料》（四），中國書店 1990 年版，第 152 頁。

萃》還在堅持戰鬥。為了保障訂戶的安全，訂戶的發行工作也十分秘密。發行人吳承德取到刊物後送給深思（居鴻源）單獨負責，據深思回憶：訂戶的發行工作一直由他放在家裏搞，買來牛皮紙、郵票後，裁好貼好，「晚上，把藏著的訂戶、贈閱戶的地址卡翻出來，一份一份的寫好地址、姓名；為了避免容易看出一個人的手迹，又用了好幾種字體，換了好幾支粗細的鋼筆來寫。」[1]1947 年 7 月，警察逮捕了人人書報社的幾個地下發行員，並順藤摸瓜，破壞了地下印刷廠，逮捕了印刷廠負責人駱何敏、刊物主編陳子濤以及前去取刊物準備交由深思發行的吳承德。中華人民共和國成立前，時稱「《文萃》三烈士」的吳承德、陳子濤、駱何民被害，人人書報社的其他幾個黨員也慘遭殺害。

　　1947 年 2 月 28 日，國民黨對《群眾》雜誌下發活動「限令」，在國民黨大批軍警的包圍下，工作人員被迫撤回解放區。1948 年底，上海地下黨組織在書報攤中建立了 4 個秘密發行站，發行黨秘密出版的《上海人民》，該報以「上海人民團體聯合會」的名義出版，週報，鉛印，共出版八期。[2]

　　2. 北平

　　抗戰勝利後，北平中共地下黨員王眞夫（呂平）、金冶、李澤人根據中共晉察冀中央局社會部的指示於 1945 年 8 月 19 日創辦了《平津晚報》。該報為四開四版，創立初期，在北平發行了 2 萬份，天津發行 1 萬份。

　　1945 年 10 月 19 日《平津晚報》出版了魯迅逝世九週年紀念專號後被迫停刊。次日，王眞夫等人又秘密辦起了油印小報《老百姓日報》，每期印 400份，主要由城內地下黨員通過關係在大中學校和工人中秘密散發；或「按所知的人名地址和電話簿的人名地址通過郵局寄發，每日變換地段投入北平四城的信箱」。[3]此後，王眞夫等人又創辦了《魯迅晚報》，由報社工作人員「背上報紙袋分頭到市內東西南北城一些固定的報販聚集的地方，如宣內石駙馬大街、王府井茉廠胡同等處，以較大優惠價格搶先發給報販去街頭零售」。[4]但是，《魯迅晚報》僅出版一個月後就被警察局查封。

1　深思：《文萃叢刊最後一期發行夭折記》，《新聞研究資料》，1981 年第 5 期。
2　王曉嵐：《中國共產黨報刊發行史》，中國社會科學出版社，2009 年版，第 209 頁。
3　呂平：《從〈平津晚報〉〈老百姓日報〉到〈魯迅晚報〉》，《解放戰爭時期北平第二條戰線的文化鬥爭》，北京出版社，1998 年版，第 441 頁。
4　呂平：《從〈平津晚報〉〈老百姓日報〉到〈魯迅晚報〉》，《解放戰爭時期北平第二條戰線的文化鬥爭》，北京出版社，1998 年版，第 443 頁。

　　北平收復後，國民黨、共產黨、美國三方組成軍事調處執行部，協議由中央社、新華社、美國新聞處發表軍調部的命令、公報等。因此契機，中共於 1946 年初在北平成立新華社北平分社並公開出版發行《解放》報。新華社分社與《解放》報社是一個機構、兩塊牌子，成員都是從各地抽調上來的宣傳骨幹，其中有重慶《新華日報》的楊庚、山東《大眾報》丁九、晉綏軍區《戰鬥報》的程予、《晉察冀日報》的馬健民等，華東解放區來的錢俊瑞任社長兼總編輯。

　　1946 年 1 月 28 日，《人言週刊》創刊。這份報紙是根據中共晉察冀中央局城工部的指示創辦的，是經國民政府內政部核准登記的「合法」刊物。《人言週刊》初為週刊，自第二期起改為日報。但後來因所屬立華印刷局被查封，再加上經濟困難，該刊於同年 6 月 17 日終刊，共出版 19 期。

　　中共北平地下黨學委主辦的《新聞資料》創刊於 1947 年 5 月，油印，32 開本週刊。《新聞資料》實行偽裝封面以躲避國民黨當局的檢查，曾使用過的封面名稱有《唐詩三百首》《口琴演奏法》等，1948 年 8 月《新聞資料》停刊。[1]

　　1948 年 3 月 20 日，中共北大地下黨南係總支宣傳分支直接領導的刊物《北大半月刊》創刊。刊物最初發行量 1500 份，後上升到 3000 多份。同年 8 月，該刊與《清華旬刊》聯合出版《北大清華聯合報》，但最終於 11 月 11 日終刊，工作人員分批撤退到解放區。

　　此外，當時的北平，受中共地下黨領導的報刊還有《國光日報》《文藝大眾》《人民世紀》等。其中《國光日報》日發行量最多時 3000 份，《文藝大眾》每期印 1000 份，《人民世紀》則每期發行 2000 份。地下黨還安排一些黨員到其他報社擔任記者編輯，以期掌握更多的輿論陣地。如「華北剿總」主辦的報紙《平明日報》曾經有 11 名中共地下黨員在裏面工作。[2]

第三節　國共內戰後期的共產黨新聞報刊業

　　1947 年 7 月，人民解放戰爭的形勢發生重大轉折，國共兩黨新聞事業的消長也進入定局階段。這一時期，國民黨在軍事上全面崩潰，國民黨在大陸的新聞事業也隨之土崩瓦解；另一方面，隨著一些城市相繼解放，解放區的範圍不斷擴大，解放區的新聞事業面臨了接管國民黨新聞事業的問題，是中

1　王曉嵐：《中國共產黨報刊發行史》，中國社會科學出版社，2009 年版，第 211 頁。
2　王曉嵐：《中國共產黨報刊發行史》，中國社會科學出版社，2009 年版，第 211 頁。

共新聞報業發展的重要一幕，也基於此而獲得了更大更寬闊的發展空間，爲人民新聞業的建立和發展打下了基礎。

一、隨軍進城的共產黨報刊業

1947 至 1948 年，解放區的土地改革蓬勃開展，廣大農民全力進行大生產運動，並投入戰爭前線支持解放中國的鬥爭之中。隨著解放區範圍的不斷擴大，不僅中國共產黨的新聞宣傳中心《人民日報》、「新華社」「新華廣播電臺」先後由農村進入城市；更有大批城市報刊相繼創建或復刊，如《石家莊日報》《中原日報》《華中日報》《群眾日報》(原《邊區群眾報》)《江漢日報》《長春新報》等。

（一）《人民日報》成爲中共中央機關報

1948 年 5 月，晉察冀邊區與晉冀魯豫邊區合併，華北地區建立了統一的黨政軍領導機關。1948 年 6 月 14 日經華北中央局決定，原中共中央晉察冀分局機關報《晉察冀日報》和原晉冀魯豫中央局機關報《人民日報》合併，並改組爲《人民日報》作爲華北中央局的機關報。1948 年 6 月 15 日，《人民日報》在石家莊創刊出版。1949 年 3 月 15 日，《人民日報》刊登《本報移平出版啓事》和《人民日報、北平解放報共同啓事》，提到「改進我們的工作和新聞報導，加強工業和商業的報導，加強改造和建設城市的各種報導；同時仍將以相當大篇幅報導農業生產與農村情況，使我們的報紙成爲城鄉聯繫的橋樑，進一步鞏固工農聯盟，密切知識分子與工農群眾的結合，從而鼓舞起千百萬勞動人員的生產熱情，促進與發展城鄉經濟的交流，恢復與發展工農業生產，增加國家和人民的財富，以更好地支持全國解放戰爭。」[1]

1949 年 1 月 31 日，北平和平解放。平津戰役結束後，華北地區基本解放。至此，蔣介石的主要軍事力量被消滅，東北與華北聯成一片，全國已處於革命勝利的前夜。1949 年 8 月 1 日，中共中央決定將華北局機關報《人民日報》正式改爲中共中央機關報。

（二）解放區新聞報刊進城後的發展

抗戰勝利後，中國共產黨已經在一些城市創辦過報刊。但是，隨著國民黨發動內戰，解放區範圍縮小，這些在城市裏出版的報紙大都撤回後方或停

1　《人民日報、北平解放報共同啓事》《人民日報》，1949 年 3 月 15 日，第 1 版。

止出版了。因此總體上看，1947 年以前共產黨新聞事業依然在農村。當解放戰爭進入戰略反攻階段後，黨的新聞事業中心由農村向城市轉移。解放區新聞報刊進城後應如何開展城市宣傳，辦好城市黨報，成為擺在共產黨新聞工作者面前的一個重要問題。

1947 年 11 月 12 日，人民解放軍解放華北重鎮石家莊，晉察冀邊區和晉冀魯豫邊區連成一片。1947 年 11 月 18 日，《新石門日報》（後改名《石家莊日報》）在石家莊創辦，在準確傳達黨的城市政策，積極引導輿論，廣泛宣傳城市建設成就，密切聯繫和服務人民群眾等方面發揮了重要作用。《石家莊日報》是共產黨在大城市創辦的第一張大型日報，是共產黨在城市辦黨報方面的首次實踐，為黨的城市黨報發展方面積攢了豐富的辦報經驗。

1948 年 1 月 1 日，《內蒙古日報》在烏蘭浩特市出版；同日，中共中原局機關報《中原日報》在鄭州創刊；3 月 15 日，《吉林日報》遷回吉林市出版。1948 年濟南解放後，10 月 1 日，中共濟南市委機關報《新民主報》創刊，這是由中國共產黨領導下在山東創辦的第一張大型城市報紙；1948 年 12 月 12 日，中共中央東北局機關報《東北日報》由哈爾濱遷往瀋陽出版。此外，1948 年「三大戰役」後，《長春新報》《北平解放日報》《天津日報》相繼在長春、瀋陽、北京、天津等各大城市出版。而在新解放的城市和工礦地區，一批以工人為讀者對象的報紙相繼問世，如山東的《新濰坊報》。

1949 年 3 月中共中央山東分局成立，《大眾日報》成為機關報並兼任中共濟南市委機關報。1949 年 4 月 1 日《大眾日報》由解放區益都、臨朐農村遷至濟南出版，結束了該報長達 10 年在農村游擊辦報的艱難歷程。1954 年 8 月，中共中央山東分局撤銷並成立中國共產黨山東省委員會，《大眾日報》遂改為山東省委機關報至今。《大眾日報》是山東地區發行時間最長，最具代表性的一份報紙，從創刊開始，先後經歷了抗日戰爭、解放戰爭、中華人民共和國成立等一系列歷史事件，從一定程度上說，它見證了中華人民共和國的創建和發展，具有重要的歷史文獻性質，在山東新聞史上具有舉足輕重的地位。同時在 1949 年，中共南京市委機關報《新華日報》於 4 月 30 日在南京創刊；中共中央中南局機關報《長江日報》於 5 月 27 日在武漢創刊；5 月 28 日即上海全市解放的當天，中共中央華東局和上海市委聯合機關報上海《解放日報》出版。

中國共產黨新聞報業初嘗大城市辦報環境，開展新聞實踐，中共黨報在

具體的方式方法上非常重視新聞宣傳工作中的組織紀律和階級立場。中央和各地黨委機關報都圍繞如何適應從農村到城市辦報的「大轉變」產生過不同程度的爭論，爭論的焦點是城市辦報的服務對象和讀者對象問題。共產黨報業從農村進入城市的背後包含著諸多矛盾。對於即將面臨的更寬闊的新聞宣傳和更複雜的輿論環境，熟稔根據地報業實踐的新聞人在剛剛進入城市辦報時，明顯缺乏必備的經驗。

1. 制定政策指示新聞工作

當人民新聞事業由農村轉移至城市後，如何辦好城市報紙，開展好城市新聞宣傳工作等問題被提上了議事日程。中國共產黨雖然已有二十多年的新聞工作歷史，但這是新環境下的一個全新問題。在農村解放區辦報時，由於那裡的社會經濟構成比較簡單，人們的文化水平也較低，有些知識而又不甘附敵的人士大多參加革命工作，因而報紙一般是以幹部為讀者對象；進城後，社會經濟結構比農村複雜得多，工商業者和知識分子習慣於訂閱報紙。有鑑於此，中國共產黨及時提出了城市新聞工作的方針政策，以順應城市報紙讀者對象的變化。

1948 年 5 月 15 日，中宣部發出關於建設城市黨報方針的指示，對城市黨報的讀者對象、報導內容、報導任務、工作方式及原則有了較為明確的認識與規定，才使得中共中央能在進入城市後迅速地開展工作，將城市報紙又快又好地創辦起來，並贏得了廣大群眾的支持。

1948 年初，在毛澤東和黨中央的支持和干預下，糾正了「左」的錯誤。1948 年 8 月 15 日《中共中央宣傳部關於城市辦報方針的指示》（以下簡稱《指示》）。《指示》中指出城市新聞宣傳中存在的兩種錯誤偏向：一種是忘記了報刊代表工農兵的定位，另一種是拒絕為工商業者和知識分子服務。中共中央宣傳部提出了在城市創辦、出版黨報的注意事項：主要為工農兵服務；主要報導工廠和農村新聞，同時也要報導商業、學校和其他新聞；要重視辦副刊，辦副刊既要堅持馬克思主義觀點，又要適合各種讀者的口味。

1949 年 3 月，中共七屆二中全會召開。毛澤東提出此後黨的工作重心從山村轉移到城市，而要維持和鞏固即將到手的全國政權，黨和軍隊在必須用極大的努力去學會管理城市和建設城市的同時，也必須學會在城市中向帝國主義、國民黨、資產階級作政治鬥爭、經濟鬥爭、文化鬥爭，甚至外交鬥

爭。[1]「通訊社報紙廣播電臺的工作，都是圍繞著生產建設這一中心工作並爲這個中心工作服務的」[2]。自此，中共中央新聞宣傳的工作任務與方針發生了根本性的變化，「爲生產建設服務，爲城市管理服務」成爲中共中央新聞宣傳工作重中之重。

2. 加強報人業務學習

針對新時期新聞工作的新任務，新變化，中共中央積極組織新聞人員進行學習與調整，以「華北記者團」的集訓爲代表。新華總社的一批領導幹部和業務骨幹陸續集中到河北省平山縣西柏坡，由胡喬木直接領導開展政治和業務訓練，以適應將來進城後的工作需要。[3]

1948 年 7 月下旬，華北人民日報社和新華社華北總分社（當時報、社合一）抽調人員組成華北記者團，採訪土地改革工作，並到西柏坡學習；10 月 2 日，劉少奇按照提綱向華北記者團的記者們做了著名的《對華北記者團的談話》。通過談話，與華北記者團的記者們全面而具體地闡釋了黨報的性質和功能。這篇講話，著重論述了黨報在密切聯繫群眾，在黨報和群眾中間架起溝通的橋樑的關鍵作用，強調了列寧、毛澤東等的辦報思想和原則，著重點出了黨報的重要地位和作用，希望黨報工作者增加使命感和責任心，增強素質。劉少奇還要求黨報堅持實事求是，真實、全面地進行報導；並提出黨報有責任考察黨的政策等方面的內容。

3. 重視新聞宣傳紀律

1948 年 6 月 5 日，中共中央作出《關於宣傳工作中請示與報告制度的決定》，主要內容包括各地黨報的社論及編者對於新聞政治性和政策性的按語，對於讀者政治性和政策性的問題的答覆，必須由黨委的一個或幾個負責人閱正批准後才能發表等。[4]1949 年 1 月 26 日，中共中央發出《宣傳約法三章，不要另提口號》《關於各地不得擅自向中外記者發表意見的通知》，這兩個文件旨在強調在大城市進行新聞宣傳決不可搬用過去農村的做法，要按照新聞規律辦事。

1 毛澤東：《在中國共產黨第七屆中央委員會第二次全體會議上的報告》，《毛澤東選集》（第四卷），人民出版社，1991 年版，第 1438～1439 頁。

2 毛澤東：《在中國共產黨第七屆中央委員會第二次全體會議上的講話》，見《毛澤東選集》（第四卷），人民出版社，1991 年版，第 1427～1428 頁。

3 新華通訊社史編寫組：《新華通訊社史》（第一卷），新華出版社，2010 年版，第 471～474 頁。

4 中國社會科學院新聞研究所編：《關於宣傳工作中請示與報告制度的決定》，《中國共產黨新聞工作文件彙編》（上卷），新華出版社，1980 年版，第 186～187 頁。

新聞宣傳紀律的出臺，確保了新聞宣傳的系統和規範，有利於防止敵人的破壞，進而保證黨中央的路線方針政策得以及時、準確地宣傳貫徹。

二、各地「軍管會」對新解放城市原國民黨報刊業的接收與改造

解放戰爭後期，隨著許多大中城市特別是上海這樣新聞事業發達的城市陸續解放，這些城市中存在大量具有影響力的刊物和通訊社，而新聞媒體是階級、黨派和社會團體進行階級鬥爭的有力工具，因此應按照特殊政策進行接收，不能採用對待一般私營工商業的政策處理。1948 年後，清理、接收和改造舊有新聞報刊業、報人的工作被提上了議事日程。中共中央十分重視解放和接管國民黨新聞報刊事業的工作，尤其對上海的接收，可謂「一大難關」，是人民新政權建立過程中一件大事。

舊有新聞事業的清理與接管，是一項很複雜、政策性很強的工作，如果可以妥善安置人員，則可以為中國共產黨成功接管上海以及建立人民新聞事業打下牢固的基礎。為了做好對大中城市中舊有新聞事業的接管、清理與改造，中共中央做了很多政策上的準備，分別於 1948 年 11 月 8 日、20 日、26 日頒發了《關於新解放城市中中外報刊、通訊社處理辦法的決定》《對新解放城市的原廣播電臺及其人員的政策決定》《關於處理新解放城市報刊、通訊社中的幾個具體問題的指示》一系列文件，從清理接管工作的基本原則、政策界限到具體的工作方法，都作了明確的指示與規定，說明將來通訊社應屬於國家，其經費由政府供給。充分的準備工作是接收與安置舊有新聞業的重要基礎。在這一過程中，雖有很多不足，但總體上是成功的，通過政策的頒定和實施，順利完成了該項工作。

（一）對國民黨報刊和新聞機構的接收

人民新聞業由多方面新聞機構共同組成，一部分來源於革命戰爭年代在各根據地和各解放區的共產黨的新聞事業；另一部分則源於原國統區留下來的舊有新聞事業。後一部分新聞業則存在對國民黨報刊和新聞機構的接收問題，其中有相當一部分是反共、反人民的，也有部分中間狀態的，還有少部分是進步的新聞事業，因此新聞事業的類型、性質、成分均十分混雜。由於國統區新聞事業擁有大量的房產、良好的設備和技術力量，因此它也是人民新聞事業的來源之一。

　　1948 年 11 月，在城市接管工作中，中國共產黨「用各種各樣與群眾聯繫的方法，向各個階層、各種職業、各界的人民群眾，進行思想上、政治上的解釋動員工作」[1]爭取和團結新解放區民眾。因此，中共中央一邊接收新解放區的新聞媒體、一邊運用新聞媒介宣傳和解釋黨的城市政策與建設方針，聯繫群眾，廣泛開展宣傳。

　　為保證有條不紊地接管新解放城市中的舊有新聞媒體，中共中央事前作了充分的準備。1948 年 11 月 8 日，中共中央下發了《關於新解放城市中中外報刊、通訊社處理辦法》的決定。[2]清理、接管工作的基本原則是「保護人民的言論、出版自由和剝奪反人民的言論、出版自由」。

　　根據中共中央的決定與指示，各地黨和政府有關部門在清理、接管舊有新聞事業時會按照不同的情況，採取不同的處理辦法。其中，對於國民黨黨政軍系統和反動黨派所主辦的報刊、通訊社和廣播電臺，沒收其一切設備與資財，不准以原名復刊或發稿，一律由人民政府接管。……對反動的報刊、通訊社和廣播電臺則予以沒收，停止其繼續營業。對於民營廣播電臺，因其直接聯繫群眾，且可能為敵人作通訊、聯絡之用，故在軍管期間一律歸軍管會統一管理，在軍管會管理之下准其繼續營業；私營的短波廣播電臺，則一律停止其播音。同時，對外國在華的新聞事業也規定了一些相應的處理辦法。

　　中共中央相繼下髮指導文件指導具體新聞工作實踐，如《中共中央關於對天津舊有報紙處理辦法給天津市委的指示（1949 年 1 月 19 日）》[3]、《中共中央對北平市報紙、雜誌、通訊社登記暫行辦法的批示（1949 年 2 月 18 日）》[4]等。根據指示，在人民解放軍進入城市後，軍事管制委員會立即封閉當地國民黨反動新聞機構，並利用這些機構的物資設備開展宣傳工作。

1　《中共中央華北局關於平津地下黨的組織在接管城市中應做工作的指示》，1948 年 12 月 13 日，引自，《解放北平》（上），中國檔案出版社，2009 年版，第 5 頁。

2　摘錄自《關於新解放城市中中外報刊通訊社的處理辦法》，1948 年 11 月 8 日，根據中央檔案原件刊印。

3　中國社會科學院新聞研究所編：《中共中央關於對天津舊有報紙處理辦法給天津市委的指示》，《中國共產黨新聞工作文件彙編》（上卷），新華出版社，1980 年版，第 268 頁。

4　中國社會科學院新聞研究所編：《中共中央對北平市報紙、雜誌、通訊社登記暫行辦法的批示》，《中國共產黨新聞工作文件彙編》（上卷），新華出版社，1980 年版，第 273～275 頁。

　　上海解放後，軍管會對國民黨反動新聞機構一律封閉；對老牌的帝國主義報紙《大美晚報》《字林西報》沒有直接封閉，但由於它們仍然堅持與中國人民為敵的立場，公開造謠和攻擊新生政權，因此受到了軍管會的嚴屬處分，此後兩報分別於 1949 年 6 月（《大美晚報》）和 1951 年 3 月（《字林西報》）停刊。此外，軍管會接收了《申報》和《新聞報》並實行軍管，解散兩報編輯部後，沒收兩報中的官僚資本，對史家的私人資本予以保護；《大公報》則在王芸生的帶領下發表《新生宣言》，後被允許繼續出版。對於被國民黨於 1947年 5 月查封的進步報紙《文匯報》，中共中央則支持其於 1949 年 6 月 21 日恢復出版。

　　由於缺乏經驗，軍管會、新聞先遣隊等在處理舊有新聞機構的最初出現過一些偏頗，但迅即為中共中央所糾正。如 1949 年 1 月 14 日天津解放後，天津軍管會曾發布命令，宣布各報一律停刊。中共中央得知後立即致電中共天津市委，批評了這一錯誤做法，並提出了一些指導性的意見。隨後，天津軍管會立即發布新的命令，以社會秩序恢復為理由，允許各報除已可確定封閉者可先行恢復出版，待審查後再補發許可證。之後，各新解放城市在處理舊有新聞事業上均採取審慎的態度，嚴格執行中共中央制定的有關政策。

　　1949 年 1 月 31 日，北平宣布和平解放。由於已有天津的經驗與教訓，北平市軍管會採取了嚴謹審慎的態度，除沒收《華北日報》等國民黨系統的報紙外，允許其餘私營報紙包括政治背景複雜的《世界日報》繼續出版。但《世界日報》終因其堅持反動立場，刊登國民黨「中央通訊社」的廣播新聞，為國民黨假「和平」做宣傳，於 2 月 22 日被北平市軍管會查封。4 月 23 日南京解放後，南京市軍管會對原為私營報紙的《大剛報》進行處理。《大剛報》在解放戰爭時期為國民黨 CC 系所直接控制，因此南京軍管會在處理時將《大剛報》的資本分成兩部分，其中屬官僚資本的部分予以沒收，而私人資本部分則發還給在解放戰爭中持進步立場、解放後繼續出版的漢口《大剛報》。

（二）對國統區舊新聞人的接收和改造

　　對國統區舊新聞業及人員的接收與改造則較為複雜，舊新聞、圖書出版機關經營者成分龐雜，有的報紙由國民黨黨、政、軍、特務機關經營，有的則是民主黨派與人民團體在支撐，還有的是純由私人和社會團體經營維護，因此對國統區舊新聞人的接收和改造需要具體問題具體處理，在面臨複雜情況時要有選擇性地接收和改造。

　　這些出版機構的工作人員本身的情況也很複雜，是矛盾的綜合體，一方面他們長期受官僚資本的壓迫與剝削，是一定程度上的受壓迫者，應當積極爭取他們；另一方面他們又受到長期的反動政治教育，長期從事於不同程度的反動宣傳工作，在爭取他們的同時也有改造思想的任務。因此，中共中央決定「對舊有人員不能採取一律留用的政策，而應當採取慎重地甄別留用和有步驟地使用的政策。」[1]對於已經登記許可經營的報刊、通訊社等媒體工作人員，一般採取爭取、團結與改造的方針予以留用，但對於個別的反動分子堅決撤換（對於極少數的反動分子，絕大部分只要中國共產黨給予他們肯定和支持，提供生活和工作的出路與辦法，很多反動分子都會消除恐慌心理，卸下心理包袱，主動加入到構建人民新聞事業的隊伍中來）；另外，對於積極追求進步分子、一般記者編輯以及有一定學問的中間分子均按照具體情況安排崗位，進行逐步提升，同時要注重改造他們的思想。

　　要使原有的新聞媒體工作人員做到轉換觀念，改造思想，真正為人民服務，煥發出新的活力，則必須從根本上改造其工作中舊報人的思想與作風。1948 年 11 月 8 日，中共中央下發的《關於新解放城市中中外報刊通訊社處理辦法的決定》，指示各地黨委碧璽秉承全黨辦報之傳統，把報紙刊物與通訊社等新聞事業定義為「一定的階級、黨派與社會團體進行階級鬥爭的一種工具」[2]，對它們的處理「一般地不能採取與私營企業同樣的政策」[3]，並掌握和處理好對待不同類報紙和刊物的政策與辦法，逐步積累城市辦報的經驗和教訓。1949 年 5 月，中共中央出臺針對（國統區）舊新聞人員的十六字方針——「降級安排，控制使用，就地消化，逐步淘汰」[4]。通過發放學習文件，開辦政策講習班，人員互助監督等方式從思想上影響工作觀念與作風，改造他們，使他們適應新環境和新方式。

1　中央檔案館編：《中共中央文件選集》（第 17 冊），中共中央黨史出版社，1992 年版，第 466 頁。

2　中國社會科學院新聞研究所編：《中共中央關於新解放城市中中外報刊通訊社處理辦法的決定》（1948 年 11 月 8 日），《中國共產黨新聞工作文件彙編》（上），新華出版社，1980 年版，第 189 頁。

3　中國社會科學院新聞研究所編：《中共中央關於新解放城市中中外報刊通訊社處理辦法的決定》（1948 年 11 月 8 日），《中國共產黨新聞工作文件彙編》（上），新華出版社，1980 年版，第 189 頁。

4　華東師範大學中國當代史研究中心編：《中國當代史研究》（第 1 輯），九州出版社，2009 年版，第 32 頁。

　　對於國統區舊報人，中共中央同樣採用採取區別對待、妥善處理的政策。除少數查有依據的特務分子、反革命分子被依法處理外，其餘均由人民政府安排；明顯的進步分子與確有學識的中間分子留用；一般的編輯與記者，其比較容易改造者，應經過短期教育後分別留用，然亦不應輕易使其擔任編輯與記者工作；思想頑固、生活腐化不易改造者，應聽其或助其轉業；技術人員則按對待一般技術人員的方針辦理。對於舊報人報刊的接管工作的合理進行，增進了人們對中共報業著力構建的新秩序的認同，也為新秩序的建立打好了前戰。

第四節　國統區進步報刊與解放區報刊的匯合

　　解放戰爭開始後，隨著大部分國土的解放，共產黨的新聞事業以驚人的速度向前推進。在原有新聞事業、接收的敵偽新聞事業、改造的私營新聞事業的基礎上，共產黨迅速建立起集中統一的黨管報業體系。國統區進步報刊與解放區報刊在這一時期進行了從硬件設施到人才組織等各方面的匯合重組，共同組成了共產黨黨報體系。

一、共產黨黨報體系的初步構建

　　經歷了抗日戰爭、解放戰爭的洗禮，以中國共產黨為代表的中國人民取得了最終的勝利。在這一過程中，中國共產黨所領導的人民新聞事業不斷發展壯大，迎來了前所未有的劃時代巨變。1949 年初，隨著國民黨的新聞機構陸續轉往臺灣，截至中華人民共和國成立前夕，各大中城市都建立了一批中央級的機關報、中共中央各局機關報以及各省、市委的機關報，中共報刊事業取得全面勝利。至此，以中國共產黨的機關報為主體的革命報刊網在全國建立起來。

表 3-5：部分重點城市新黨報創辦時間表

新解放城市	解放時間	新創辦報刊	創辦時間
石家莊	1947 年 11 月 12 日	《新石門日報》	1947 年 11 月 18 日
長春	1948 年 10 月 21 日	《長春新報》（復刊）	1948 年 10 月 25 日
瀋陽	1948 年 11 月 2 日	《東北日報》（遷回）	1948 年 12 月 12 日
天津	1949 年 1 月 14 日	《天津日報》	1949 年 1 月 17 日
合肥	1949 年 1 月 21 日	《新合肥報》	1949 年 2 月 5 日

北平（北京）	1949 年 1 月 31 日	《人民日報·北平版》	1949 年 2 月 2 日
南京	1949 年 4 月 23 日	《新華日報》	1949 年 4 月 30 日
杭州	1949 年 5 月 3 日	《浙江日報》	1949 年 5 月 9 日
武漢	1949 年 5 月 16 日	《長江日報》	1949 年 5 月 23 日
南昌	1949 年 5 月 22 日	《江西日報》	1949 年 6 月 7 日
上海	1949 年 5 月 27 日	《解放日報》	1949 年 5 月 28 日
長沙	1949 年 8 月 4 日	《湖南日報》	1949 年 8 月 15 日
福州	1949 年 8 月 17 日	《福建日報》	1949 年 8 月 25 日
蘭州	1947 年 8 月 26 日	《甘肅日報》	1947 年 9 月 1 日
濟南	1948 年 9 月 24 日	《大眾日報》	1949 年 4 月 1 日
鄭州	1948 年 10 月 22 日	《河南日報》	1949 年 6 月 1 日
武漢	1949 年 5 月 16 日	《湖北日報》	1949 年 7 月 1 日
哈爾濱	1946 年 4 月 28 日	《哈爾濱日報》	1947 年 7 月 15 日
保定	1948 年 11 月 22 日	《保定日報》	1949 年 4 月 10 日
唐山	1948 年 12 月 12 日	《新唐山日報》	1948 年 12 月 14 日

　　隨著黨的工作重心的轉移，中共的黨報體系逐漸由農村轉向城市。中華人民共和國成立前，黨和國家重視人民新聞業的制度與政策建設，採取了一系列保護黨報體系的法規和政策，為人民新聞業的運行與發展打下了良好的基礎。

二、人民新聞業框架的基本形成

　　中華人民共和國成立前夕，《人民日報》逐漸成為新聞網的中心，以各級領導幹部和機關工作人員為主要讀者對象。各地各級黨報圍繞《人民日報》開展黨的宣傳工作。各大行政區、省、市、直轄市黨委的機關報也逐步發展起來。除華北局原有《人民日報》外，其餘均創辦新的機關報：東北局《東北日報》、西北局《群眾日報》、中南局《長江日報》、華東局《解放日報》、西南局《新華日報》；各省市也擁有自己的機關報，如山東省《大眾日報》、浙江省《浙江日報》；除此之外，一些地區乃至縣的黨委也創辦自己的機關報。這些報紙有的是由原在本地出版的黨報改組而成，有的則由以解放區新聞幹部為骨幹並吸收當地進步知識分子組成編輯隊伍而創建，此外，許多地市乃至縣的黨委機關也紛紛在本地原先出版的解放區報紙基礎上創建黨報。

　　另外，《工人日報》創刊於 1949 年 7 月 15 日，爲全國總工會機關報；《光明日報》創刊於 1949 年 6 月 16 日，初爲中國民主同盟創辦的機關報，以知識分子爲主要讀者對象。

三、《共同綱領》與人民新聞業的開啓

　　1949 年 9 月 29 日，中國人民政治協商會議第一屆全體會議，通過了起臨時憲法作用的《中國人民政治協商會議共同綱領》等重要文件。儘管《共同綱領》並非正式的憲法，但不管從內容上還是從法律效力上都具有國家憲法的特徵。它是中華人民共和國成立初期團結全國人民共同前進的政治基礎和戰鬥綱領，對於鞏固人民政權，加強革命法制，維護人民民主權利，以及恢復和發展國民經濟方面起著指導作用。它的許多基本原則在制定 1954 年憲法時都得到了確認和進一步發展。[1] 指導人民新聞事業的新聞自由原則作爲一項獨立的公民權利被莊嚴地寫入國家的根本大法，爲中華人民共和國成立初期新聞事業和新聞法制建設的發展提供了指導原則和立法依據。

　　《共同綱領》共 60 條，包括政權機關、軍事制度、經濟政策、文化教育政策、民族政策等 7 章，其中第 5 條爲一般性的條款，但也明文確定了中國人民具有出版通訊的自由：「中華人民共和國人民有思想、言論、出版、集會、結社、通訊、人身、居住、遷徙、宗教信仰及示威遊行的自由權。」「發展人民出版事業，並注重出版有益於人民的通俗書報」；以及第 49 條則從法律意義上切實保證了中國人民在新聞自由方面的特殊權利：「保護報導眞實新聞的自由。禁止利用新聞進行誹謗，破壞國家人民的利益和煽動世界戰爭。」這個規定是中華人民共和國對新聞自由的第一次立法保護，它確立了中華人民共和國實行新聞自由的原則。即在報導眞實新聞和不進行違法活動的前提下，確立了國家積極發展爲人民服務的新聞事業的方針，讓廣大人民充分享有言論、出版自由。這些規定在明確界定人民群眾新聞自由權力的同時也爲中華人民共和國的人民新聞業的開啓提供了保障。以《人民日報》爲代表的中共黨報體系在《共同綱領》的指導下，開啓了與舊有的新聞事業完全不同的嶄新的時代。

1　《新中國第一部憲法性文件——〈中國人民政治協商會議共同綱領〉》http://www.lianghui.org.cn/zhuanti2005/txt/2004-05/09/content_5559548.htm 中國網，2004 年 5 月 9 日查。

第四章　民國南京政府後期的民營新聞報刊業

　　抗戰勝利後，民營新聞報刊業夾在國共兩極勢力的對決中而被迫分化。在這次分化中，大致有三種路徑。一是鮮明地站在人民大眾的立場上，同國民黨的專制統治進行鬥爭，在共產黨新聞事業同國民黨新聞事業進行最後較量中發揮積極作用，《民主報》《新民報》《文匯報》是其代表。二是宣傳「第三條道路」，這些報刊既不滿意國民黨大地主大資產階級統治，也不願意實行共產黨領導下的人民民主專政，因此想走「第三條道路」。但當這種宣傳破產後，他們多數也站到人民一邊來了，儲安平和他的《客觀》《觀察》雜誌是其代表。三是從「支持蔣介石政府」的立場轉入人民立場，王芸生和《大公報》便其代表。

第一節　民營新聞報刊業在戰後的回遷與復興

　　在抗日戰爭中，《申報》《大公報》等民營商業報刊的生存環境受到了極大破壞。隨著日軍對新聞業的侵襲，國內民營報紙逐漸萎縮。1945 年 8 月抗戰勝利後，舉國歡慶，百業待興。此時新聞事業的發展不僅表現在國、共兩黨新聞事業的發展上，也表現在民營報紙迎來了一次發展的小春天。戰前在上海、北平、天津、南京等大城市出版的一批著名商業性大報紛紛遷回原地。其中不少報紙也朝著報團的方向發展，在其他城市建立分社、出版分版，力謀事業上的發展。戰後原有報刊發展較好的有《大公報》《文匯報》《新民報》《益世報》和《世界日報》等；同時有一批新報刊出現。

1946 年 6 月，國民黨發動全面內戰後，民營報刊也面臨著政治上的最後抉擇。隨著國共兩黨在軍事和政治上對決時刻的臨近，國民黨的潰敗，大部分民營報刊選擇加入人民報刊的發展道路。民營商業報刊迎來了短暫的復蘇，但凋敝的經濟和國內緊張的政治形勢仍是其發展掣肘。

一、《大公報》的復刊與復興

抗戰前《大公報》有天津版和上海版，抗戰爆發後天津總社先遷至漢口，後又遷至重慶，並創辦香港、桂林兩地分版。

1945 年 8 月 15 日，日本宣布無條件投降，《大公報》重慶版在當天第二版用八欄特大字號標題《日本投降矣！》報導了這一特大喜訊；次日第二版發社評《日本投降了》，文前引用杜甫《聞官軍收河南河北》七律詩。喜悅之情，溢於言表。《大公報》不僅僅只是高興，而且期望在戰後發展事業。早在 1945 年 4 月，胡政之就利用作爲中國代表團的成員赴美國舊金山出席聯合國創立大會的機會，在美國訂購了三部輪轉印報機和部分通訊器材、捲筒紙及辦公用品，爲戰後大展宏圖做好了必要的物質準備。8 月 22 日是《大公報》發行 15000 號紀念日。紀念會之後負責恢復滬、津兩館的幹部同人隨即分別啓程。

1945 年 11 月 1 日，《大公報》上海版復刊。復刊號上發表了《重來上海》的長篇社評，說：「我們是一張民間報紙……二十年來，飽經憂患，同人等不揣譾陋，始終固守不私不盲的社訓，對建國大業，盡其平凡之努力。現在我們也隨著國家復員而復員，上海版今日首先復刊，我們今後一本過去不畏強權，不媚時尚的傳統，繼續爲國家服務，爲社會服務。」

隨後 1945 年 12 月 1 日復刊出版《大公報》天津版；1946 年 1 月，該報總管理處遷至上海，統轄上海、天津、重慶三館；此後又恢復香港版、設立臺灣辦事處。至此，《大公報》在上海、天津、重慶、香港四地出版分版，發展成一個擁有 4 分社的報團組織。

（一）對國共重慶談判的報導

1945 年 8 月 15 日，日本宣布無條件投降，中國人民的抗日戰爭取得了偉大的勝利。隨後，國共兩黨開啓了重慶談判。國共雙方於 1945 年 10 月 10 日簽署了《政府與中共代表會談紀要》即《雙十協定》，國民黨當局不得不承認中國共產黨提出的「和平、民主、團結」的方針。國內的報刊、電臺通訊社都對這次意義重大的談判活動做了不同角度的反映各自立場的新聞報導。如

《新華日報》等進步報刊對重慶談判做出了積極正面的報導。國民黨報刊《中央日報》《掃蕩報》則完全從國民黨的一黨之私出發，爲破壞國共重慶談判的成果，乃至發動反革命內戰而大造聲勢和不良的輿論環境。《大公報》的報導態度則時左時右。例如，在蔣介石 8 月 20 日再致毛澤東赴渝談判後，《大公報》於 21 日發表社評《讀蔣介石再致延安電》，表示全面支持蔣介石的電報；在毛澤東抵達重慶後，《大公報》的報導則是積極的，其《毛澤東先生來了》的社評，把毛澤東來渝談判視作「中國的一件大喜事」，認爲「它維繫著中國目前及未來歷史和人民的幸福」。[1]但國共和談期間，《大公報》邀請毛澤東等中共代表赴宴，席間該報負責人完全拋棄中立立場和表面態度，公然替國民黨政府向共產黨喊話，要共產黨「不要另起爐灶」，受到毛澤東的駁斥。[2]國共談判結果公布後，《大公報》又發表《團結會談的初步成功》的社論，態度甚爲曖昧，說了些含糊之語[3]。

（二）報紙間的政治論戰

　　《大公報》與《新華日報》就和平與內戰問題而展開的政治論戰是新聞輿論戰線上最激烈的政治論戰之一。抗戰勝利後，蔣介石積極策劃內戰，實行反法西斯的獨裁暴政。在重慶談判、政治協商會議和解放戰爭初期的幾次對話中，《大公報》一直以「不偏不倚」的中立態度和悲天憫人的姿態爲民請命，但在內戰初期卻將責任不分青紅皂白地推向中國共產黨。

　　1945 年 8 月，日軍宣告投降，國民黨當局大舉調兵準備對中共解放區布置更大規模的進攻。但因交通被僞軍中斷，《大公報》10 月 25 日發表社評《爲交通著急！》，雖未實名提及，卻影射中國共產黨是「有了槍桿成爲一個勢力集團」，「不管老百姓死活」「作踐人心，自掘墳墓」。11 月 5 日，毛澤東發表談話予以駁斥，強調「國民黨當局正在大舉調兵……正在布置新的更大規模的進攻。而阻礙這種進攻……我們主張交通線迅速恢復，但是必須在受降、處置僞軍和實行解放區自治三項問題獲得解決之後，才能恢復」[4]。

　　1946 年 11 月 20 日，重慶《大公報》公開點名指責共產黨，並發表《質中共》的社評，認爲只有共產黨交出軍隊才是「國家民族的大幸」。[5]對於《大

1　《毛澤東先生來了》，《大公報》（重慶版），1945 年 8 月 29 日。

2　曹辛：《大公報的兩個 50 年》，《南風窗》2002 年版，第 7 期（上）。

3　《團結會談的初步成功》，《大公報》（重慶版），1945 年 10 月 11 日。

4　《毛澤東選集（第四卷）》，第 1168～1169 頁。

5　《質中共》，《大公報》（重慶版），1945 年 11 月 20 日。

公報》背離立場的公開挑釁，《新華日報》於次日發表社論《與大公報論國是》予以嚴厲反駁。社論詳細列舉了蔣介石勾結敵偽破壞國共雙方協議的事實，以實際證明內戰的責任完全在國民黨方面，發動內戰始作俑者是蔣介石，[1]譴責《大公報》巧舌如簧，以所謂「大公之名」掩蓋為蔣介石集團幫腔作勢鼓吹內戰之實。延安《解放日報》12 月 8 日也發表文章《駁大公報》參與論戰，以大量的事實為根據，指出內戰的根源來自國民黨政府，並認為《大公報》已經背離了人民的立場，充當國民政府的爪牙的醜惡本質。1946 年 3 至 4 月，國民黨六屆二中全會和國民參政會四屆二次會議先後召開，蔣介石在會上公然撕毀《雙十協定》和東北停戰協定，重新宣布實行獨裁、發動內戰的方針。4 月 7 日，延安《解放日報》發表了題為《駁蔣介石》的長篇社論。[2]8 日，《新華日報》對之進行全文轉載，公開揭露了蔣介石發動內戰、實行獨裁的真實目的。

隨著內戰規模的擴大，為阻止國民黨軍隊對東北的進攻，人民解放軍發起自衛還擊並解放長春。《大公報》又發表反蘇反共社評《讀雅爾達秘密協定有感》等。1946 年 4 月 16 日先在重慶版《大公報》發表《可恥的長春之戰》社評，17 日又刊登在上海版。這篇社評中污蔑人民的自衛還擊是可恥，說東北民主聯軍「用徒手的老百姓打先鋒」[3]，為國民黨破壞停戰協定發動內戰進行辯護。對此，周恩來指示《新華日報》於 4 月 18 日刊發由中共中央宣傳部長陸定一撰寫的社論《可恥的大公報社論》，對《大公報》的言論予以嚴加駁斥。這篇社論不僅是根據周恩來的指示精神、由陸定一執筆的，標題更是由周恩來親自擬定。社論發表後，《新華日報》又編選了一部分群眾的來信和來稿，以《人民皆曰可恥》為題予以發表，繼續批駁《大公報》言論；同時許多進步報刊也紛紛發表文章，抨擊和嘲諷《大公報》。

《新華日報》有理有據地對《大公報》社論進行駁斥，矛頭主要指向社論及其作者，使《大公報》在受到反擊後不敢貿然還手，自認失敗。[4]同時，這次論戰粉碎了國民黨使用御用報刊的栽贓陰謀，澄清了《大公報》的謬誤言論，使廣大人民群眾看清了國民黨挑動內戰、破壞和平民主、實行獨裁政治的真實面目。

1　《與大公報論國是》，《新華日報》，1945 年 11 月 21 日。
2　《駁蔣介石》，《解放日報》，1946 年 4 月 7 日。
3　《可恥的長春之戰》，《大公報》（重慶版），1946 年 4 月 18 日。
4　《人民皆曰可恥》，《新華日報》，1946 年 4 月 29 日。

（三）共產黨人曉以大義

1946 年 1 月在上海成立《大公報》總管理處，統攝上海、天津、重慶三館工作。1948 年 3 月 15 日復刊出版香港版，設立臺灣辦事處負責對上海版航空印行。《大公報港版復刊詞》說：「本報是民間組織，營業性質，現在總社在滬，天津、重慶均有分版，臺灣，以上海紙版航空寄遞，到臺印行，連同香港本版，一共雖有五個單位，事業卻是整體的……言論方針是各報一致的。」

此時的《大公報》也日益陷入窘境，既不希望共產黨取得天下，同時又看到國民黨統治腐化無能，因此面臨著異常的矛盾與痛苦。1948 年 12 月 30 日，毛澤東發表了著名的《將革命進行到底》，指出中國人民面臨著「使革命進行到底」和「使革命半途而廢」兩種完全不同的道路。中國每一個民主黨派、每一個人民團體，都必須考慮這個問題，都必須選擇自己要走的路，都必須表明自己的態度[1]。由於《大公報》自己的政治主張無法實現，且共產黨在戰爭形勢上日趨佔據上風，加之國民黨腐敗無能、美國政策影響，在多重因素的合力作用下，《大公報》終於投入共產黨的懷抱，開始了自己的新生。[2]

1948 年底，毛澤東邀請《大公報》負責人王芸生參加新政協會議。[3] 1949 年 6 月 17 日《大公報》發表了王芸生寫的《大公報新生宣言》，宣告《大公報》已獲得新生，為人民所有。隨著《大公報》的「新生」，幾乎所有有影響的民營報刊都做出了「留下來」的選擇，只有成舍我和他的《世界日報》等少數民營報人報紙跟隨國民黨蔣介石撤離大陸撤到臺灣去了。

二、《益世報》的擴大

《益世報》創刊於 1915 年 10 月 10 日，創辦人是比利時籍天主教傳教士雷鳴遠。[4] 初期雷鳴遠任董事長，劉濬卿[5]任總經理，全權負責報館的日常經營

---

1 毛澤東：《將革命進行到底》，《毛澤東選集》（第四卷），人民出版社，1991 年版，第 1375 頁。

2 張陽：《1948 年的〈大公報〉與中國社會——兼論自由主義者的抉擇》，山東大學碩士學位論文 2005 年。

3 周雨：《大公報人憶舊》，中國文史出版社，1991 年版，第 319 頁。

4 《益世報》雖有宗教背景，但傳教色彩並不濃，而是一份內容宏福、獨具自身風格和特色的公共性報紙，因此本書從類別上將其歸入民營報紙。

5 劉濬卿（1880～1934），河北蓟縣人，民國時期移居天津望海樓天主教堂附近，得以結識雷鳴遠。因辦事幹練和口才出眾，劉濬卿很快博得雷鳴遠的賞識並被引為知己。除了 1925 年到 1928 年奉系強佔報紙外，他一直主持該報，直到 1934 年去世。

活動。這是一份以西方教會爲背景的報紙，注重宣揚西方思想文化，但報紙宗教色彩不濃，且能對當時的中國社會進行較爲客觀地報導。「五四」運動期間，該報因支持學生運動一舉成名。1925 年到 1928 年間，《益世報》淪爲奉系的傳聲筒。天津淪陷後，《益世報》一度被迫停刊。抗戰期間，《益世報》先後在昆明、重慶出版。戰後該報很快在天津復刊，劉濬卿之子劉益之爲總經理，劉豁軒再度受聘擔任社長兼總編輯。王研石[1]擔任最後一任總編輯，使該報盡快走出了戰爭陰影並產生了較大的影響力。1949 年 6 月《益世報》天津解放後停刊。

　　1937 年「盧溝橋事變」之後，日本佔領天津，作爲 20 世紀上半葉的民國四大名報（天津《大公報》《益世報》和上海《申報》《民國日報》）之一的《益世報》被迫於 1937 年 9 月停刊。1938 年 12 月該報在昆明復刊，1940 年社址遷至重慶。抗戰勝利後，1945 年 12 月 1 日，《益世報》重新在天津發行。此時，《益世報》原創辦人雷鳴遠已經病歿在重慶，因此天津《益世報》第一任總經理劉濬卿之子劉益之奉命從重慶返回天津，重建《益世報》；原總編輯兼總經理劉豁軒再度受聘擔任社長兼總編輯，劉益之兼任總經理，天津市長張廷諤把和平路上的一所樓房及原東亞印刷廠的設備交給該報[2]。《益世報》復刊後，在政治上以「不偏不倚」爭取讀者，因此事業發展較快。這一時期，該報同時在天津、北平、南京、上海、重慶等地出版，日銷量達 8 萬餘份。其中，南京《益世報》不斷增長銷路，並在當時產生了廣泛的影響。1948 年 7 月 8 日，南京《新民報》被國民黨反動派勒令停刊。地下黨除了安排轉移少數同志到外地以外，同時指示其他同志繼續鬥爭，積蓄力量以迎接解放。不到一個月，這些同志便轉移到新改版的南京《益世報》繼續戰鬥了。他們進入《益世報》後，組成了地下黨小組，在中共南京市委文化工作委員會及其所屬新聞分委的領導下，團結民主人士和一切可以爭取的力量，在新聞戰線上和國民黨反動派展開了尖銳複雜的鬥爭。

---

1 王研石（1904～1969），字公磊，筆名「公敢」、「大槳」，黑龍江省安達縣人（今哈爾濱人）。曾在《國際協報》《申報》《新聞報》以及《益世報》等著名新聞媒體任職，著有新聞學著作《實踐新聞採訪學》，並撰有《被日寇囚繫半載記》、章回小說《長相思》、中篇小說《人海四怪》和一些短篇小說，一些東北現代文學史學者將其定性爲「鴛鴦蝴蝶派」文人。曾兩次任職於《益世報》，並擔任最後一任總編輯（1947 年 6 月至 1949 年 1 月）。

2 劉桂芳：《益世報：曾與大公報比肩》，中國新聞研究中心，見《中華新聞報》2005 年 6 月 22 日第 F03 版。

　　《益世報》的鬥爭以淮海戰役勝利結束爲標誌，分成兩個階段：第一階段爲 1948 年 8 月至 12 月，第二階段是 1949 年 1 月至南京解放。在第一階段，報紙的領導權仍然控制在于斌手中，地下黨小組只能採取迂迴曲折的方式進行鬥爭，編者主要在要聞版以外版面上勾畫出蔣管區的末日景象。在第二階段，報紙的領導權轉入《益世報》員工手中。地下黨小組基本掌握了各版面，並盡最大可能與反動宣傳進行了激烈的正面交鋒，傳播中國共產黨的聲音。

　　軍事行動的失敗，豪門的掠奪，加劇了蔣管區的經濟崩潰和社會紊亂。1948 年 8 月 1 日，改版第一天的南京《益世報》在本市新聞版的頭條消息便是「一片加價聲，漲風迎八月」。8 月 4 日，出現了國統區市府職員胡良和因生活無著自殺的悲劇，《益世報》抓住這件事從 5 日開始連續在顯著位置作相關報導，反映蔣管區民不聊生的社會現實。

　　戰敗、漲風、民怨交織在一起，搖撼著國民黨的統治基礎。爲了穩定人心，轉嫁罪責，國民黨政府企圖以「勤儉建國」拯救殘局。1948 年 9 月 5 日，《中央日報》副刊的頭條文章《警告吃人的人》一文中發出「一切罪惡的發生，皆導源於奢侈」的怪論。《益世報》的回擊方法是，以不在要聞版上登這些奇談怪論作消極抵制，但卻在副刊上與之積極鬥爭。具體而言，一方面是刊登雜文，旁敲側擊。如在 9 月 18 日的雜文《「然」與「所以然」》中指出，「人人皆知漲風主因在於通貨膨脹，通貨膨脹之原因在於支出龐大及物資奇缺，市場供求失調。」另一方面是集中力量重點突破。如在 10 月 19 日利用副刊刊出紀念魯迅逝世 12 週年專號，並連續幾篇文章用不同的方式和題材，讚揚魯迅先生的愛國和民主思想，剖析了賣國、獨裁、敵視民主才是萬惡之源，也針鋒相對地駁斥了《中央日報》別有用心的宣傳。

　　《益世報》立定了腳跟，報紙規模不斷擴大。1948 年 11 月，于斌眼看國民黨大勢已去，便逃往美國，經理潘朝英也逃往廣州。舊人棄置不顧，此時的《益世報》已經贏得南京人民的信任，員工們都願意放棄天主教每月數百美元的津貼，自立自強，共同克服困難；堅守宣傳陣地，一起度過黎明前的黑暗，迎接解放的到來。隨即展開由地下黨小組領導的第二階段的宣傳：編輯部添置了收音設備，每天正式接收新華社廣播和舊金山廣播；同時利用關係翻閱內參消息，摘抄不利於國民黨政府的外電報導，配合新華社廣播刊出，這些內容成了粉碎國民黨「和平攻勢」宣傳的子彈。直到南京解放，《益世報》上基本上每天都有新華社廣播或外電報導。在南京解放後，南京《益世報》

在軍管會的同意下又出版了一個多月，直到 1949 年 5 月 16 日《新華日報》順利出版發行，《益世報》才完成了歷史使命宣告終刊。1949 年 1 月 15 日，天津《益世報》隨天津解放而停刊。至此，創辦三十餘年的天津《益世報》宣告結束。

三、「世界報系」的復刊

創辦於 20 世紀 20 年代的「世界報系」由《世界晚報》《世界日報》《世界畫報》組成，加之《民生報》、「北平新聞專科學校」及其桂林分校，以及後來的《立報》都由成舍我一手創辦，共同組成了「成氏新聞報團」。成舍我也因「一人辦三報」而成為報業大家。「成氏報業」的發行量和口碑在當時都很好，其中《民生報》的發行量甚至超過國民黨中央機關報《中央日報》。

早在抗戰時，成舍我積極參與政治，《世界日報》也「由注重教育新聞轉變為以政治軍事新聞和政治評論為主要內容」[1]。同時由於紙張供應困難，報紙版數有限，因此報紙篇幅大都分給政治新聞和評論；新聞的主要來源「則採用國民黨中央社的新聞稿」，社論內容主要是關於擁蔣反共的。成舍我在《世界日報》復刊號上發表《我們這一時代的報人》的長篇社論，要求「『國民黨還政於民』，共產黨還軍於國」。這實質上是國民黨提出的『政治民主化，軍隊國家化』的口號的翻版」[2]。1946 年 10 月國民黨軍隊攻佔張家口以後，《世界日報》公開抨擊中共，從此政治態度完全一邊倒向國民黨。

由於《世界日報》這個階段的新聞宣傳和政治主張帶有反對人民民主事業的色彩，於是在 1949 年 2 月 25 日被人民解放軍軍事管制委員會接管全部資產」[3]。至此，《世界日報》前後長達 17 年的歷史終結。

（一）重慶《世界日報》復刊

抗戰時期在華北、華中、華南相繼淪陷後，1944 年，成舍我在重慶以中國新聞公司的名義籌備《世界日報》的出刊工作。1945 年 5 月 1 日，重慶《世界日報》出刊，董事長為錢新之，總經理為成舍我，成舍我還兼任社長和業務主任。《世界日報》設置「人民論壇」專欄，接受讀者的來稿，一時吸引了不少的作者，也深受讀者的歡迎。在重慶創辦《世界日報》時，成舍我已經積累

1　賀逸文、左笑鴻、夏方雅：《抗戰勝利後的世界日報》，《新聞研究資料》，1981 年版。
2　賀逸文、左笑鴻、夏方雅：《抗戰勝利後的世界日報》，《新聞研究資料》，1981 年版。
3　賀逸文、左笑鴻、夏方雅：《抗戰勝利後的世界日報》，《新聞研究資料》，1981 年版。

了豐富的辦報經驗。在經營管理方面，他有一整套督責檢查制度；此外，他還創辦了一個新聞職工訓練班，爲報社培養排字工人，培訓學員發行、採編的基本技能以作爲報社的後備軍。同時，繼承北平《世界日報》的傳統和特色，重慶《世界日報》也有「教育界」和「明珠」兩個版面，並受到讀者的歡迎。

重慶《世界日報》於 1949 年 7 月被國民黨當局查封而停刊，共出版四年零三個月。

（二）北平《世界日報》復刊

1945 年 11 月 20 日，北平《世界日報》《世界晚報》在成舍我的主持下正式復刊，成舍我任社長，張愼之任總編輯。在《世界日報》復刊號上，成舍我在「世界要聞」版撰寫發表了長文《我們這一時代的報人》，回顧了《世界日報》創刊以來的艱辛歷程，歷數他辦報生涯的種種遭遇；還提到報人在政治上應「站在國民立場，超然於政治黨派」[1]，同時要承擔「促進社會風氣的轉變和國民心理的改造」[2]的社會任務。

在《世界日報》和《世界晚報》復刊後三年多的時間裏，國共內戰頻仍，戰火不斷，國共兩黨無論在戰場還是報刊政論中都愈發激烈。雖然成舍我自詡其報紙都持無黨無派的中立態度，是超然於黨派的報紙，還提出「國民黨還政於民，共產黨還軍於國」，主張走第三條道路。但是，作爲言論機關的報紙，在當時和平談判和軍事衝突變換交替的大環境下，新聞和評論不可避免地會表明自己的政治立場和態度，這時的《世界日報》又陷入了政治的泥沼。隨著國共內戰愈發激烈，《世界日報》的時評和新聞在傾向性方面愈來愈明顯。1949 年 2 月，人民解放軍軍事管委會接管世界日報全部資產，《世界日報》《世界晚報》隨著北平的解放而停刊，《世界日報》的歷史隨之結束。

（三）世界報系的風格與特色

「世界報系」形成之後，在實踐中逐漸形成了獨特的風格特色。

首先是表達鮮明的愛國立場。成舍我非常重視評論文章的刊發。「三一八慘案」發生後，成舍我親自撰寫社論譴責段祺瑞政府殺害學生的暴行；「九一八事變」爆發後，他在報紙上積極宣傳抗日，嚴厲斥責蔣介石的不抵抗政策和「暫時隱忍，徐圖良策」的主張。

1　《我們這一時代的報人》，《世界日報》，1945 年 11 月 20 日。
2　《我們這一時代的報人》，《世界日報》，1945 年 11 月 20 日。

其次是努力辦出區別於其他報刊的特色。成舍我善於從別的報刊中學習優勢進而爲我所用。他經常選取競爭對手的報紙進行比較，從版面設計到標題設置，但凡找出不足就要改正。在長期的對比中，成舍我爲世界報系制定了以教育新聞作爲特色的辦報理念。在報導其他報紙均不太關注的教育新聞時，他堅持消息迅速準確，評論公正客觀，形式靈活多樣的報導理念，開設《教育專欄》和《教育界》兩個專版。這些舉措成功的爲其打開了教育界的銷路，在此基礎上成舍我又開設了面向中學生、大學生和高級知識分子及專家教授的不同版面及專欄，實現了報刊特色與銷量的雙贏。

第三是重視報紙副刊的作用。成舍我重視報紙副刊在擴大報紙影響及銷量方面的作用。《明珠》和《夜光》兩個知名副刊成了世界報系的兩道金字招牌。在副刊的編輯中，他重視文學作品與報紙的結合，聘請著名作家張恨水擔任兩個副刊的主編。在張擔任主編期間，先後於兩報副刊上連載了小說《春明外史》《新捉鬼傳》《荊棘山河》《金粉世家》等，這些極具文學性和可讀性的小說讓《世界日報》和《世界晚報》銷量大增。特別是《金粉世家》，自 1927 年 2 月 13 日開始連載，共刊登了 2196 次，歷時長達 7 年，風靡京城。此外，成舍我還曾聘請包括張友漁、劉半農等知名人士主編副刊。在他們的聯繫下，魯迅、沈尹默、張聞天等相繼刊發文章，使世界報系的副刊成了新文化運動的重要陣地。

成舍我在《我們這一時代的報人》中還提到，報人以及報紙的任務即「在政治上要站在國民立場，超然於政治黨派，同時要承擔促進社會風氣的轉變和國民心理的改造的社會任務。」[1]由此可見，此時的成舍我，其思想在一定程度上也受到自由主義的影響，開始在言論上和報紙的立場上趨近於中間路線，趨向於「替人民說話」。雖然宣稱要站在國民立場超然於黨派之外，要求國民黨還政於民，共產黨還軍於國，但成氏畢竟與國民黨當局有著千絲萬縷的聯繫。1946 年，成氏以「社會賢達」身份被選爲國大代表，兩年後又被推選爲北平市立法委員，最終拋棄了其宣稱的客觀公正立場，開始爲國民黨宣傳鼓譟，也將「世界報系」拉入了政治泥潭。解放戰爭期間，《世界日報》的時評和新聞體現出對國民黨政府的強烈維護傾向。在蔣介石當選大總統後，成舍我發表《爲天下得人慶》這樣的官樣文章。因此《世界日報》在北京解

1　成舍我：《我們這一時代的報人》，《世界日報》，1945 年 9 月 20 日。

放後旋即被查封。成舍我在北京解放前夕跟隨蔣介石離開大陸，先後寓居香港和臺灣後於 1955 年創辦臺灣「世界新聞專修學校」，繼續從事新聞教育事業直至去世。

四、其他民營報刊的興起

在老牌報紙恢復發展的同時，一批新的民營報刊破土而出。這批新創辦的民營報刊有一個共同點，就是性質偏重時政，其中具代表性的有《客觀》（儲安平創辦，1945 年 11 月至 1946 年 4 月在重慶出版）、《觀察》（儲安平 1946 年 9 月創辦於上海）、《聯合日報》（1945 年 9 月 21 日創刊於上海）、《民主報》（民盟 1946 年 2 月創刊於重慶）和稍晚創刊的《世紀評論》（1947 年）等。

抗戰勝利後國民黨中宣部派詹文滸為特派員接收《新聞報》；此後又用法幣收購該報產權，組織了官商合辦的新董事會，派程滄波為社長。因此，《新聞報》失去了民營報紙的性質，於 1949 年停刊。

《新民報》在抗戰前僅在南京一地出版；戰時在重慶、成都兩地同時出版；戰後總管理處遷至南京，有多個分社和報團組織，報紙總銷數約 12 萬份。在天津出版的天主教報紙《益世報》戰後也發展為一個同時在天津、北平、南京、上海、重慶等地出版的報團，報紙總銷數達 8 萬份。

1939 年 5 月，上海《文匯報》被迫停刊後，創辦人嚴寶禮長期滯留上海，等待時機副刊《文匯報》。抗戰勝利後，《文匯報》作為第一家民主報紙於 1945 年 8 月 8 日在上海復刊。8 月 23 日，在《今後的本報》的社論中，宣布今後的辦報方針：「報紙為發展社會之工具」，「本報同人必竭盡所能，為社會服務」。[1] 1946 年 4 月，徐鑄成從《大公報》回到《文匯報》任主筆。在徐鑄成、宦鄉、柯靈、孟秋江等人的主持下，《文匯報》迅速、健康地發展起來了。

抗戰勝利後，陳銘德、鄧季惺將《新民報》總管理處遷回南京，該報發展成為擁有南京、上海、北平、重慶、成都 5 個分社、報紙（日報、晚報）8 種的報團，報紙日銷總量也高達 12 萬份，是大後方發行量最大的報系。

1　《今後的本報》，《文匯報》，1945 年 8 月 23 日。

第二節　民營新聞報刊業的壯大與挫折

　　民營報紙作爲中國新聞事業的一個重要組成部分，與黨派報紙有明顯區別，它們宣揚經濟獨立、超脫黨派、自負盈虧以追求自身的客觀報導。但在嚴峻的戰爭環境和國民黨的嚴苛統治下，作爲以營利爲目的的民營報紙發展舉步維艱，接連遭受挫折，或在解放後被接收改造成爲共產黨機關報，或因各種原因自動停刊，或者出版一段時間後由民營轉爲公私合營等。

一、上海、南京的民營報刊

　　上海歷來是中國新聞事業的中心，是民國時期民營報刊的聚集地，也是當時民營新聞事業發展的代表。戰前，《申報》《新聞報》等民營商業性大報地位鞏固、影響廣泛，使國民黨系統的報紙根本無力與之競爭。抗戰爆發後，上海的大部分報業都因爲各種原因而停刊停辦，例如紙張供應方面的短缺、報紙郵遞發行費用飛漲、員工勞資衝突頻發的窘境等，報業生存條件急劇惡化。很多報紙紛紛停刊，要麼轉往內地發行，要麼徹底退出歷史舞臺。解放戰爭時期，上海的進步報刊幾乎全部被封。

　　《文匯報》《新民報》《大公報》本來就在報界具有廣泛影響力，復刊後發行量一度迅速上升，民營報紙一片欣欣向榮。《文匯報》在工人、學生和民主人士中享有很高的聲譽，作爲進步報刊之一仍堅守陣地，呼籲和平，反對內戰。《新民報晚刊》於 1946 年 5 月 1 日創刊於上海。作爲一家政治上「居中偏左、遇礁即避」的民營報紙，該報在創刊時便確定了一要進步、二要保全的辦報方針。新聞報導採取「超黨派」的立場，不論要聞版、本埠版，基本上採用本報記者自己採訪的新聞稿。對於一些重要的政治軍事消息，大多根據新華社廣播稿改編，以本報南京、北平專電形式發表。

　　1948 年，人民解放軍在各個戰場上向國民黨軍隊大舉還擊。蔣介石調兵遣將拼死反撲的同時，對國統區人民一面實行血腥鎮壓，一面開動宣傳機器做欺騙宣傳，以掩飾其敗績。《新民報》南京版於 1946 年復刊後，本著民間報紙的立場，反映民間疾苦與人民願望，對國統區工人罷工鬥爭、學生愛國運動、商業者的呼籲請願及通貨膨脹和徵兵徵糧激起的搶米風潮、民變事件等，均作了眞實的報導。其對各地戰事進行的報導和評論，於字裏行間把一些被國民黨歪曲了的眞相和封鎖了的消息透露給讀者。國民黨當局對南京《新民報》的這些做法，忌恨日深，伺機尋隙迫害，終於在 1948 年 7 月 8 日被勒令「永久停刊」。

　　《南京人報》是 1936 年 4 月 8 日創刊的民營小型報紙。該報主張抗日，不遺餘力地呼籲和平、民主，反對內戰、獨裁，重視社會新聞，文字通俗，版面新穎，欄目多樣。1937 年 12 月 9 日南京淪陷前 4 天被迫停刊。1946 年 4 月 6 日，該報在南京復刊，由張友鸞任總經理，鄭時學（拾風）爲總編輯，與代表國民黨勢力的《救國日報》展開了長達一年的筆戰。1949 年 2 月報紙被迫停刊。1949 年 4 月南京解放後，經南京市軍管會批准，《南京人報》作爲南京兩家允許出版的民營報紙之一，於 7 月 7 日正式復刊，由張友鸞擔任社長。復刊後的《南京人報》通過有針對性地典型報導，幫助工商業者們走上改造道路。[1]《南京人報》起到了聯繫共產黨與人民群眾的紐帶作用，特別是對中、小工商業者宣傳共產黨的方針政策，爲繁榮南京經濟貢獻力量。1950 年 5 月《南京人報》直接改爲公營，報社內建立了黨支部，作爲民營的《南京人報》從此退出。

二、北平、天津的民營報刊

　　民國南京政府後期的民營報刊以北平《新民報》爲代表，該報創刊於 1946 年 4 月 4 日，是北京唯一一家獲得軍管會批准的民營報。1951 年 5 月實行公私合營，並在報社建立了中共黨支部。1952 年 3 月，《新民報》結束了公私合營，由北京市人民政府收購新民報社北京社資產，在 1952 年 10 月出版《北京日報》。此後，《新民報》報社的部分工作人員也轉入《北京日報》，北平《新民報》退出了歷史舞臺。

　　天津的民營報刊以創刊於 1946 年 7 月 31 日的《新生晚報》爲代表，社長是常小川，發起人和第一任總編輯爲張道梁（張道良）。1941 年，常小川聯絡一些富有的教友發起組織基督教自立自養百萬基金委員會，經過一番努力，募集到一筆可觀的資金，《新生晚報》正是依靠基督教自立自養百萬基金委員會的這筆基金啓動的報紙。[2]

　　《新生晚報》的政治態度，開始是中立的、後來逐漸傾向革命。1949 年 1 月 15 日，該報還出版了配合中共軍隊入城安民的《新生晚報》號外，其後因時局不穩該報短暫停刊。

1　張健秋：《張友鸞與南京人報》，南京市白下區政協文史資料工作委員會：《白下文史集》（第 6 集），1989 年版，第 128 頁。

2　張道梁：《記新生晚報》，《天津文史資料選輯》（第 3 輯），總第 79 期，人民出版社，1988 年版，第 128 頁。

1949 年 3 月，《新生晚報》正式復刊，並發展成為新中國最早的晚報。[1]但是，在新的環境下究竟如何辦晚報，作為民營報紙的《新生晚報》仍處於探索階段，仍有許多問題不清楚，而且沒有其他民營晚報的先例可供參照。總的來說，這一時期《新生晚報》的實踐一直處於摸索混沌的狀態，版面反而不如解放前生動活潑，舉步維艱，發行量也僅幾千份。[2]1952 年夏，《新生晚報》收歸公營，更名為《新晚報》，讀者服務對象也發生了相應的改變，以街道居民、零散工人、手工業工人、中小工商業者為主要的面向群體。

三、其他城市的民營報刊

這一時期，重慶、武漢、上海等地的民營報刊都有不同程度的發展。重慶的民營報刊有重慶版《大公報》《新民報》《新蜀報》《益世報》《時事新報》《商務日報》《新民晚報》《南京晚報》《工商新聞》等。

重慶《新民報》屬於南京《新民報》「報系」。1937 年 11 月下旬，南京《新民報》於南京即將失陷時遷至重慶，1938 年 1 月 15 日在重慶復刊。1941 年 11 月《新民報》增出晚報。1943 年 6 月，《新民報》總管理處決定在成都創建一社，並先後出版晚報和日報。1949 年 4 月、5 月，南京、上海相繼解放，兩地《新民報》的總經理陳銘德、協理中的張恨水、鄧季惺、總主筆趙超構等，或安然留在解放區、或結束流亡生活從香港轉赴解放區工作。也正因為如此，國民黨對向在他們統治下的《新民報》更加敵視。7 月 21 日，特務暴徒搗毀重慶《新民報》印刷廠的排字版，迫使日晚兩報一度停刊。7 月 23 日，成都警備司令部查封了成都新民報社，逮捕經理、總編輯、主筆、副經理、編輯等共 6 人。

1949 年 12 月 30 日，重慶解放。《新民報》日刊在解放後第一天即發表題為《迎接解放支持前線》的社論，號召全市百萬人民出錢出力，踴躍支持解放軍解放全川、全中國。12 月 4 日，《新民報》晚刊發表短評《新時代‧新作風》，指出，人人都應在自己的崗位上，為了迎接新時代而貢獻出自己的一切，商店、學校都應迅即復業、復課，拋棄過去的敷衍、拖沓，代之以認真、敏捷的新作風。為了悼念革命烈士，重慶《新民報》在解放初期編輯出版了好幾期專刊、特輯。

1　《天津誕生的共和國之最》（上），《天津日報》2009 年 9 月 14 日，第 10 版。

2　據相關統計，當時上海新民報晚刊和天津新生晚報作為僅有的兩家晚報，發行量加起來不足兩萬份，而新民報晚刊發行量為一萬份，所有推算出新生晚報的發行量僅幾千份。資料來自：《新聞與改革》，1986 年版，第 20 頁。

　　武漢在當時的中國具有重要的地位，因爲處於長江的中游，水路交通方便、地理位置優越，所以經濟十分發達、人口超過了二百萬，是僅次於上海的第二大城市。這個城市因爲河流眾多，天然的被分成了武昌、漢口、漢陽三個部分，它們分別擔任著政治中心、商業集中地、工業重鎮等不同的職能。戰前武漢工商業十分發達、交通便利，所以新聞事業發展已具有相當規模；後遷入的民營報紙因根基尚未牢固，因此影響力相對較弱，新聞影響力仍以本地報紙爲主。創刊於 1945 年 11 月 9 日的漢口《大剛報》通過良好的口碑，憑藉多年在武漢地區打下的基礎，加上該報早已成爲共產黨領導下的報紙，因此 1949 年 8 月 8 日，《大剛報》便順利成爲唯一的合作者性質的民間報紙。後由於經營困難，於 1951 年改組爲《新武漢報》，即後來的《長江日報》。

第三節　走向新生的民營新聞報刊業

　　在中國命運轉折的關鍵時期，有些報刊選擇跟隨在國民黨身後亦步亦趨，有些選擇了自由主義，提出不切實際的「第三條道路」觀點；不少報刊則看清了國民黨的反動本質和第三條道路在當時中國的走不通，在政治上逐漸傾向進步，言論上自覺站到了人民的立場上。

一、《觀察》週刊的抉擇

　　《觀察》於 1946 年 9 月 1 日在上海創刊。這張報紙的建立，反映了自由主義知識分子希望通過言論來參與國家政治生活、探討國家前途命運的強烈願望。在《觀察》的撰稿人中，包含了像曹禺、胡適、卞之琳、周子亞、宗白華、吳晗、季羨林、柳無忌、馬寅初、梁實秋、馮友蘭、傅雷、費孝通、朱自清、錢鍾書等當時中國的知名文化人士。《觀察》在辦刊宗旨上保持客觀中立，倡導「文人論政」，即用知識分子的社會良知和責任感，對國家進行包括政治、經濟、文化等多方面的自由評說。

　　主編儲安平曾明確提出了這份刊物的四個原則：民主、自由、進步、理性，並在第 1 卷第 1 期中表明了創辦《觀察》的目的：在這樣一個出版不景氣的情況下，我們甘於艱苦，安於寂寞，不畏避可能的挫折、恐懼、甚至失敗，仍欲出而創辦這個刊物，此不僅因爲我們具有理想，具有熱忱，亦因我

們深感在今日這樣一個國事殆危、士氣敗壞的時代，實在急切需要有公正、沉毅、嚴肅的言論，以挽救國運，振奮人心。[1]

《觀察》在經營過程中吸取了先前《客觀》的經驗，出版後發行量也穩步提升，最多時達到 10.5 萬份，實際讀者為十萬人以上。《觀察》每週六出版，一到發行之時，上海的報攤前就有讀者排長隊購買。

《觀察》的政論大體上可以概括為以下四類：其一批評國民黨政治腐敗；其二同情學生運動；其三維護言論自由；其四表明對涉美外交的態度。

《觀察》在辦刊過程中，一直強調獨立自主的辦刊精神。這裡的獨立包括經濟和政治兩方面。創刊之初，儲安平仿照《泰晤士報》獨立經營的理念拒絕了政黨和財團的資助，即使後期面臨紙張費用增長的壓力，依然堅持不借助外力。《觀察》因為對時事的辛辣評述而招致諸多壓力，但其在言論中依然展現堅定而徹底的「民間立場」。

《觀察》作為一份純粹的同人刊物從創刊之初就堅持著「超黨派」和民營性質。在對第三條道路的宣傳上，《觀察》可謂竭盡其力。針對國民黨濫發金圓券導致國統區物價橫飛，通貨膨脹嚴重，民不聊生的慘況，《觀察》刊載了著名的《一場爛污》，斥責國民黨的統治是「70 天一場小爛污，20 年是一場大爛污」。

面對國統區此起彼伏的學生運動以及國民黨當局對學生的暴力鎮壓，《觀察》發表了《大局浮動，學潮如火》《學生扯起義旗，歷史正在創造》等文章，一方面肯定學生運動有其存在的合理性和必然性；一方面對政府採取暴力手段鎮壓學生表達強烈的不滿。熱情的讚頌當時的學生「無論是他們的活動能力，組織能力，處理能力，或是宣傳能力，都遠非 20 年或 10 年以前的學生所能比擬……他們不僅完全成熟，而且他們那樣沉著堅韌，竟非中年或老年人所能想像。」

由於對自由主義和第三條道路抱有極大的幻想，因此《觀察》在創刊初期也多次對共產黨建立無產階級人民民主專政的政治主張提出了批評。主編儲安平曾撰文表示「國際地位驟然降落下去，這是誰之過失？政府這一年來的措施失當，共產黨的以兵爭代替政爭，都是直接原因。」他堅持第三條道路，認為「兩黨都有缺點，人民為什麼不採取另一立場來說話？」[2]

1　儲安平：《儲安平集》，東方出版社，2011 年版，第 3 頁。
2　儲安平：《如何走上民主建設之路》，《觀察》，1946 年 10 月 5 日。

內戰爆發後，看到國民黨倒行逆施和國統區人民水深火熱的《觀察》開始逐漸在宣傳上發生轉向。其慢慢意識到在國民黨的高壓統治下，自己所希冀的資產階級共和政體根本沒有生存的土壤。而此時的《觀察》也開始逐漸瞭解並支持共產黨的政治主張。1947 年三月在《中國的政局》中，該期刊明確表示「共產黨是要獲得政權的。」而此時期刊也開始理解共產黨武裝奪取政權的主張。在其看來「國民黨的這種政治作風，沒有槍簡直就沒有發言權，甚至也沒有生存的保障。」[1]

從創刊之初宣傳第三條道路開始，《觀察》週刊就登上了國民黨的「黑名單」，儲氏本人也經常被上海國民黨當局傳喚談話。眼見《觀察》的影響力越來越大，國民黨政府還曾想通過各種方式控制期刊，均被儲安平拒絕。1947年後，國統區物價飛漲，通貨膨脹嚴重，紙張價格僅僅半年就暴漲 8 倍有餘。國民黨政府欲借機讓一些「不聽話」的報刊自生自滅。《觀察》一面在困難中堅持辦刊、一面對國民黨予以斥責：「許多刊物，確是成績昭著，極其努力，假如政府眼看這些優良的刊物一個一個消滅，政府在道義上似亦未能盡其維護文化事業的責任」[2]1947 年 9 月，《觀察》發表《評蒲立特的偏私的不健康的訪華報告》一文，在文中痛斥美國所謂的對華援助是想要把中國變成其附庸，同時文中再一次尖銳批評國民黨當局。這篇文章引起了國民黨的不滿，兩個月後上海市政府要求《觀察》停刊，期刊遭遇了第一次重大的危機，後經多方奔走求告才僥倖逃脫。

逃脫查封命運的《觀察》並未因此忌憚國民黨的淫威，繼續以週刊為陣地對國民黨的昏庸政策口誅筆伐。1948 年 7 月南京《新民報》被國民黨永久查封，《觀察》亦被傳為將查封對象。面對前途未卜的命運，《觀察》發表《政府利刃，指向〈觀察〉》一文，對國民政府嚴厲管制言論，迫害言論自由的行為加以譴責。並表示「一個政府弄到人民連批評它的興趣也沒有了，這個政府也就夠悲哀的了！可憐政府連這一點自知之明也沒有。」[3]此後，《觀察》在第四卷上增設了用來報導解放戰爭各地戰況的軍事通訊，客觀報導了各地戰局的變化。在 1948 年 10 月的文章《徐淮戰局的變化》中，《觀察》闡述了前線戰局的變化因素，卻被蔣介石認為是「洩露了軍事機密，致使國軍在淮海

1　馬光仁：《儲安平與〈觀察〉週刊》，《新聞大學》，1994 年第 4 期。

2　吳廷俊：《中國新聞史新修》，復旦大學出版社，第 377 頁。

3　馬光仁：《儲安平與〈觀察〉週刊》，《新聞大學》，1994 年第 4 期。

慘敗。」[1]《觀察》的一系列行動激怒了國民政府，1948 年 12 月 24 日蔣介石親自命令以「言論偏激，歪曲事實，爲匪張目」爲名，將《觀察》週刊查封，並逮捕了多名工作人員，炮製了著名的「《觀察》事件」。

看清國民黨面目的《觀察》主編儲安平來到北平，參與到人民政權的建設中。一年後的 1949 年 5 月，他在北平就《觀察》復刊一事向周恩來做了彙報和請示並得到同意。於是在 1949 年 11 月 1 日，《觀察》於北京復刊，改爲半月刊繼續發行。

二、《新民報》政治立場的轉變

抗戰勝利後，《新民報》管理處遷回南京，並組建了南京、上海、北平、重慶、成都 5 個分社和 8 種報紙，成爲日銷量 12 萬份的國統區發行量最大的報團。[2]此時期的《新民報》已有共產黨人參與其間，支持民主運動、反對國民黨的一黨專政和獨裁統治，政治上逐漸傾向於中國共產黨。1945 年 8 月國共和談期間，《新民報》曾熱切報導和談進程，詳細敘述重慶人民歡迎毛澤東的盛況。10 月 12 日，《國共雙方會談紀要》公布後，《新民報》又在頭版顯著位置發表並刊發社論。但此後國民黨特務先後炮製「較場口事件」「下關事件」，表明了國民黨虛假和平、挑起內戰的本質。在「較場口事件」中，面對國民黨翻手爲雲覆手爲雨的造謠宣傳，《新民報》等進步報刊一方面全面的報導事件的眞相，另一方面聯合召開記者會並發表《致中央社的公開信》，譴責其造謠生事、顛倒是非的行爲。

1946 年 12 月 24 日，美國士兵在北平東單廣場強姦中國女大學生。事件伊始國民黨當局懾於美國的壓力對消息秘而不發，《新民報》獲悉後迅速將消息披露，隨即事件引起了全國民眾的極大憤慨。此後，重慶《新民報》繼續以大量篇幅報導全國各地抗議美軍暴行的鬥爭，並堅持同美國媒體以及國民黨黨媒污蔑中國女學生、妄圖給美國士兵開罪的逆行抗爭。1947 年 5 月 20 日，南京、上海、蘇州、天津等城市的學生上街遊行，高呼「反飢餓、反內戰、反迫害」等口號。在遊行過程中，學生遭到國民黨軍警的暴力鎮壓，大量學生被毆打或逮捕，這就是震驚全國的「五二零」血案。事件發生後，《新民報》即刻組織力量進行報導，刊發了學生被軍警毆打、被高壓水槍衝擊的圖片並

1 謝泳：《儲安平與〈觀察〉》，中國社會出版社，2005 年版，第 43 頁。
2 吳廷俊：《中國新聞史新修》，復旦大學出版社，第 361 頁。

發表社評《力爭停戰！力爭和平！》，揭露譴責國民黨當局毆打學生的暴行。因此事件，報社內 9 名記者編輯被列入了國民黨的黑名單。

　　解放戰爭期間，《新民報》經常發表文章揭露批判國民黨當局，並及時報導解放軍作戰的進程，引起了當局的極大反感。1948 年 6 月 17 日，人民解放軍解放河南開封，國民黨殘兵縱火逃亡，並派出轟炸機日夜輪番轟炸，致使開封市民死傷無數，市區大半成為廢墟。6 月 26 日，南京《新民報》刊登了《開封逃京學生餘生談浩劫》一文，報導了從河南逃到北京學生黃慶澤親眼目睹的開封被炸的場景。一天後，《新民報》晚刊再度發表題為《水災‧戰禍‧民生》的社評，譴責內戰使國內民不聊生。連續的報導終於招致國民黨當局的制裁，6 月 30 日，蔣介石在親自主持的官邸會議上做出了要求南京《新民報》永久停刊的決定。1948 年 7 月 8 日，《新民報》被迫停刊，浦熙修等 3 人被捕，陳銘德、鄧季惺則避亡香港。

　　重慶和成都的《新民報》也同樣遭遇了危機，重慶《新民報》面對被當局強行接收的局面，決定忍痛與《新民報》總社脫離關係以保留報紙，最終卻落入了時任西南軍政長官公署秘書長曾擴情之手。而成都《新民報》則在 1949 年 7 月被四川省當局以「通匪」為名查封並接管。[1]

三、《大公報》走向新生

　　除《觀察》外，此時期中另一個極具代表性的民營報刊就是在近代中國新聞發展歷程中佔據舉足輕重地位的《大公報》。經歷了胡政之、吳鼎昌和張季鸞「三駕馬車」時期的輝煌和抗戰時期的顛沛流離後，此時的《大公報》迎來了一位新的總編輯，這就是王芸生。在他的帶領下，《大公報》走上了一條「U 型」的發展路線，從最開始旗幟鮮明地追隨蔣介石政權，到最終幡然醒悟重新回到了人民的陣營。

　　王芸生原名王德鵬，1901 年出生於天津。年少的王芸生家境貧寒，沒有經歷過正式的教育。為了養家糊口，王芸生自小就開始從事各種工作。但年少的王芸生酷愛讀書，當茶葉鋪夥計時就已經開始利用業餘時間為當時天津知名的《益世報》寫稿。1925 年五卅運動中，24 歲的王芸生和天津各洋行的青年員工響應中國共產黨的號召，發起組織了「天津洋務華員工會」支持五卅運動。在工會中，王芸生被推選為宣傳部長負責主編工會的週刊。但因鼓

1 葉再生：《中國近現代出版通史（第四卷）》，華文出版社，2002 年版，第 668 頁。

動愛國情緒，進行反帝宣傳，王芸生遭到了當局的通緝，週刊也被迫於 1926年 3 月停刊。為了躲避牢獄之災，王芸生南赴上海，出任國民黨上海特別市黨部副秘書長，同時先後主辦《亦是》《猛進》等週刊與《和平日報》。

1926 年底王芸生回到天津，擔任國民黨天津市黨部宣傳部副部長。在此期間，王芸生還經常給《華北新聞》寫社論。1928 年，王芸生辭去官職，到天津《商報》擔任總編輯一職。在這個崗位上，王芸生將自己的新聞才華展現得淋漓盡致。他的文章和才華也被時任《大公報》總編輯的張季鸞發現並賞識。在 1929 年春一次《商報》與《大公報》的論戰中，王芸生以紙筆為武器敢於直接挑戰當時如日中天的《大公報》總編輯張季鸞，這分膽識與才氣使張季鸞看中了王芸生，並千方百計的將他挖到了《大公報》。從此，王芸生進入了人生的一個嶄新階段，開始了與《大公報》的一生不解之緣。

進入《大公報》後，王芸生先被安排到地方版做新聞編輯。「九一八事變」爆發後，國民黨政府迫切需求對日本信息的全面瞭解，而《大公報》也在此時確立了「明恥教戰」的報導方針。在這種情況下，王芸生被報館派去協助汪松年研究中日關係發展史。由於汪氏年邁，這項工作實際上是由王芸生獨立完成的。在接下來的幾年中，王芸生查閱了大量資料，考察了眾多史實，終於在 1934 年 4 月完成了 7 卷 200 餘萬字的《六十年來中國與日本》一書，這使他成為了當時中國首屈一指的日本問題研究專家，不僅得到張季鸞的青睞，更因此得到了赴盧山給蔣介石「授課」的機會。

1935 年，王芸生成為《大公報》編輯部主任，一年後被調往上海，擔任新成立的《大公報》上海版編輯主任；兩年後《大公報》成立重慶版，王芸生再赴重慶，擔任重慶版總編輯，社評委員會主任。在此期間，《大公報》為了堅持抗戰，不惜毀家紓難，輾轉搬遷。王芸生先後寫下多篇知名社論，包括《暫別上海讀者》《不投降論》等。這些社論中，《大公報》堅持抗戰的思想和主張得到了深刻的闡釋。1943 年，面對途有餓殍的河南饑荒，王芸生再度在報紙上發表了社論《看重慶，念中原！》斥責國民政府置 1200 萬災民於不顧，在明知河南大旱的情況下仍強行徵收糧食，再度引起社會輿論嘩然，《大公報》也因此被國民政府勒令停刊 3 天。一個月後的 3 月 29 日，《大公報》借黃花崗起義紀念日之際發起「愛恨悔運動」，號召通過弘揚「愛、恨、悔」的精神以挽救當時中國糜爛腐敗的社會風氣。但是，這場運動因被認為是「在替共產黨做宣傳」而於 5 月被國民黨當局叫停。

　　抗戰勝利後，《大公報》迅速安排全國各地報紙的復刊計劃。1945 年 11 月 1 日，《大公報》上海版復刊；一個月後《大公報》天津版也宣告復刊。但此時的天津已不再是報社的中心，1946 年 1 月《大公報》在上海成立總管理處統轄津、滬、渝三地報紙。1948 年 3 月 15 日，《大公報》香港版復刊並增設臺灣辦事處，每天由上海航空運送報紙到臺。至此，抗戰中輾轉遷徙又分崩離析的《大公報》終於重新建立了起來。

　　雖然《大公報》在此時也發表過很多支持政府的文章和社評，但王芸生和他主持的《大公報》也展現出可貴的獨立辦報精神。

　　1947 年 2 月，王芸生作爲中國赴日記者團成員之一，對戰後的日本進行考察，他看到了在美國扶植下日本人民堅強的生存信念及軍國主義死灰復燃的危險苗頭。回國後，王芸生將其在日本的所見所聞寫成了《日本半月》等多篇文章在《大公報》連續發表，並於當年 10 月 23 日在南開大學做了講演，揭露美國在日本復活軍國主義的陰謀。此後，王芸生在黃炎培的《國訊》週刊上發表文章《麥克阿瑟手上的一顆石子》，指出美國欲利用日本打擊蘇聯和中國的陰謀。該文章隨後又在《大公報》上全文轉載。這一系列活動引起了國民黨當局對王芸生和《大公報》的不滿。再加上之前《大公報》曾公開表示同情學生運動，蔣介石終於決定「整治」王芸生。1947 年 12 月 30 日，《中央日報》在社論中指名批評王芸生。半年後，南京《新民報》被國民黨當局查封並「永久停刊」，王芸生發表社評《由新民報停刊談出版法》對《新民報》表示同情，同時批評國民黨的出版法扼殺新聞自由。《中央日報》再度出手，由陶希聖親自執筆連發多篇社論對王芸生和《大公報》進行攻擊。

　　1948 年 10 月 19 日，《中央日報》第三次發表社論《王芸生之第三查》，將王芸生的政治表現逐一進行追查。經過了國民黨對王芸生的「三查」，王氏和《大公報》既成爲了「新華社廣播的應聲蟲」、同時又是「國民黨的御用報刊」。此時的王芸生終於意識到自己和《大公報》已經成爲了「風箱裏的老鼠」，面臨著進退兩難的窘境。就在其彷徨無助之際，《大公報》社內的地下黨員將毛澤東轉給王芸生的口信帶給了他。在口信中，毛澤東通知王芸生盡快遷往香港並轉道北平參加新成立的政治協商會議。經過幾天的思想鬥爭後，王芸生終於下定決心與國民黨一刀兩斷。11 月 8 日，王芸生飛赴香港，並在香港《大公報》上發表了社評《和平無望》。隨後在共產黨的幫助下，王芸生和香港《大公報》宣布起義。1949 年 1 月，王芸生與郭沫若、馬寅初等民主進步

人士一同去往北平，後又跟隨解放軍回到上海，於 6 月 17 日發表《大公報新生宣言》，鄭重宣告《大公報》爲人民所有。至此，《大公報》和王芸生投入了人民的懷抱。

四、其他民營報刊的政治立場轉變

解放戰爭期間，由於在戰場上的屢戰屢敗，加上各民主黨派對政府尖銳的批評，蔣介石開始將矛頭指向各民主黨派及其相關組織，指使軍統、中統特務採用各種卑劣手段殘酷的鎮壓各黨派民主人士，於 1947 年將民盟宣布爲「非法團體」，致使民盟被迫解散。在這種情況下，當時各大民主黨派活動陷入停滯，要麼轉入地下活動，要麼遷往海外。但民主人士並沒有銷聲匿跡，反而激起了更激烈的反抗，最後放棄對「中間路線」的奢望，在情感和理智轉向了共產黨一方。

面對國民黨對各民眾黨派的迫害和鎮壓，中國共產黨一方面通過各種方式全力保護民主人士的安全，同時也採取多種方式方法，向民主黨派宣傳中國共產黨的政策主張，力爭將民主黨派等中間力量爭取過來，結成廣泛的統一戰線。而曾經在國共兩黨之間左右徘徊或妄圖嘗試在中國走「第三條道路」的各民主黨派面對著國民黨政府的打擊壓迫和中國共產黨的開放和包容，終於拋棄了原先的踟躕猶豫和不切實際，與中國共產黨一道走上了追求革命的道路。

（一）民主黨派報刊溯源

民主黨派是對以追求民主自由爲政治特徵的進步黨派的通稱。它們「是在中國新民主主義革命的歷史過程中形成發展起來的，以民族資產階級、上層小資產階級及其知識分子爲主體，也有其他愛國民主人士和一些進步知識分子參加的具有資產階級聯盟性質的政黨，他們都是堅持抗日，爭取民主的革命愛國黨派，是與共產黨長期合作，共同前進的親密朋友。」[1]

我國的民主黨派出現在大革命失敗之後，在抗日戰爭時期和解放戰爭時期逐步發展起來，並最終走向成熟。抗戰後期，中國共產黨最早提出了「民主黨派」這一稱謂，並從那時開始一直沿用至今。可以說，民主黨派的產生是各種歷史因素交織發展的必然結果，有其特定的社會歷史條件。

1　張軍民：《中國民主黨派史（新民主主義時期）》，黑龍江人民出版社，2006 年版，第 3 頁。

在民族危難中出現的各民主黨派，其目的都是爲了爭取民主、團結抗戰，他們爲了中國人民抗戰的勝利在所不辭。但在蔣介石「黨外無黨，黨內無派」，視國民黨爲「中國唯一無二之政黨」[1]的體制框架下，民主黨派的活動竟成爲了官方認定的「非法」活動，而其報刊活動作爲國民政府的一大忌憚，自然受到了當局的嚴密監控和強烈排斥，這種情況的出現，使得民主黨派報刊從創刊伊始便在國民黨眼中帶有某種「原罪」，進而成了他們的眼中釘，肉中刺。

眾所周知，中國各民主黨派所代表的，是民族資產階級、上層小資產階級及其知識分子還有愛國民主人士和一些進步分子團體，它們與代表大地主大資產階級的國民黨政府之間，既有利益交集，也有不可調和的矛盾；與代表城市無產階級和貧下中農的共產黨之間，顯然也有不同的利益訴求。各民主黨派創辦報刊的初衷，就是爲了在國共兩黨的報刊系統之外，構建別樣的參政議政空間。其報刊輿論不僅體現了本黨派籲求，同時也反映了城市中上層民眾的意願，是當時除國共兩黨外最爲重要的政治話語類別。[2]然而當國家面臨著亡國滅種的民族危機之際，民主黨派及其領導的報刊則始終將民族大義放在首位，堅持抗日愛國、民主和平的主張。這種超越了黨派利益的民族大義，具有廣泛的國民基礎，成爲了抗戰期間重要的民眾喉舌。

較之國共兩黨報刊，民主黨派報刊的優勢不在於嚴密的組織和紀律性，與注重商品性和銷量的大眾報刊相比，民主黨派報刊則更加強調對政治的參與和爲民請願。服務於本黨派政治和社會目標，追求「以報參政」「以言干政」，既是民主黨派報刊的立身之本，又是其與國共兩黨報刊的最大區別。[3]

（二）戰後民主黨派報刊的湧現

抗戰勝利後，一些進步人士和民主黨派紛紛創辦或復刊報紙或雜誌，加入國統區爭取新聞陣地的行列。在上海，民主進步力量出版的報刊主要有《文匯報》《新民報晚刊》等。在香港，《人民報》於 1946 年 3 月由中華民族解放

1　《胡漢民先生文集》，《中華民國史料外編》（第 30 冊），廣西師範大學出版社，1997 年版，第 48～49 頁。
2　艾紅紅：《從黨派「營地」到民眾「喉舌」——民主黨派報刊屬性與功能之變遷（1928～1949）》，《山東社會科學》，2010 年第 3 期。
3　艾紅紅：《從黨派「營地」到民眾「喉舌」——民主黨派報刊屬性與功能之變遷（1928～1949）》，《山東社會科學》，2010 年第 3 期。

行動委員會創辦。在重慶，中國民主同盟先後創辦了《民主星期刊》《民主報》，人民救國會創辦了《平民》週刊。《民主星期刊》創刊於 1945 年 10 月 5 日，是中國民主同盟的機關刊物，以「宣揚民主學說，介紹民主生活」爲辦刊宗旨，由鄧初民任主編，陶行知任發行人。《民主報》創刊於 1946 年 2 月 1 日，初爲 4 開小報，後擴版爲對開大報，爲中國民主同盟總部機關報，由張瀾任發行人，羅隆基任社長，馬哲民任總編輯。

民主黨派的報刊活動遭到了國民黨當局的打壓，使許多民主黨派報刊或過早夭亡，或時斷時續、來去匆匆，正如「寒夜的燭火，搖曳閃爍，在黑暗中燃燒過一陣，很快就被風撲滅了。」[1] 僅 1946 年 3 月，國民黨當局就查封了《再生》《自由世界》《民主》《現代生活》《國民》和《平民週刊》等數家民主黨派報刊；6 月又查封《華商報》廣州分社、《人民報》和《現代日報》等報刊。1947 年 5 月 3 日，國民黨中央社發表《中共地下鬥爭路線綱領》一文，公開誣蔑民進、民建、民聯、農工黨等民主黨派與中國共產黨的關係，指責中共操縱這些民主黨派的報刊，爲當局鎮壓民主黨派製造輿論，「民盟及各民主政團，目前倡組之民主統一戰線，亦爲受中共之命，而準備甘爲中共之新的暴亂工具。」[2] 此後不久，大批民盟成員遭到逮捕。1947 年 11 月 6 日民盟被迫解散。至全國解放前，除了中國青年黨和中國國家社會黨等少數投靠國民黨的黨派以外，國統區內民主黨派報刊活動全部陷於停滯，很多報刊不得不轉入地下或移到香港發行。

《文匯報》是上海「孤島」時期創刊的著名抗日報紙，1945 年 8 月 18 日在嚴寶禮主持下恢復出版，日出 8 開一張，不標刊號，以號外形式出版；至 9 月 6 日正式復刊，使用正式刊號，日出 4 開一張（後擴爲對開大報）。聲稱爲無黨派色彩的純商業性報紙，但實際在政治上傾向國民黨。後由於中共黨員及進步人士參加編輯工作而逐漸轉向進步。

重慶《民主報》創刊前，《新華日報》在 1 月 10 日要聞版上發表了引人注目的消息：《民主號角！民主報下月一日發刊》。《民主報》發刊詞宣稱它是「一切民主信徒的共同工具，我們願努力擔負起代表民主信徒意見這個責任」。[3]2

---

1 柯靈：《〈週報〉滄桑路》，《新文學史料》，1986 年版。

2 民盟中央文史委員會編：《中國民主同盟簡史（1947～1949）》，群言出版社，1991 年版，第 95、96 頁。

3 馮克熙：《回憶〈民主報〉》，新聞研究資料，1982 年第 3 期，第 210～227 頁。

月 10 日，國民黨特務製造了「較場口事件」[1]，《民主報》當天即出版「號外」，大標題是《今晨較場口慶祝會上暴徒搗亂演成血案》，眉題是《政協成功，人民無慶祝自由》，副標題是《強佔會場，毆打主席團，郭沫若、李公樸、馬寅初、羅隆基、施復亮、章乃器及群眾多人受傷》。第二天，《民主報》又發表社論《民主的恥辱》。7 月 12 日，西南大學教授李公樸被特務暗殺，消息傳來舉國震驚，第二天《民主報》發表社論《抗議！抗議！抗議！》。7 月 15 日，聞一多又倒在國民黨無聲手槍下，《民主報》不僅報導了血案的真相、人民的控訴，並且連續發表社論《血債》《最嚴重的關頭》，還刊登了《中國在屠殺中》《聞一多先生的道路》《血債要用血來還》等文章。1946 年 8 月後，國民黨反動派幾次向東北、華北解放區大舉進攻，《民主報》接連發表社論《不要把人民當作炮灰》《政府決心要打》《拿出人民的力量，制止禍國殃民的內戰》《假道學與假民主》《萬稅、萬稅》《天南地北一團糟》以表譴責。1947 年 2 月 28 日蔣介石封閉《新華日報》之後不久，又指使特務搗毀了《民主報》印刷設備，迫使《民主報》停刊。

　　《文匯報》於抗戰烽火的 1938 年創辦於上海孤島，主筆為徐鑄成。抗戰勝利後，於 1945 年 9 月復刊，發行人為嚴寶禮。復刊初期，《文匯報》在立場上傾向國民黨，多次刊發反動落後的言論因而遭到讀者質疑，銷量也持續下滑。該報發行人嚴寶禮決定邀請《前線時報》總編輯宦鄉主持編輯工作，中共上海地下市委也派陳虞孫擔任撰寫言論的副總主筆，上海地下黨也在此時對《文匯報》伸出了援手，派人參與編輯工作。次年初，進步報人徐鑄成又回報社擔任總編輯，孟秋江擔任採訪部主任此後，報紙的面貌煥然一新。復刊後的《文匯報》積極參加反對內戰，要求和平民主的鬥爭。1946 年 7 月，反對國民黨實行「警管區制」，被上海市警察局局長兼淞滬警備司令宣鐵吾以「挑撥員警感情」的罪名，勒令「停刊一周」。之後，國民黨當局企圖以重金收買《文匯報》，遭到拒絕後惱羞成怒，於 1947 年 5 月 25 日勒令《文匯報》停刊。

　　《華商報》是 1941 年 4 月 8 日由廖承志、范長江等人在香港創辦的一張愛國統一戰線報紙，因日寇進攻於當年 12 月 12 日停刊。日本帝國主義投降後，《華商報》於 1946 年 1 月 4 日復刊。該報性質為民主報刊，董事長是香港華比銀行華人副經理、愛國民主人士鄧文釗，總編輯是著名國際問題專家

1　白潤生：《中國新聞傳播史新編》，鄭州大學出版社，2008 年版，第 244 頁。

劉思慕，總經理是民主同盟負責人薩空了。《華商報》在復刊詞中說：「本報匆匆在港復刊，仍當一本人民的立場，與我海內外同胞，共揭和平、團結、民主的大旗，為創造一個幸福、富強與民主的新中國而奮鬥。」《華商報》一復刊，便高舉起和平、民主大旗，代表人民說話，反映人民希望和平、民主的意願，揭露國民黨反動派假和平、真內戰的陰謀。每逢時局發展到關鍵時刻或是節日，《華商報》都邀請著名民主人士發表談話或寫文章。例如國民黨革命委員會領袖李濟深、何香凝，民主同盟南方總支部領導人李章達，民主促進會領導人馬敘倫、蔡廷鍇，農工民主黨負責人彭澤民及著名作家郭沫若、茅盾等都曾在該報上發表過主題為「號召人民起來反對國民黨的法西斯政策」的談話和文章。當李公樸、聞一多兩位民主人士被國民黨特務暗殺後，《華商報》用大量篇幅揭露國民黨特務的卑劣行徑，連續發表社論抨擊國民黨當局庇護特務、操縱暴徒的無恥行徑，號召人民團結起來與民主的敵人作鬥爭；當國民黨反動派撕毀政治協商會議決議並在南京召開偽國大、民盟中央發表嚴正聲明拒絕參加偽國大時，《華商報》發表社論擁護民盟的正義行動。

在解放戰爭的過程中，《華商報》除積極宣傳民主、與國民黨當局進行堅決鬥爭外，還借助可以在廣州公開發行的機會，派遣員工秘密聯繫廣州當地的國民黨軍政要員，做他們的思想工作，最終促成了靈甫號及重慶號兩艦的起義。《華商報》還秘密將包括李濟深、郭沫若、沈鈞儒、馬敘倫等大批滯港民主人士秘密送離香港，確保了他們能如期參加1949年9月在北平召開的全國政治協商會議。《華商報》雖身處香港，卻深切地關心華僑、為愛國歸僑說話，因此在東南亞一帶華僑中有較大影響。華僑領袖陳嘉庚先生曾積極為《華商報》寫文章，號召愛國華僑從事民主運動、反對蔣介石獨裁統治。1949年10月15日，在廣州宣告解放一天後，《華商報》發表《暫別了，親愛的讀者》一文，報社在上級安排下全部轉移到廣州，並開始籌備建設《南方日報》。

在民主黨派、民主人士主辦的報刊中，影響最大的是中國民主同盟中央機關報《光明報》，該報於1941年9月18日在香港出版、同年12月12日宣告停刊；1946年8月宣告復刊，出版至1947年7月停刊。1948年3月1日，《光明報》第二次復刊，以徹底摧毀南京獨裁政府，徹底實現民主、和平、獨立、統一的新中國為宣傳宗旨。該報及時表達民盟三中全會後確定的政治主張，用事實揭露國民黨統治的反動本質，積極報導中國共產黨領導下的人民解放區生氣蓬勃的真實景象。

（三）民主黨派報刊與依附國民黨黨派報刊的論戰

抗日戰爭勝利後的一個短時期內，迫於各方壓力，國民黨政府曾唱起了和平高調，玩起了「和談」陰謀。但隨後便在 1946 年 3 月、4 月間公然撕毀政協會議和東北停戰協定，發動了內戰。為爭取和平民主，反對內戰獨裁，中國共產黨連同各民主黨派等其他進步勢力，以報刊為陣地，用筆和紙同國民黨反動派進行了另一戰線上艱苦卓絕的鬥爭。在這一時期，圍繞中國前途命運的問題，民主黨派領導的報刊與國民黨的反動報刊展開了一次又一次的激烈論戰。邪不勝正，在全國人民逐漸清醒的認識了蔣介石獨夫民賊、賣國內戰的真面目後，解放戰爭的勝利進程也進一步加快了。在爭取和平民主、反動內戰獨裁的鬥爭中，兩派報刊進行了多次激烈的輿論戰。

1. 關於重慶談判的論戰

1945 年 8 月 28 日，為了最後挽救和平，毛澤東到達重慶同國民黨蔣介石當局舉行了為時 43 天的談判。在此期間，包括，《新華日報》《新民報》等進步報刊，均從民族利益的高度出發，對談判寄予厚望。在毛澤東抵渝後僅僅一個多小時，《新華日報》所刊發的報導《毛主席今天到達重慶》就已傳遍整個山城重慶；為了與報導相配合，《新華日報》發表題為《歡迎毛澤東同志來渝》的社論，指出「毛澤東同志來渝，象徵著中國和平團結前途的勝利願望。」此外還配發了一批反映國統區民眾向毛澤東致敬、追求和平的讀者來信。另一張報紙《新民報》則以《走向和平建國之路》為欄題，詳細報導了重慶各界人們熱烈歡迎毛主席的空前盛況。會談紀要簽署後，《新華日報》的社論就指出「以這次國共會談的成就做基礎，加上雙方繼續努力，全國各黨各派、社會賢達、全國人民的共同努力，一切困難是能夠克服的。」[1]

與中國共產黨和民主黨派進步報刊相對的則是《中央日報》等國民黨黨報黨刊的倒行逆施。起初他們認為毛澤東不會赴渝，因此不惜篇幅刊登蔣介石的邀請電；但當毛澤東抵達重慶後，《中央日報》卻來了一個大轉彎，竭力詆毀本次會談的重要意義。在整個談判期間《中央日報》還一反常態的大幅降低了對蔣介石活動的報導，意在對重慶談判進行「冷處理」。在「雙十協定」簽署後，該報甚至未將此重要事件放在報刊頭條，而是發表了《政府與中共會談》社論，再次強調所謂的政令和軍令，為發動反革命內戰作輿論準備。[2]

1　《毛澤東，你是一顆大星》，《新華日報》，1945 年 9 月 10 日。
2　袁新潔：《大革命時期的報刊大論戰簡析》，《湖南科技大學學報（社會科學版）》（第十二卷），2009 年版。

還有一些報紙採取了陽奉陰違的態度。如《大公報》在毛澤東赴渝前，曾發表《讀蔣介石再致延安電》一文支持蔣電報中的所謂和平觀點。但當毛澤東赴渝後，《大公報》卻一方面稱讚毛澤東來渝是「中國的一件大喜事」，另一方面又在文章中警告共產黨「不要另起爐灶」。「雙十協議」簽署後，《大公報》發表《團結會談初步成功》稱「只覺得有極大希望，而不必輕下斷語」。

2. 關於較場口事件的論戰

政協會議召開期間，國民黨一方面在會議上表態支持自由、民主；另一方面又在會下指使特務進行一系列的破壞行為，他們先後炮製了「滄白堂事件」和「較場口事件」。特別是震驚中外的「較場口事件」，造成 60 多位各界人士被毆傷或失蹤。在此之後，國民黨中央通訊社竟然公開顛倒黑白，誣衊該次事件是「民眾互相毆打」，此後《中央日報》刊發評論《較場口事件》妄圖混淆視聽，而國民黨軍報《和平日報》等也在此時開始渾水摸魚。

面對國民黨及其報刊的倒行逆施，《新華日報》《新民報》等進步報刊通過文章據理力爭，還原了事件的真相。而長期與國民黨政府保持一致的《大公報》《世界日報》等報刊也對該事件進行了客觀的報導。

3.「拒檢運動」與輿論戰

「拒檢運動」是中國新聞史上一場具有重要意義的標誌性運動。其背後就是由中國共產黨和各民主黨派所領導的報刊和幾家無黨派報刊一起發起的一場旨在向國民黨政府爭取言論和出版自由的正義的輿論戰。

1945 年 8 月 7 日，重慶國訊書店在其他進步出版機構的支持下，不送國民黨當局審查而自行出版了知名人士黃炎培所撰寫的《延安歸來》一書並發布了重慶雜誌界「拒檢」的聯合聲明。此次運動徵得了包括《憲政》《國訊》《中華論壇》《再生》《民憲》《國論》《現代婦女》等 16 家雜誌社的簽名。運動開始後，各民主黨派報刊與《群眾》《新華日報》等中國共產黨的報刊紛紛發聲表示支持，呼籲國民政府「無條件保障人身、言論、出版、集會、結社、信仰等人民基本權利」[1]。面對國內巨大的反抗浪潮，國民政府當局不得不宣布取消戰時新聞檢查制度，但卻提出所謂「收復區」的新聞檢查制度在軍事行動停止之前除外。

---

1 《新華日報》，1945 年 9 月 29 日。

　　在此之後，重慶《新華日報》發表社論指出應爲在全國全面停止新聞檢查制度而繼續鬥爭。10 月初，「拒檢運動」發展到雲南昆明，《民主週刊》《人民週報》《大路》等期刊和部分新聞出版團體發表聯合宣言，提出徹底廢除新聞檢查制度，取消國民黨新聞機構的新聞壟斷等要求。一個月後，上海 91 名文化界人士發表聯合宣言，進一步向國民黨當局施壓。此後，包括上海、昆明、重慶等多地又相繼爆發了多場旨在要求廢止新聞檢查制度的活動。面對席捲全國的浪潮，國民黨當局最後不得不做出進一步退讓，並先後在《國共雙方會談紀要》和《和平建國綱領》中明確提出廢止戰時新聞出版檢查辦法。但實際上，國民黨當局仍在暗地裏對新聞出版進行著嚴格的監控。

第五章　民國南京政府後期的新聞廣播業、新聞通訊業和圖像新聞業

　　與同時期報業再發展的軌跡類似，新聞廣播業、通訊社事業和圖像新聞業均在抗戰結束後迅速恢復。然而在國共戰火再度點燃後，新聞廣播業、新聞通訊業和圖像新聞業也與國運共沉浮，國民黨、共產黨的廣播業與新聞通訊社事業屬於此消彼長，民間廣播業和新聞通訊業則在連年戰火中逐漸萎縮。

第一節　民國南京政府後期的新聞廣播業

　　抗戰勝利後，國民黨政府借助復原和接收等方式，將官辦廣播迅速「復原」並擴張。與此同時，各城市原有的民營電臺陸續復業，一些新辦電臺也紛紛成立。然而好景不長，由於國共內戰的全面拉開及國民黨政府各項改革的失敗，國民黨的官辦廣播業逐漸萎縮，民營廣播業也受到極大打擊。因此，這一時期的新聞廣播業整體從繁榮逐漸走向沒落。在這個大衝突大轉折的非常時期，廣播中的政治與軍事消息成了民眾的首要關切。

一、國民黨新聞廣播業

　　日本宣布投降的消息，很多人都是通過國民黨中央電臺的廣播得知的，從重慶到延安、聽到這一消息的民眾無不喜極而泣。許多人聚集在收音機前，分享著勝利的喜悅。

經過戰爭的洗禮，蔣介石更加重視廣播事業的建設。爲了塡補抗戰期間黨國廣播在淪陷區的空白，延長國民黨對新聞事業的壟斷，國民黨政府在日本投降當月即發出通令，決定各地敵僞新聞廣播出版電影等文化事業的接收工作應由各地國民政府機關統一負責。[1]但是，這種接收已不是單純的恢復，而是別有企圖的擴張。在接收過程中，由於政出多門、各行其是，各派系之間不斷上演分贓不均的「劫收」鬧劇，一些軍政單位也趁亂「接管」部分電臺設備，私自設臺。在戰爭期間停播的民營電臺紛紛申請復播，甚至還有一些以前不曾辦過電臺的社團、學校和個人也申請設立電臺，令相關機構「甚感無法應付」。由於政府遲遲不發執照，在上海、天津、北京、蘇州等地區，一些電臺未經審批即開播。因此，政府不得不加快立法，控制局面。

1946 年 2 月 14 日，國民政府交通部公布《廣播無線電臺設置規則》。規則除對「公營」廣播電臺和「民營」廣播電臺做出明確細分外，還要求廣播電臺之分布，每省不得超過 10 座，並以散佈各市縣爲原則；特別市除上海市不得超過 10 座外，其餘每市不得超過 6 座。民營廣播電臺在上列各項數目中不得超過半數。除了嚴格控制辦臺以外，政府還在收聽方面連續出臺一系列法規。1948 年 2 月，國民政府交通部公布修正後的《廣播無線電收音機取締規則》，要求「無論是購自廠商或自行裝配零件而成」，只要是用於「收聽無線電廣播新聞講演、音樂歌曲等項而裝設廣播無線電收音機，均應向交通部所轄電政管理局或指定電政機關登記之。」[2]這種發射端和接收端兩頭管控的治理方法，顯示出政府對廣播事業的高度重視，但也表明其管控意識高於發展意識的本質。

勝利之初，國民黨廣播事業頗有一番欣欣向榮的景象。順應國民政府政治改革的需要，官辦廣播中不時出現呼喚民主的聲音，節目也做了相應調整。比如爲便於尋找戰時遠征的軍人和離家的百姓，中央電臺增設了《廣播信箱》節目，幫助聽眾尋找戰亂中失散的家人。然而在看似和平的表象背後，內戰的陰雲騙之不散。抗戰勝利後的人民渴望和平，不願繼續戰爭。而蔣介石卻一心想消滅共產黨，實現「政治統一」。全面內戰爆發後，國民黨廣播宣傳的

---

1 高郁雅：《國民黨的新聞宣傳與戰後中國政局變動（1945～1949）》，臺灣大學歷史學研究所博士論文，2002 年。

2 上海市檔案館等合編：《舊中國上海廣播事業》，中國廣播電視出版社，1985 年版，第 689～691 頁。

主調由「和平建國」變為「戡亂剿匪」。不止在官辦電臺的新聞廣播中播出大量「剿匪」新聞，還組織民營電臺進行文藝宣傳，包括廣播相聲、話劇和滑稽等，在南京各大院校學生中舉行廣播座談會，營造舉國上下、同心協力「剿匪戡亂」的局面。不止如此，國民黨電臺還使出了各種造謠和抹黑解放區的招數：一方面利用相同的頻率和呼號，冒充解放區電臺做反宣傳；另一方面還借解放區知名人士之口抹黑解放區。

抗戰勝利後，國民黨中宣部很快確立了「對外廣播的重點是美國，中心是反共」的宣傳策略。[1]國民黨中宣部國際宣傳處在 1946 年 3 月到 1947 年 7 月期間，平均每月在紐約無線電廣播電臺及廣播網播送節目 7 次。同時向英國 BBC 派出專人演講[2]。1946 年 12 月，國民黨中宣部國際宣傳處開會，決議對外廣播的工作交由廣播事業管理處統籌負責。[3]

相比於抗戰時期，戰後國民黨對外廣播的國際影響力有所下降。代表全澳洲最大商業廣播網的廣播通訊員高登氏（Gorden）借來華之機曾發表講話，希望引起中國有關當局關注，然而當局竟「乃漠視之」，令高氏發出感慨「如果像埃及、土耳其等此等國家尚能源源供給廣播材料，中國為何不能？」[4]

1948 年 11 月 21 日，美國廣播公司邀請宋美齡發表對美廣播演講，解釋中國的現局。在廣播中坦言正與「共匪做生死的搏鬥」而「無法分身」的宋美齡承認，國民黨軍隊之所以漸趨下風，戰局大逆轉，共產黨「狡詐狠厲的宣傳」在其中起了很大作用[5]：

> 不論宣傳的技巧如何，事實終勝於雄辯。共匪一再宣傳的主題，不外說政府『壓迫』人民，共匪則為『解放者』。但中國人民對匪徒殘暴的本性的反感，已足嚴屬駁斥此種宣傳的虛妄。

1　國民黨中央宣傳部國際宣傳處工作報告》，中國第二歷史檔案館編：《中華民國史檔案資料彙編》（第五輯·第三編·文化），第 41～42 頁。

2　《國民黨中央宣傳部國際宣傳處工作報告》，中國第二歷史檔案館編：《中華民國史檔案資料彙編》（第五輯·第三編·文化），第 45 頁。

3　《國民黨中央宣傳部國際宣傳處工作報告》，中國第二歷史檔案館編：《中華民國史檔案資料彙編》（第五輯·第三編·文化），第 40 頁。

4　《澳新聞廣播員向中國廣播界挑戰》，《電影與播音》，1946 年第 5 卷第 8、9 期。

5　《蔣夫人對美廣播聲明我戡亂決心》，《外交部週報》，1948 年第 101 期。

　　上述自相矛盾的表述正說明了國民黨廣播宣傳的失敗。蔣介石在國民黨高層會議上也曾公開表達對這種宣傳現狀的不滿，認為「中央廣播電臺的節目，毫無選擇，完全沒有新聞的價值，人家當然不願意收聽。」[1]

　　再來看臺灣。日本戰敗後被迫將臺灣歸還中國。國民政府派林忠接收臺灣放送協會並改組其為臺灣廣播協會，隸屬國民黨中央執行委員會中央廣播事業管理處，下轄臺北、臺中、臺南、嘉義、高雄和花蓮六個電臺與九座發射臺，臺灣廣播業由此進入一個新的時期。日本佔領期間，臺灣禁用漢語文字，日語被當成「國語」，也是當時廣播的「主態語言」。臺灣光復初期，1945年12月31日，臺灣行政長官陳儀通過廣播向全島發布《民國35年（1946）度工作要領》，強調自己「希望於一年內，全省教員學生，大概能說國語，通國文、懂國史。學校既然是中國的學校，應該不要再說日本話、再用日本課本。」[2]1946年4月2日，臺灣省行政長官公署教育處設立「臺灣省國語推行委員會」，大力推行普通話、建立國語標準，並利用廣播大力推行國音示範。為了更好地讓普通民眾熟悉該標準，廣播電臺還進行了長期的發音示範廣播。很多人借助收音機中的國語播音進行自學，逐漸達到用國語和官員自由交談的水準。[3]國語廣播新聞也成為臺灣廣播的主導性語言，這對恢復國家認同具有至為重要的意義。

　　同對大陸的治理一樣，國民政府並沒有給臺灣人民帶來期望中的美好生活，民眾對其深感失望，最終引起了大規模的群眾反抗。1947年2月的「二二八」事件中，廣播起到極大作用：無線電廣播發動超強的動員力，起義民眾還通過臺北公園內的電臺向全省廣播，控訴軍警的暴行，號召人民起來反抗，驅逐各地官吏。在平息事件的過程中，國民黨當局也非常注意利用廣播的力量。1947年3月17日，蔣介石發表《中央處理臺灣事件原則告全省同胞書》的廣播講話，公開承諾臺灣各縣市長提前民選，儘量登用本地人士、本省和外省同級人員待遇一樣等。中共中央則通過陝北的電臺發表廣播，表示支持臺灣人民的反抗鬥爭。

1　蔣中正：《當前時局之檢討與本黨重要之決策（1947）》，《先總統蔣公思想言論總集》（卷二十二、演講），第189頁。

2　陳儀：《民國年度工作要領——年除夕廣播》，收入臺灣省行政長官公署宣傳委員會編，《陳長官治臺言論集》（第一輯），臺北臺灣省行政長官公署宣傳委員會1946年版，第46頁。

3　許雪姬：《臺灣光復初期的語文問題——以二二八事件前後為例》，《史聯雜誌》，1991年版。

作爲黨營事業的一部分，國民黨廣播與國民黨是一榮俱榮，一損俱損。隨著國民黨在大陸軍事和政治的整體潰敗，國民黨的廣播事業也隨政府一同遷往臺灣。同政府一同遷臺的電臺中，除了軍中廣播電臺、空軍之聲外，還有一些民營廣播電臺，包括益世、民本、鳳鳴、正聲等。臺灣廣播業進入了官辦和民營並存的二元體制時期。

1949 年 9 月，在臺中市病榻之上的陳果夫聽聞張道藩將出任「中國廣播公司」首任董事長後，寫信再次表明對廣播的重視和對政府政策的檢討：「人家一天天的進步，我們一天天的落後，怎使人提得起精神？如果國家拿了一兩師軍隊的經費，來裝備和給養廣播，盡夠做宣傳之用。中央的人，不明現代宣傳工具與方法，不能利用此優良工具，以致宣傳失效，軍事政治亦隨之失敗……要認清利用廣播做宣傳與教育，是最省錢最有效，尤其在中國沒有統一，以後還要迎頭趕上的時候。」這種喟歎，無疑是對國民黨大陸廣播宣傳失敗的定性。

二、共產黨新聞廣播業

與國統區廣播的大起大落軌跡不同，抗戰勝利後，共產黨領導的解放區廣播從數量和地區上均得到快速發展。這些電臺配合中共中央的政治、經濟和軍事目標，使用統一的「新華廣播電臺」稱號，播發了大量取自新華社和各解放區報刊的消息、評論，以及毛澤東等中央領導專爲電臺寫的廣播稿，是當時中國共產黨對外傳播（包括國統區、國外）的主渠道。

（一）延安臺的恢復與轉移

1945 年 8 月 14 日晚，解放區首府延安也收到了國統區廣播傳來的日本投降消息。新華社把唯一的一臺收音機擺放在窗臺上，很多人都跑到窗前的山坡上，收聽了這次激動人心的廣播。當晚的國民黨中央電臺則罕見地改變日常廣播節目編排，反覆廣播以蔣介石名義發表的「命令」，要求解放區抗日軍隊「就地待命」，而讓僞軍去受降並維持治安。對於延安的新聞工作者尤其是具有跨區傳播優勢的廣播電臺而言，進一步揭露國民黨假和平、眞反共的面目，讓外界聽到延安眞實的聲音，瞭解解放區眞眞實的狀況，成爲戰後報刊和廣播面臨的首要任務。爲此中共中央決定延安臺應盡快復播。接到任務後，九分隊的技術人員連續奮戰了幾個晝夜，終於使延安臺順利恢復了正常廣播。

國共內戰全面發動以後,由於延安一度失守,因此在 1947 年 3 月中旬之後的一年多內,延安臺曾有過三次大的戰略轉移。1947 年 3 月 13 日起,國民黨軍隊進攻陝甘寧邊區,並對延安狂轟濫炸。鹽店子山頭上延安臺的發射機房和播音室是國民黨軍飛機重點轟炸的目標之一。延安臺的播音、機務人員在一片轟炸聲中堅守崗位,直到 14 日中午播音完畢。當天晚上,延安臺秘密轉移到陝北子長縣的好坪溝村繼續播音。

延安臺轉移到好坪溝繼續播音一事,引起了國內外輿論的關注。國民黨反動派卻對延安廣播恐懼萬分,千方百計地干擾、破壞,妄圖削弱其在全國人民心目中的地位。在佔領延安後,國民黨軍隊到處搜索延安臺。國民黨的中央社有時報導說延安臺已被「焚毀」,有時則猜測延安臺的新臺址。無論是從外電還是從蔣介石的反應看,延安廣播的意義不僅在於向外界宣示共產黨解放軍的存在,更重要的是延安廣播昭示了一種強有力的政治基礎和政治動脈的撼人力量。

在陝北戰局日趨緊張的 1947 年 3 月初,晉冀魯豫解放區接到中共中央緊急來電:立即籌建一座新的廣播電臺,準備必要時立即接替陝北的廣播。當時位於河北邯鄲的邯鄲新華廣播電臺接下了這個光榮而艱巨的任務。3 月 29 日夜晚,準備接替陝北廣播的人員忽然聽不到來自陝北的聲音了。為了不中斷陝北臺的聲音,邯鄲新華廣播電台台長常振玉立即決定播出《兄妹開荒》的唱片,然後反覆呼叫電臺的呼號,並重播了青化砭大捷的消息。第二天起,根據陝北來電正式接替了陝北廣播。陝北臺開始順利在太行繼續播音,使國民黨當局企圖摧毀陝北廣播的陰謀再次破產。後來,他們又調派無線電測向隊四處偵察陝北臺新址所在地,但最終都未能得逞。

陝北臺在太行的播音一直持續到 1948 年 5 月 22 日。同月陝北臺跟隨新華總社北上河北平山,並從 5 月 23 日起在平山縣西柏坡村播音。到 1949 年 3 月 25 日遷進北平止,陝北臺在平山前後工作了十個月。

(二)各大解放區廣播電臺的陸續成立

在延安臺加緊準備復播的同時,共產黨領導抗日根據地軍民在向日偽軍隊發動的強大反攻中先後收復了張家口、邯鄲、焦作、煙臺、威海等一大批中小城市。收復張家口、煙臺後順利接收了日偽廣播電臺的設備,建立了關內的第二座共產黨領導的人民廣播電臺——張家口新華廣播電臺。

　　1945 年 8 月中旬，朱德總司令連續發布幾道進軍命令，指揮解放區軍隊迅速收繳日僞軍武裝，實施全線大反攻。解放軍晉察冀軍區決定攻佔張家口。8 月 20 日發起攻擊，23 日佔領張家口。隨部隊前進的冀察冀軍區前線記者林明同志當晚接管原日僞廣播電臺，其中有 10 千瓦短波發射機和 500 瓦中波發射機各一部。24 日，張家口新華廣播電臺開始播音，呼號 XGNC（開始爲 XGCA），主任爲哈文光，播音科科長是丁一嵐，每天分早、中、晚三次播音。電臺起初隸屬新華社冀察支社，9 月中旬後改由晉察冀日報社領導。1946 年 10 月，國民黨軍隊進犯張家口，八路軍主動撤出，張家口臺也在 10 月 10 日完成最後一次《告全國同胞書》播音任務後轉移到阜平山區，改名爲晉察冀新華廣播電臺，1947 年元旦起恢復播音。1948 年 5 月，毛澤東、周恩來、任弼時等和中共中央機關從陝北轉移到河北平山縣西柏坡。爲加強陝北的廣播宣傳，中共中央決定晉察冀新華廣播電臺併入陝北新華廣播電臺（原延安新華廣播電臺），全部工作人員和設備遷到西柏坡附近。晉察冀新華廣播電臺光榮地完成了它的使命，全臺工作人員 1948 年 7 月 1 日遷到西柏坡附近的封城村，同陝北新華廣播電臺勝利會師。

　　在東北，1945 年 8 月 8 日，蘇聯百萬紅軍根據雅爾塔會議協定向東北的日本關東軍發起突然攻擊。在蘇聯境內培訓的東北抗日聯軍隨蘇聯紅軍一起進發東北，參加解放東北和內蒙的戰鬥。與此同時，根據延安總部命令，八路軍冀熱遼部隊挺進東北、熱河以配合蘇聯紅軍作戰，消滅日僞武裝和日僞漢奸勢力，接管敵僞城市，建立人民政權。8 月底，日本關東軍主力被殲滅後，哈爾濱、齊齊哈爾、吉林、長春、瀋陽、大連、承德等一批大中城市被蘇聯紅軍佔領。東北解放區最初的一批廣播電臺就是在上述背景下先後建立起來的。當時僅在黑龍江省就相繼建立起四座共產黨領導的人民廣播電臺。哈爾濱廣播電臺是共產黨領導的東北解放區第一座廣播電臺。

　　1945 年 8 月 18 日，蘇聯紅軍進入哈爾濱，20 日接管了原日僞哈爾濱中央放送局。這一機構有三部發射機。蘇軍將其中一部用於軍事導航，一部由城防司令部使用，轉播莫斯科的廣播節目，並對哈爾濱市蘇僑進行宣傳。另將一部一千瓦發射機交由在蘇軍工作的東北抗聯幹部劉亞樓負責。劉亞樓當天即接收了廣播電臺，親自領導電臺工作，安排和審定廣播節目，並口授了第一篇廣播稿的要點於當晚播出，8 月底，劉亞樓指定該臺由中共東北委員會委員、中共松江地區委員會負責人李兆麟領導，後由省政府任

命趙乃禾擔任臺長，具體負責電臺的各項業務。此後該臺由中共濱江工委直接領導。

1945 年末 1946 年初，經蘇軍同意，國民黨政府「接收大員」正式接收了濱江省和哈爾濱市政府。按中共東北局決定，除少部分人以公開黨員身份活動外，中國共產黨組織已轉入地下。李兆麟辭去濱江省副省長職務，專任中國共產黨辦事機關、哈爾濱市中蘇友好協會會長。從此，哈爾濱處於三種政治力量左右之下，鬥爭形勢錯綜複雜。國民黨「接收大員」曾多次企圖奪取哈爾濱廣播電臺，但一直未能得逞。1946 年 3 月 9 日，李兆麟將軍被國民黨特務暗殺。4 月，蘇聯紅軍撤出哈爾濱，原哈爾濱中央放送局三千瓦廣播設備也被運回蘇聯。4 月 28 日，隨著東北民主聯軍解放哈爾濱，5 月中旬哈爾並廣播電臺又被中共中央東北局接管。5 月 28 日，根據中共中央東北局指示，哈爾濱電臺於當晚 8 點停止廣播並將設備拆遷轉移至佳木斯，改名為東北新華廣播電臺，於 9 月 23 日開始廣播。繼哈爾濱廣播電臺之後，1945 年內陸續播音的還有長春、瀋陽、通化、本溪、鞍山、營口、安東、吉林和大連等地的廣播電臺。這些廣播電臺的共同特點是，由於國民黨反動派不斷擴大內戰，東北地區戰局變化頻繁，隨著戰爭形勢的發展，它們都曾幾經轉移，多次更名遷址，並一度停止播音，直到解放戰爭在東北地區取得決定性勝利之後才漸趨穩定。

在華北，解放戰爭初期很快建立了三座廣播電臺，分別是延安臺新華廣播電臺（陝北新華廣播電臺）、晉察冀臺（原張家口臺，在今河北省阜平縣境內）和邯鄲臺（今河北省涉縣境內）。陝北臺是解放區廣播的中心，各臺除自辦節目外，均轉播陝北臺的主要節目。一個初具規模的解放區廣播宣傳網正在逐步形成。

上述廣播電臺除陝北臺外，規模和影響最大的為邯鄲新華廣播電臺和東北新華廣播電臺。邯鄲新華廣播電臺，呼號 XGHT，1946 年 9 月 1 日開始播音，隸屬中共晉冀魯豫中央局宣傳部領導。該臺籌建於 1946 年初。在此之前，有一架載有兩部美製無線電導航臺的國民黨空軍運輸機誤落在焦作，被解放區軍民繳獲。晉冀魯豫中央局和軍區決定把這兩部導航臺改裝為廣播發射機，在晉冀魯豫解放區建立一座廣播電臺。軍區三處副處長王士光主持了改裝工作。該臺原擬建在峰峰礦區，後因國民黨軍進犯，離戰場較近，不易保障安全，於 6 月間轉移到太行山東麓的涉縣沙河村，這裡距邯鄲市約 90 公里，

是晉冀魯豫解放區的腹心地帶，同時又毗鄰太行山，群山環抱，地形隱蔽。在臺長常振玉、機務科長祝敬迓的帶領下，三處的工人和村民奮戰兩個多月，終於完成了改裝和建臺的任務。電臺使用一部短波機、一部中波機，將播音室和機房都在窯洞內，使用汽車引擎燒木炭解決了電力供應問題。25 米高的發射天線是利用杉木杆子架設起來的。

　　邯鄲新華電臺的開播，是解放區的一件大事。當時中共太岳區黨委發來的賀電表示「你光榮地代表三千萬人民的意志和呼聲，反對獨夫蔣介石進行內戰，反對美國帝國主義武裝干涉中國內政；人民有了你，可以把英勇自衛的鬥爭，民主建設的宏功偉績傳播到全中國全世界。你誕生了，你是人民最忠實可靠的人，人民會在你的號召下組織起來行動起來，爭取祖國的獨立和平民主！」[1]1947 年 3 月初，邯鄲臺正式組建編輯部，負責人為蕭風。編播人員有顧文華、田蔚及柏立等。邯鄲臺使用兩部發射機，有中波和短波兩種波長，每天中午、晚上各播音一次，除轉播延安臺節目外，自辦節目有向人民解放軍廣播、對國民黨軍廣播、國內外新聞、本區新聞報導以及文藝節目等。

　　東北新華廣播電臺的呼號是 XNMR，1946 年 9 月 23 日開始播音。該臺由中共中央東北局宣傳部領導。東北臺是利用原哈爾濱廣播電臺的設備，在佳木斯籌建起來的，發射功率為 1 千瓦（後擴大為 3 千瓦），每天早、中、晚播音 3 次，總計 7 個半小時，是當時解放區廣播電臺中播音時間最長的。自辦的節目有《國際新聞》《國內新聞》《東北新聞》《時事評述》《名人講演》《人民呼聲》《解放區介紹》以及文藝節目等。臺長趙乃禾，副臺長馬皓，主要編播人員有楊明遠、史康、姒永晶、徐邁等。東北臺的宗旨是當好「東北人民自己的喉舌」。在東北局宣傳部的直接領導下，圍繞建立鞏固的東北根據地的戰略部署，東北臺以新聞、通迅、評論等多種形式，充分報導了東北廣大人民群眾進行土地改革、剿匪反霸、發展生產、參軍參戰、支持前線等活動，影響所及，可達長春、瀋陽、天津、北平、邯鄲等廣大地區。除新聞節目外，東北臺的廣播講演和文藝節目也很有特色。佳木斯當時是東北解放區軍政領導機關的所在地，又是合江省省會，一時名人薈萃，為東北臺開辦《名人講演》節目提供了有利條件。應邀在東北臺發表過講演的有：合江省主席、抗聯將領李延祿，著名作家蕭軍，教育家董純才，戲曲家張庚，作曲家塞克、呂驥、馬可等，其中李延祿的講演《為保衛祖國而鬥爭》和蕭軍的《我回東

1　《慶祝邯鄲新華廣播電臺開幕·賀詞一束》，《人民日報》，1946 年 9 月 1 日。

北的觀感》給聽眾留下了深刻的印象。此外，據有關材料記載，東北臺於 1946 年 10 月間播出的廣播劇《我們寧死不當亡國奴》，是解放區廣播電臺播出的第一個廣播劇。

1948 年春，東北新華廣播電臺遷回哈爾濱。5 月 28 日哈爾濱市 50 週年紀念日那天正式播音，呼號 XNMR，短波波長 51 公尺，5880 千周；中波波長 284.4 公尺，1055 千周；開始曲爲「開路先鋒」歌。該臺播音時間上海夏令標準時間及用波長如下：12 點至 14 點，用中波對哈市廣播；16：30 分至 18 點，用中短波英語對國內外廣播；19 點至 23：30，用中短波對解放區及蔣管區廣播。其間 19 點至 21 點爲轉播陝北新華廣播電臺節目。[1]對內廣播方面，以《東北新聞》《對國民黨軍廣播》和講演節目最有特色；外語廣播方面相繼開辦英語、日語節目，同時還開辦了廣州話廣播。

1948 年上半年，人民解放軍在東北戰場全面轉入反攻，許多中小城市相繼解放，全東北的解放指日可待。中共中央東北局爲了統一領導、統一管理全區的廣播事業，於 7 月 7 日在哈爾濱召開了東北地區各廣播電臺聯席會議。會議由東北台臺長羅清主持，參加會議的有安東、齊齊哈爾、延吉、吉林、海龍、通化、牡丹江等電臺的七位臺長。兩天後，東北局作出了《關於統一廣播電臺的決定》。規定從此全東北解放區各電臺，統一屬東北新華廣播電臺領導管理（包括供給）。東北臺（總臺）的成立，標誌著東北解放區廣播事業的發展進入了一個新的階段。它不僅擔負著對東北地區的宣傳任務，同時還擔負著對東北地區廣播事業的管理任務。這在解放區廣播歷史上也是具有首創意義的。在東北局宣傳部的直接領導下，東北臺（總臺）於 8 月間大力宣傳了在哈爾濱召開的中國第六屆全國勞動大會。同年秋冬，又配合遼瀋戰役的進行開展了多種方式的宣傳活動，對於分化瓦解東北戰場上國民黨軍的戰鬥意志起了重大作用。

11 月 2 日瀋陽解放。東北臺（總臺）副臺長朱明於 4 日接收了國民黨在瀋陽的廣播電臺，並利用其設備辦起了瀋陽新華廣播電臺（市臺）。12 月 25 日起，東北臺（總臺）遷至瀋陽繼續播音。原瀋陽新華臺（市臺）停止播音。東北臺（總臺）遷至瀋陽後，適應新的形勢需要，廣播節目作了部分調整，1949 年 3 月 1 日起，把中波、短波分開，同時恢復了瀋陽新華臺（市臺）。先後停辦了《對國民黨軍廣播》、英語、日語、廣州話廣播等節目，同時增辦了

1　《東北新華廣播電臺　五月廿八日起正式播音》，《人民日報》，1948 年 6 月 1 日版。

面向東北地區及瀋陽市的廣播節目，如《職工時間》《輪迴節目》《瀋市節目》《幹部學習講座》《俄語講座》和《兒童節目》等。1949 年 5 月 1 日起，東北臺（總臺）改名爲瀋陽新華廣播電臺，原瀋陽新華廣播電臺改稱瀋陽人民廣播電臺；9 月 10 日起，瀋陽新華臺又改稱瀋陽人民廣播電臺，原瀋陽人民廣播電臺（市臺）停播。

　　華東解放區的第一座廣播電臺——華東新華廣播電臺於 1948 年 5 月起在山東五蓮縣農村開始籌建，後又遷至臨朐縣的程家莊。同年 9 月 12 日起試驗播音，呼號 XNEC，除轉播陝北臺節目外，並有對華東地區的自辦廣播節目。華東臺由中共中央華東局宣傳部領導，華東臺管委會主任是周新武，副主任苗力沉。華東臺試播時，適逢濟南戰役進行。整個戰役共進行了 9 天，華東臺專門舉辦了對濟南的廣播，內容有《華東緊急動員令》，前線戰報，對濟南前線的國民黨軍勸降廣播等。9 月 24 日下午濟南全部解放，陝北臺於當晚即播出了這一捷報。但國民黨廣播遲至 28 日始承認濟南「失守」。同年 11 月，淮海戰役打響。華東臺又配合開展宣傳攻勢。當時被俘的國民黨原山東省主席王耀武等曾在華東臺對淮海戰場國民黨軍發表過廣播講話。華東臺正式播音後，開辦有對華東戰場國民黨軍廣播，對華東人民解放軍廣播，對南京、上海、杭州、福州、臺灣等地的廣播節目等。1949 年 1 月，華東局決定除繼續堅持華東臺播出的人員外，其餘幹部按三套班子配備，準備渡江後接管上海、南京、杭州三地的國民黨廣播電臺。2 月華東臺的人員和設備陸續遷移到濟南繼續播音。3 月 20 日，準備南下的人員分批離開濟南。

　　西北解放區的第一座廣播電臺——西北新華廣播電臺於 1948 年 12 月開始在延安籌建，1949 年元旦試播，1 月 5 日正式廣播。西北臺屬中共中央西北局宣傳部領導。1947 年 3 月，人民解放軍主動撤出延安後，經過一年多的輾轉作戰，相繼取得了青化砭、羊馬河、蟠龍、沙家店、宜川等戰役的勝利，並於 1948 年 4 月 21 日收復了延安。新建的西北臺編輯部設在清涼山，播音室和發射機房設在鳳凰山。西北臺當時是新華社西北總分社的組成部分，臺長由金照兼任，編輯部主任是武英。西北局在關於西北臺的指示中，規定該臺的主要任務是向西北待解放地區和西北的國民黨軍進行宣傳，爭取早日解放大西北。新華總社在給西北分社的指示中要求，西北臺除轉播陝北臺節目外，自編的節目應包括如下內容：爭取陝、甘、寧、綏、川等省市人民，分化瓦解前線的國民黨軍，爲陝北人民解放軍服務。5 月 20 日，西安解放。6

月 1 日起，西北臺遷至西安繼續播音，6 日起改名為西安新華廣播電臺，7 月
1 日起又改名為西安人民廣播電臺，但其任務仍為面向西北地區廣播。

除上述 3 座中心臺外，1948 年 11 月至 1949 年 2 月間陸續建立的新解放
區廣播電臺還有：（1）濟南特別市新華廣播電臺：1948 年 11 月 8 日開始播音，
係利用接管的國民黨原山東廣播電臺的設備建立起來的，臺長黎韋。1949 年
6 月 13 日起改名為濟南新華廣播電臺，同年 6 月 20 日起又改稱為濟南人民廣
播電臺。（2）天津新華廣播電臺：1949 年 1 月 15 日，天津解放的當天晚上即
開始播音，同年 5 月 18 日改名為天津人民廣播電臺。建臺初期由天津日報社
委會領導，社委會下設廣播部，部主任由朱九思兼任。從報社分出後不久由
魯荻任臺長。（3）徐州新華廣播電臺：1949 年 2 月 1 日開始播音，是今江蘇
省境內（當時徐州屬山東省管轄）第一座人民廣播電臺。（4）北平新華廣播
電臺：1949 年 1 月 31 日，北平和平解放。由新華總社派出的有關人員接管了
國民黨北平廣播電臺。2 月 2 日，北平新華廣播電臺開始播音。該臺由以徐邁
進為主任的管理委員會領導。（5）中原新華廣播電臺：1949 年 2 月 13 日在鄭
州開始播音。由中共中央中原局領導。同年 5 月武漢解放前夕，該臺即停止
播音。

1949 年 4 月 23 日，南京解放。第二天，南京的廣播電臺奉命轉播北平新
華臺的全部節目。5 月 6 日，人民解放軍南京市軍官會文教委員會派李強、陸
亘一兩人接管了原國民黨在南京的中央臺及國防部所屬的軍中廣播電臺。從
18 號起，利用上述兩臺設備建立的南京人民廣播電臺開始播音。在此之前，
在江蘇省境內先後建立起南通新華社廣播電臺（3 月 20 日開始，7 月 8 日改
名為南通電臺），無錫廣播電臺（4 月 23 日無錫解放後繼續播音，9 月 1 日，
無錫人民廣播電臺正式成立），常州人民廣播電臺（4 月 27 日開始試播，10
月 1 日正式播音）和蘇州新華廣播電臺（5 月 15 日開始播音，9 月 1 日起改
名為蘇州人民廣播電臺）。

5 月 27 日，我國最大的城市上海解放。同日中國人民解放軍上海市軍管
會接管了國民黨上海廣播電臺。晚上，上海人民廣播電臺開始播音；設在濟
南的華東新華電臺停止播音。9 月 1 日起，上海人民廣播電臺開始承擔向華東
地區廣播的任務，臺長周新武，副臺長苗力沉。

人民解放軍南下後相繼開始播音的大中城市廣播電臺還有：（1）武漢新
華廣播電臺：原中原新華廣播電臺的南下幹部接管國民黨漢口廣播電臺後建

立，5 月 23 日起開始播音，8 月 1 日起改名爲武漢人民廣播電臺。（2）浙江新華廣播電臺：杭州解放後，利用接管的廣播設備建立，5 月 25 日開始播音，6 月 9 日改名爲杭州人民廣播電臺。（3）南昌新華廣播電臺：南昌解放後，利用接管的廣播設備建立，5 月 25 日開始播音，6 月 3 日起改名爲南昌人民廣播電臺。（4）福州人民廣播電臺：8 月 24 日開始播音，係利用接管的原國民黨福建廣播電臺而建立的。在西部地區，人民解放軍在挺進大西北的戰鬥中，先後解放了甘肅、青海等廣大地區，並先後建立了蘭州人民廣播電臺（9 月 7 日開始播音）和西寧人民廣播電臺（9 月 14 日開始播音）。

中華人民共和國成立前夕，據 1949 年 9 月統計，全國各地人民廣播電臺近 40 座，一個遍布全國的人民廣播網初步形成。

（三）共產黨廣播的新聞宣傳

解放戰爭時期，延安臺和各地陸續成立的新華廣播臺緊密配合解放區軍事鬥爭的形勢，進行了大量宣傳工作。在錯綜複雜的政治形勢下，東北地區的第一座新華廣播電臺哈爾濱臺適應當時的形勢，在宣傳上採取多種方式。除日常的新聞報導、講座節目、文藝節目外，還經常轉播群眾大會，宣傳中國共產黨和平、民主、團結的主張，反對國民黨當局內戰、獨裁、分裂的行徑。

延安臺在黨中央的直接領導指導下，新聞宣傳工作更加豐富多彩。在對內廣播中，延安臺每天中午、晚上各播音一次、每次一小時，開始曲起初爲《漁光曲》，後改爲《兄妹開荒》。主要節目有時事新聞、解放區消息、解放區介紹、言論等。爲了適應形勢需要，延安臺還先後播出了朱德總司令發布的七次緊急命令以及毛澤東爲新華社寫的評論《蔣介石在挑動內戰》《評蔣介石發言人談話》，號召全國人民團結起來、制止內戰的發生。除了運用新聞、通訊等形式進行宣傳外，延安臺還專門舉辦了《解放區介紹》《解放區政策》和《解放區建設》3 個專題節目，從不同的角度向全國聽眾介紹了陝甘寧、晉察冀、晉冀魯豫、蘇南等 11 個解放區創建和發展的經過。還介紹了解放區人民的權利、「三三」制政策等，用具體生動的事例宣傳中國共產黨的各項政策和主張，向國民黨統治區的人民描繪出了未來新中國的藍圖，以此鼓舞他們爭取民主自由的鬥爭。延安廣播的聽眾遍布各地。據材料記載，從東北到廣東、從四川到上海，不少地方都可以聽到延安臺的廣播。一些新解放的城市如張家口、宣化、邢臺等地，還組織群眾集體收聽延安廣播。在國統區，中

國共產黨代表團、重慶《新華日報》館及其辦事處人員等，也都把每天收聽延安廣播當作重要任務來執行。

從 1946 年 7 月人民解放戰爭開始到 1948 年 6 月，以延安（陝北）臺為代表的解放區廣播根據解放戰爭形勢的發展以及中國共產黨的戰備方針和軍事原則，把宣傳重點確定為「集中一切力量，加強軍事宣傳和政治宣傳，全面配合人民解放戰爭，動員和鼓舞解放區軍民和國民黨統治區廣大人民起來粉碎國民黨反動派的軍事進攻，爭取人民革命鬥爭的偉大勝利」。這個時期，廣播宣傳的對象不僅是國民黨統治區的人民和國民黨軍隊的官兵，同時也兼顧了解放區軍民的需要。一方面，根據解放戰爭形勢的發展，發表有關戰局的評論文章和報導人民解放軍取得的勝利戰績；另一方面，電臺積極動員和組織解放區人民支持解放戰爭。此外，電臺還開辦《對國民黨軍廣播》節目，直接配合軍事鬥爭，從政治上分化瓦解敵軍；電臺還積極聲援和促進國民黨統治區的愛國民主運動，推動了第二條戰線上鬥爭的勝利開展。

從 1948 年 7 月起，人民解放戰爭進入第三個年頭。8 月間，華北人民政府成立，華北解放區統一政權。9 月，中共中央在河北平山縣西柏坡召開政治局會議。會後，人民解放軍的作戰和各解放區的工作開始嚴格按照中共中央的統一規劃，向著奪取全國勝利的總目標前進。陝北臺和其他解放區廣播電臺在 1948 年秋至 1949 年春期間，主要圍繞黨中央所提出的總目標，在三個方面展開宣傳：第一，配合三大戰役，開展分化瓦解國民黨軍的廣播攻勢；第二，揭露國民黨反動派的「和平攻勢」，號召全國人民將革命進行到底；第三，宣傳中共中央紀念「五一」節口號，推動新政協運動的開展。總體上看，抗戰勝利後，在各新華廣播電臺的節目中，《對國民黨軍廣播》的影響極大，節目中每天都會廣播投降、被俘或陣亡的蔣軍軍官名單，供家屬尋找，是戰爭中後期國統區軍民的一個重要消息來源。同時，陝北新華廣播電臺還在節目中揭露了國民黨軍隊利用流動廣播電臺冒充延安臺的卑劣伎倆以及國民黨中央臺的造謠行徑。

華東地區的對國民黨軍廣播也取得了奇效。1948 年，中共華東局各領導機關在進駐諸城、五蓮、臨朐一帶後，為支持前線、配合部隊的大反攻，華東局決定在此建立廣播電臺，向華東地區加強宣傳工作。在解放濟南戰役期間，華東臺迅速發布戰地新聞，受到全國關注。「打到濟南府、活捉王耀武」

的口號反覆廣播後，大大鼓勵了解放區軍民的鬥爭；電臺還最早播報了《濟南全部解放》的新聞，震動了全國。電臺還聯合軍區聯絡部，找到一批蔣軍被俘軍官現身說法做廣播講話。先後有 19 人次參與了這場廣播講話宣傳；包括國民黨軍第二綏靖區中將司令兼山東保安司令、山東省政府主席王耀武，96 軍軍長陳金城，12 軍軍長霍守義以及羅車裏、晏子風等。從 11 月 14 日到 23 日，前後長達 9 天時間。有的講話還由陝北臺、邯鄲臺同時轉播，講稿隨時插播，形成了覆蓋全國的廣播網。在歷時九天的演講中，被俘軍官輪流廣播。這些人當中，以王耀武的地位最高，講話次數最多，影響也最大，甚至震動了蔣軍。京、滬、杭一帶老百姓中傳說蔣介石聽到後氣得摔了收音機，這件事也在軍官中流傳。當時的華東臺工作日誌上也有明確記載：華東局宣傳部副部長匡亞明告知電臺，有被俘的蔣軍軍官家屬自南京來山東探親，告知蔣介石聽到王耀武廣播講話後，蔣氣得摔碎了收音機。這說明王耀武的廣播講話對蔣家王朝的沉重打擊，在各個階層引起了連鎖反應。[1]

　　這一時期，記錄新聞成爲一種特殊的戰鬥武器。以 1948 年 5 月 29 日晚播出的「土地改革工作和整黨工作的指示」爲例。毛澤東親筆要求不要播錯一個字。當晚齊越和錢家楣、邱源三人播音，當播出記錄新聞時，不僅逐段播出、中間加標點，最後還要全文播一遍供校對。到 1948 年，陝北新華廣播電臺每天播發「一萬兩三千字的稿子，其中一半來自文播稿，一般要自己編寫。」[2]在戰爭狀態下，黨對新聞稿件的播出環節極爲重視。各地新華廣播電臺的新聞稿件，絕大部分來自新華社，少部分來自中共中央領導包括毛澤東等人的專稿。一些名人被邀請到電臺做實時性演講時，節目內容也有較爲嚴格的事先檢查。此外基於戰場的需要，對新聞的時效性也要求極高。此外，當時的陝北臺非常注意收聽四大電臺新聞，四大電臺分別是國民黨中央電臺（XGOA）、莫斯科廣播電臺、美國之音廣播電臺（VOA）和英國廣播公司電臺（BBC）。

　　1947 年 7 月中旬，中共中央宣傳部部長陸定一從陝北寫信給新華社社長廖承志，希望新華社建立起好的宣傳作風，並以此影響整個解放區的新聞工

1　米穀創作的漫畫《蠢貨，快把收音機沒收》刊登在 1948 年的《群眾》，第 2 卷第 43 期，反映出國民黨政府對於廣播眞相的恐懼和防範。

2　趙玉明：《陝北新華廣播電臺編播往來書信選注》（1948 年 5 月至 9 月），《新聞研究資料》總第 19 輯，中國社會科學出版社，1983 年 5 月版。

作。信中指出：「在新聞工作方面爲人民服務的極其負責的態度，就是不馬虎、不苟且，拿出精製品來。」爲了提高宣傳質量，新華總社和陝北臺的重要新聞和評論，在初稿寫出後經常用密電發回太行，然後才廣播出去。中共中央領導機關遷到西柏坡村後，陝北臺編輯部曾一度設在鄗家莊，不久即與新華總社一起遷至西柏坡附近，先後設在陳家峪、韓家峪和通家口三處。在平山，陝北臺的建設有了很大發展對於確保繁重宣傳任務的順利完成起了積極的作用。

1948 年底，隨著國共戰場的力量對比發生變化，迎接新生共和國的任務擺在黨的廣播工作者面前。10 月，新華總社召開了關內廣播電臺會，討論並議決了三個問題：一、全國性的短波廣播統一由陝北臺負責；二、全國性的中波廣播由新華總社廣播管理部負責籌建；三、邯鄲臺應準備接收華北地區國民黨城市的廣播電臺，華東臺應準備接收華東地區國民黨城市廣播電臺。會議前後，新華總社的領導機構也作了調整。

1948 年 11 月，中共中央在《對新解放城市的原廣播電臺及其人員政策的決定》指出，在軍事管制期間，廣播電臺一律歸軍管會統一管理，並需按照相關規定辦理登記手續。對於原有的廣播從業人員，中共中央分三種情況予以區別對待，總的原則是「舊」的廣播員和編輯人員基本不用。《對新解放城市的原廣播電臺及其人員的政策決定》最後強調：「新中國之廣播事業，應歸國家經營，禁止私人經營。在確定國營時，對某些私人經營之廣播電臺及其器材，可由國家付給適當之代價購買之。」這一規定的出臺，意味著允許民營電臺的存在只是一種權宜之計。在人民政權穩固後，按照既定的路線它將在大陸被購買。

1949 年 1 月 31 日，北平和平解放。隨後，北平市委宣傳部廣播管理委員會接管了國民黨的北平廣播電臺，並立即籌辦北平新華廣播電臺。2 月 2 日上午 11 時 40 分，北平新華廣播電臺開播；3 月 25 日，中共中央由西柏坡遷進北平；同一天，新華總社和陝北新華廣播電臺也由平山北上來到北平。自此以後，陝北臺正式更名爲北平新華廣播電臺，並開始具有對全國廣播的中央臺的性質，原北平新華廣播電臺則改名爲北平人民廣播電臺（後又改稱爲北平新華臺的第二臺）性質是北平市臺。

同年 6 月 5 日，中共中央發出通知，將原新華總社語言廣播部擴充爲中央廣播事業管理處，負責全國廣播事業的管理和領導工作，廖承志任處長、李強任副處長。中央廣播事業管理處與新華總社爲平行組織，同受中共中央

宣傳部領導；各中央局所屬廣播電臺，受各該中央局宣傳部與中央廣播事業管理處雙重領導；各地廣播電臺與中央廣播事業管理處的關係與各地新華總分社、分社與新華總社關係相同。同年 9 月，中共中央發出《關於對舊廣播人員政策的補充指示》，修正了以前「舊廣播員一般不用」的規定。

（四）解放戰爭後期對民營廣播電臺的處理

隨著人民解放軍戰略反攻的推進，一批大中城市相繼獲得解放。原來這些城市的新聞廣播和新聞報刊業除反動分子經營者外，經過接收、改造後進入了人民新聞業的嶄新階段。對大中城市原有新聞業大規模接收是從天津解放開始的。

1949 年 1 月 15 日天津解放。作爲第一個解放的北方大城市，天津的民營傳媒業極爲發達。天津市處理民營電臺的做法在當時具有一定的示範意義。早在天津解放前夕，天津市軍事管制委員會已經成立。人民解放軍進城後，軍管會即通知市內所有民營報紙一律停辦，民營電臺一律停播。對此，中共中央嚴屬批評了天津軍管會叫停所有民營報紙的做法，同時也肯定了其停播電臺的決定。2 月 28 日，中共中央給天津市委下達指示，同意天津市接管原七所私營電臺中的四所，准許三所繼續由私人經營，並對私營電臺的經營提出明確要求。3 月，天津市軍管會宣布接管三家私營的文化廣播電臺即世界新聞廣播社、青聯廣播電臺和華聲廣播電臺。同月查封了中國廣播電臺。

北平解放前夕，舊廣播電臺負責人多已逃離。2 月，軍管會接管了軍中之聲、七十二電臺、勝利、北辰、華聲等五家電臺，城內只剩私營廣播電臺 4 家。由於北平解放初期軍管會接管的任務很重，力量不足，因此對私營廣播電臺除責令其轉播新華廣播電臺的政治新聞外，並未過多干涉其編排的娛樂節目。5 月 5 日，《人民日報》刊登《改造私營廣播電臺》社評指出「解放後的北平，某些私營廣播電臺仍然整日播送淫蕩色情歌曲，引起人民的不滿，一致認爲如此惡劣現象在人民城市裏不應允許存在。這種意見，我們完全贊成。」[1]文章還要求加強對私營廣播電臺的監督和領導。9 月 27 日「北平」改稱「北京」。29 日，《北京市軍事管制委員會關於北京市私營廣播電臺管理暫行辦法》出臺。要求本市私營廣播電臺一律按照要求向軍事管制委員會申請登記，外國人一律不准設立電臺。此外還明確規定了私營電臺在申請登記和經營時需要注意的諸多事項。

1　《改造私營廣播電臺》，《人民日報》，1949 年 5 月 5 日。

　　1949 年 4 月 23 日南京解放。次日清晨，原國民黨中央廣播電臺用「南京廣播電臺」的呼號播出了南京解放的消息。同日，中國人民解放軍南京軍事管制委員會成立。此前，益世電臺已匆匆南遷，建業、青年、金陵和首都廣播電臺也已停播。後來首都電臺、金陵電臺、建業電臺曾申請恢復播音，但未獲軍管會批准，南京的民營廣播至此劃上了句號。

　　5 月 25 日上海解放。當天，上海電臺和民營的凱旋電臺、中華自由電臺等報導了「上海解放」的消息。上海是當時國內最大的工商業城市，各項文化事業高度繁榮。毛澤東曾特別強調指出，「進上海是中國革命過一個難關，它帶有全黨全世界性質。」[1]為此，中共中央對上海的各項接收工作做了充分準備，在上海解放當天就宣布成立軍事管制委員會，下設文化教育事業管理委員會（以下簡稱「文管會」），負責包括廣播電臺在內的文教單位接收和改造工作。上海解放初期，尚存私營廣播電臺 23 座。經軍管會審核登記，除中國文化電臺查明原係國民黨「公營電臺」未予登記、奉令停播外，其餘 22 座均准予登記、繼續播音。這些電臺並非都是純粹的民營性質，有的「名義上是私營、實際有國民黨黨政軍憲警和特務機構政治背景的」，如新滬電臺就屬於中統的新滬通訊社，合作電臺則屬於國民政府全國合作社物品供銷處；還有的電臺「名義上是私營、實際卻「與帝國主義勢力有關」，如大美電臺與美國新聞處有關、福音電臺與美國基督教會有關。即便如此，上海市軍管會對私營電臺還是採取了較為溫和的漸進式改造方法。本著「穩打穩紮，寧慢勿亂」的方針，軍管會「用爭取方式減少刺激、穩定情緒，避免不必要的不合作，轉而對人民政權信任，直接間接幫助宣傳。」

　　鑒於華東地區是中國私營電臺最密集的地區，建國前夕尚有 27 處（包括上海 22 處，寧波 3 處，杭州 1 處，青島 1 處）。1949 年 8 月 10 日，為加強對華東各地人民廣播電臺的管理，中央廣播事業管理處與中宣部聯合發出《關於成立華東廣播事業管理處的指示》，強調「為加強上海人民臺之力量，應有計劃地爭取和逐步改造某些私營臺，使之成為人民臺之外圍臺，來有計劃地和最落後的不堪造就的廣播臺做鬥爭，直至其停閉。」[2]該《指示》對私營廣播電臺的管理提出了七項具體規定。對私營電臺為增加收入擅自更換頻率、不經審批即播音的做法，上海市軍管會在初期都沒有出面干涉。《指示》發布

1　江柯林：《裏應外合解放城市的範例——論上海地下黨迎接解放鬥爭》，《黨史研究與教學》，1991 年第 5 期。
2　趙玉明、王福順主編：《廣播電視辭典》，北京廣播學院出版社，1999 年版，第 6 頁。

後，軍管會要求八月底前完成整改。軍管會還組織全體播音員學習《新民主主義論》《實踐論》《為人民服務》等毛主席著作。

在新的人民政權看來，民營電臺播放的大多數節目都是低級趣味甚至十分下流的。特別是像北平民聲電臺，天天播送《相見不怕晚》《等待你回來》《候郎曲》等「無聊」歌曲，對社會教育的影響很惡劣；而很多廣告節目，包括《御製》《仁丹》之類，也都包含著「毒素」，是應該嚴厲禁止的。《人民日報》曾對此發表社論，要求各地私營電臺不要再「傳播封建與污穢的東西」，而是應「增加對市民有益的政治文化教育節目。」另一方面各私營電臺也在努力適應時代要求。上海解放後第三天，大多數電臺播放的歌唱多為《碼頭工人歌》《揚子江暴風雨》及《大路歌》等進步歌曲。但因私營電臺聽眾大都是城市的中小資產階級小市民、聽廣播的趣味也重在地方戲等遊藝節目，因此這類歌曲對聽眾的吸引力不強。

6月29日，在上海市政府的領導下，以上海人民廣播電臺為主陣地、大多數私營電臺都積極參與了當天的大型宣傳活動，轉播了北平（北京）新華廣播電臺的重要節目，還播出了慰問人民解放軍、勸購公債以及為反轟炸捐款救濟被炸同胞等節目，受到聽眾熱烈歡迎。北京的私營電臺也積極響應人民政府的號召。1949年9月10日，民生、軍友、華聲、中國等私營電臺為配合北京市公安局整理交通秩序，也於當天起分別在各電臺廣播市府布告、市公安局通告、交通規則和交通常識等。曲藝公會藝人侯一塵等也積極編製有關整理交通的鼓詞，並在電臺及雜要場演唱。

私營電臺的業主絕大多數都是向新政權積極靠攏的，他們小心翼翼地跟著時代、改進節目設置。但由於私營電臺不同於一般的私營工商業，它屬於意識形態的範疇，靠節目的內容和形式吸引聽眾而盈利。因此，私人資本經營的廣播電臺不同程度地宣揚資產階級的世界觀、人生觀和價值觀。有些私營電臺為了吸引聽眾，大量播出虛假廣告和「低級下流」的娛樂節目，「危害」社會經濟秩序和正常的文化生活。一些私營電臺的頻率甚至還干擾人民臺的正常播音。凡此種種，都表明對私營電臺的改造勢在必行。

（五）建國前夕人民廣播事業的建立

作為建立新國家進程的一部分，人民廣播事業在接收國民黨電臺、合併民營電臺的同時，積極發揮輿論主陣地作用，迅速實現了從戰時宣傳到建國宣傳的轉型。

　　為了提高口播的宣傳質量，從 1949 年元旦起《新華廣播稿》開始編印口播稿，凡陝北臺每天編發的消息、通訊、評論和專稿（包括廣播講演稿和《對國民黨軍廣播》節目的放下武器的國民黨軍官名單及書信等）均收編入冊。1949 年 1 月 31 日晚 8 點，軍管會接收國民黨北平廣播電臺；2 月 2 日上午，北平新華廣播電臺使用原北平廣播電臺的波段開始播音；3 月 25 日，中共中央由西柏坡遷進北平；同一天，新華總社和陝北新華廣播電臺也由平山北上來到北平。從這一天起，陝北臺改名為北平新華廣播電臺，並開始具有對全國廣播的中央臺性質；原北平新華廣播電臺則改名為北平人民廣播電臺（不久又改稱為北平新華臺的第二臺），作為北京市臺，繼續面向全市聽眾廣播。

　　1949 年 4 月 21 日，解放軍渡過長江，戰事推進到南京城下。自 4 月 24 日起，南京臺全部轉播北平新華廣播電臺的節目。至此，國民黨在南京的中央廣播電臺宣告終結。而陝北臺由鄉村遷進城市和中央廣播事業管理處的成立，標誌著人民廣播事業的發展進入了一個新的階段。廣播事業脫離新華社成為單獨的宣傳系統，與人民日報社、新華通訊社並列為中央三大新聞機關。

　　隨著全國解放新形勢的到來，北平新華廣播電臺的宣傳任務日益繁重。為了滿足面向全國宣傳的需要，北平新華臺及時調整節目，增加播音時間。在此期間，北平新華臺宣傳的主要內容是關於新的政治協商會議的召開和迎接新中國的成立。6 月 20 日晚上，北平新華臺首次播出了毛澤東 6 月 15 日在新政治協商籌備會上的講話錄音。同時播出的還有周恩來的開幕詞及朱德、李濟深、沈鈞儒、郭沫若等的講話錄音，這是全國人民第一次從廣播中聽到共產黨領袖毛澤東的聲音。30 日晚上，北平新華臺又首次播出了毛澤東為紀念中國共產黨誕生 28 週年而寫的《論人民民主專政》一文。7 月 1 日，朱德親臨北平新華臺，發表了紀念廣播講演。隨後，該臺又報導了北平和其他各地舉行紀念大會的消息和通訊。

　　9 月 21 日晚 7 點整，中國人民政治協商會議第一屆全體會議在北平隆重開幕。北平新華廣播電臺和各地廣播電臺均以這次會議為中心進行了全面、系統的宣傳。在歷時 10 天的連續宣傳中，北平（北京）新華臺詳盡地報導了會議的進程、國內外的反應，同時在輪迴節目、文藝節目中也開辦了一系列專題性節目。各類節目圍繞著第一屆政協會議，形成了一個空前規模的宣傳高潮。

10月1日下午3點，中華人民共和國開國大典在北京天安門廣場隆重舉行。北京新華臺作了實況廣播，各地人民廣播電臺同時轉播。這是人民廣播史上第一次大規模的全國性實況廣播。全國各族人民和五大洲的廣大聽眾從廣播中聆聽了毛澤東主席豪邁有力、氣勢磅礴的聲音：「中華人民共和國中央人民政府今天成立了！」隨後轉播了毛澤東主席宣讀《中央人民政府公告》、朱德總司令檢閱人民解放軍陸海空三軍部隊和規模盛大的群眾遊行等內容。整個開國大典的實況廣播持續了6個小時，至晚上9點25分圓滿結束。通過這次實況廣播，北平（北京）新華廣播電臺把全國億萬人民緊密地聯結在一起，長城內外群情振奮，大江南北歡聲雷動。

1949年12月5日，北平新華廣播電臺正式定名為「中央人民廣播電臺」。成為名副其實的中共中央和中央人民政府及中國人民的喉舌。此前的延安新華廣播電臺和陝北新華廣播電臺以及北平新華廣播電臺時期，共產黨廣播電臺報時用的是「上海時間」、國民黨的廣播電臺用的是「中原標準時間」。[1]中華人民共和國成立後，經全國人民代表大會批准，各廣播電臺的報時統一改稱為「北京時間」。[2]

三、民營新聞廣播業

抗戰勝利初期，隨著工商業的復蘇，民營廣播再度蓬勃發展，經常推出兒童教育、科學常識等知識性節目。但時隔不久，一些商業電臺故態復萌，有的播放大量低級庸俗的節目，有的不經審批即自行開設電臺，正規民營廣播的生存環境日益惡化。與戰前一樣，工商業發達、人口集中、電力資源充足的大中城市是民營廣播的滋生和繁衍之地。因此，上海、天津、蘇州、寧波等沿海城市的民營電臺數量最多，亂播亂放的情況也最嚴重。

抗戰結束後不久，上海廣播業就再度活躍起來，許多電臺不經申請即開播節目。實際情況卻直到1946年3月政府才允許民營電臺限期登記核准，但奉命登記的電臺只有106家。8月，上海電信局一舉取締了大量私設電臺，但

1　1912年，民國中央氣象局將中國劃分為五個時區：崑崙時區（GMT+5：30）、新藏時區（GMT+6）、隴蜀時區（GMT+7）、中原標準時區（GMT+8）和長白時區（GMT+8：30）。1939年，這些時區經當時內政部的標準時間會議批准。中原標準時間與現在的北京時間稱呼不同，但時間一致。1949年中華人民共和國成立後，這些時區在中國大陸地區不再採用。

2　《「北京時間」始於建國後，國民黨曾用「中原時間」》，《內蒙古日報》，2015年3月12日版。

不久之後，新的電臺猶如雨後春筍般設立起來。上海空中電波之烏煙瘴氣比取締之前更甚。究其根源，多是官辦電臺帶頭違法亂紀，民營廣播只是「趁火打劫」。但在歷次「取締」行動中，損失最大的還是沒有任何背景的民營電臺，而那些背景強硬的非法電臺卻總是在整理行動之後不久即很快以各種名義復播。

1946 年，天津有四家民營電臺先後開播，分別是華聲廣播電臺（呼號 XLMA）、中國廣播電臺（呼號 XLMC、XPCA）、中行廣播電臺（呼號 XTCHL、XEMC）、世界電臺（「天津市文化廣播電臺」）（呼號 XNBA）。1947 年又新增 6 家，分別是：世界新聞廣播社電臺、友聲廣播電臺（呼號 XPBA）、3 月開播宇宙廣播電臺（呼號 XTYC）、青聯廣播電臺、天聲廣播電臺、青年廣播電臺、以及天津鐘鏡廣播電臺，大部分電臺都因未領到執照而相繼停播。

在首都南京，抗戰前已有中央廣播電臺和南京短波兩個大功率電臺，沒有民營電臺。1946 年 5 月 5 日成立的益世廣播電臺是南京市區內出現的首家民營電臺，也是戰後國內第一家獲得政府執照的民營電臺。電臺於 5 月 8 日正式播音，呼號 XPBK，功率 200 瓦。隨著解放戰爭的推進，1949 年 3 月，益世電臺匆忙南遷，後輾轉在臺灣復播。隨後南京又相繼成立了「建業」「青年」「金陵」和「首都」等四家民營的廣播電臺。

戰後北平先後成立了七家「民營」身份的廣播電臺，分別是「勝利廣播電臺」、「國華廣播電臺」、「中國廣播電臺」、「華聲廣播電臺」、「民生廣播電臺」、「北辰廣播電臺」和「聯合廣播電臺」，可以說是民營廣播發展最興盛的時期，北平也因此成為當時北方民營電臺數量最多的城市。此外，在湖北、遼寧、山東以及江西、雲南等地區，都先後出現過一些民營電臺。

總體上看，抗戰勝利後，民營廣播較戰前有了很大發展。民營電臺的分布區域更加廣泛、電臺的數目也有所增加，但仍存在結構和比例嚴重失衡等問題：在上海、天津、北平等大城市以及江蘇、浙江等沿海省區，民營電臺匯聚，廣播收音機用戶較多；而在內陸的廣大地區，連陝西、河南、山西等內地省份都沒有民營的廣播電臺，更不必說新疆、西藏、青海、甘肅等省區。

從內部組織和外部關係看，戰後民營電臺的資本構成較戰前更為複雜。民營電臺為了尋找政治靠山而進行官商勾結，政治權力則順勢滲透到民營廣播領地。因此，一些電臺的實際身份介於公營與私營之間，性質很難界定：

　　有的電臺雖名爲民營，實際上卻有官方背景。如 1947 年 5 月開播的廣州時代電臺，雖然標明「私營」，實爲國民黨中央通訊社公務人員岳中權拉後臺、做靠山辦的。該臺每晚的播音節目中都有來自中央通訊社的五分鐘新聞電訊稿；還有標注民營的革新臺，實際主辦部門是廣州市黨部。有的電臺則名爲官辦，實際卻是民營。在政府的管控下，爲了便利工作，不少民營電臺都試圖尋找政府、軍隊做靠山。如廣州的勝利臺、新聞臺和新生臺，雖然「開播呼號爲公，實際都是私人經營」。1947 年開播的勝利電臺原是夫妻電臺，開業後卻因無執照被電監科強制停業。於是劉貽康用送大禮、給紅股的辦法買通了省府要員。不到半個月，電臺就以「廣東廣播電臺」的名稱復業，還掛上了公營的牌照。

　　還有一種情況，就是戰前爲民營此時改爲公營，如江蘇省立教育學院廣播電臺。1946 年夏天，江蘇省立教育學院在無錫復課，並恢覆電化教育專修科。爲便利開展學生實習和進行電化教育，該院通過教育部向國民政府交通部申請恢覆電臺播音，江蘇教育學院電臺就以江蘇省政府特設無錫廣播電臺的名稱被批准成立，並獲得了播音執照。電臺在轉爲公營性質之後，雖然在節目中將江蘇省政府政令列入了日常廣播的內容，但實際上，該臺仍由江蘇教育學院電化教育專修科主任陳汀聲負責。陳汀聲帶領專修科全班學生利用抗戰前保存下來的部分機件，又補充了一些器材。經數月裝置，於 1947 年 10 月安裝竣工並正式播音。

　　值得一提的是抗戰勝利後，由中國共產黨地下組織在上海創辦的中聯廣播電臺，於 1946 年 3 月 10 日舉行開幕典禮並正式播音。這是唯一由中共地下組織創辦、以民營商業電臺名義爲掩護的廣播電臺。

　　這一時期，一些城市還出現過時有時無、絕不報告電臺名稱和呼號的「秘密電臺」，借廣播推銷假冒僞劣產品，以謀取不正當利益，這無疑損害了民營電臺形象，並爲國民黨當局的干涉和控制提供了口實。

表 5-1：1948 年 11 月交通部電信總局統計的全國民營廣播電臺情況

城　　市	電臺名稱	臺　　址
上海	福音廣播電臺 中華廣播電臺	虎丘路 128 號
	自由廣播電臺 金都廣播電臺	中正中路 533 號
	新運廣播電臺	中正南二路 112 號

	亞美廣播電臺	成都北路 470 號
	麟記廣播電臺	
	東方廣播電臺	西藏中路 120 號
	華美廣播電臺	
	元昌廣播電臺	順昌路 170 弄 7 號
	鶴鳴廣播電臺	
	亞洲廣播電臺	進賢路 234 號
	民聲廣播電臺	威海路 313 號
	大陸廣播電臺	北京東路 851 號
	大中華廣播電臺	
	合眾廣播電臺	吳江路 23 弄 12 號
	大美廣播電臺	中正中路 347 號
	合作廣播電臺	南京西路 830 號
	九九廣播電臺	永年路 149 弄 13 號
	新聲廣播電臺	西藏南路 161 弄 486 號
	新滬廣播電臺	中正東路 564 號中南飯店
	建成廣播電臺	西藏路 195 弄 4 號
	中國文化廣播電臺	福州路 679 號
	大中國廣播電臺	直隸路 250 號
	大同廣播電臺	壽寧路 71 弄 5 號
江蘇	久福廣播電臺	常熟道南街九號
	錫音廣播電臺	無錫北大街 30 號懋綸綢莊
山東	山東廣播電臺	青島觀海二路 69 號
重慶	陪都廣播電臺	重慶青年路 30 號
	谷聲廣播電臺	重慶民權路華華公司大樓
	美國廣播電臺	重慶上清寺街 180 號
湖北	正聲廣播電臺	漢口巴黎街天福里一號四樓
	江漢廣播電臺	漢口友益街 63 號
廣東	風行廣播電臺	廣州中華北路 87 號
	革新廣播電臺	廣州米市街 60 號
	時代廣播電臺	廣州國泰大戲院
	華電廣播電臺	南海佛山
	華南廣播電臺	廣東深圳

北平	中國廣播電臺	北平前外觀音寺街 88 號
	民生廣播電臺	北平王府井大街 74 號
	華聲廣播電臺	北平內一椿街胡同 15 號
浙江	大華廣播電臺	杭州自由路
天津	華聲廣播電臺	天津羅斯福路壽德大樓
	中行廣播電臺	天津大沽路 151 號
	中國廣播電臺	天津羅斯福路 251 號

　　抗戰勝利後，民營電臺仍未獲得新聞報導之獨立地位。在上海等地的廣播電臺中，滑稽界因爲迎合了聽眾的趣味，而迎來歷史上的最好時期。大量內地演員集中到上海，一時間人才薈萃。上海滑稽戲名家筱快樂就因在電臺中播唱「怪現象」聲譽鵲起。他演唱的「怪現象」全部取材於《申報》《新聞報》《大公報》等報刊新聞，但又不時加入即興的評說，從而超越傳統「滑稽」的範疇進入了「時評」的行列。

　　儘管抗戰已經勝利，各種天災人禍卻時有發生。1946 年，國民政府擬恢復監獄中罪犯的被服供給制度。但由於物價飛漲，經費困難，不能按規定的標準供給，致使缺衣少被者日增。在當時新聞中時常有關於監獄中犯人凍餓而死的報導。無奈之下，上海監獄只得通過報紙、電臺向社會各界呼籲捐助棉衣褲。以凱旋電臺爲首的上海民營電臺一方面通過廣播大聲呼籲社會各界救助，另一方面則身體力行，捐衣捐物。從 1946 年 11 月至 1948 年 10 月上海各界向部轄上海監獄捐助囚服情況表中可以看出，凱旋電臺和筱快樂劇團都做了很大貢獻：

表 5-2：1946 年 11 月至 1948 年 10 月上海各界向部轄上海監獄捐助囚服情況表

時　　間	單位或個人	捐助物品名稱及數量
1947 年 12 月 1 日	上海聯合凱旋電臺	棉衣褲 100 套
1948 年 1 月 20 日	筱快樂劇團義演募捐	棉衣褲 143 套、棉被 110 條
1948 年 3 月 26 日	筱快樂劇團義演募捐	棉衣褲 105 套、棉被 61 條

　　1949 年 2 月 25 日，上海市教育局爲救濟貧寒學生，成立了獎學金空中勸募委員會，由上海電臺、亞美麟記電臺和新新公司的凱旋電臺進行廣播，全市各公民營廣播電臺一起轉播。這次勸募廣播動員了各界人士 2000 多人，聲

勢浩大、影響廣泛。類似這樣活動的開展，既爲民營廣播電臺贏得了聲譽，也爲其爭取了大量聽眾，可說是一舉兩得。

抗戰勝利後，本應迎來一個和平建國時期。但由於蔣介石國民黨集團爲一黨私利再次挑起國共內戰，在國共兩黨的生死對決中民營電臺的發展受到阻礙。在政局紛擾的近代中國，誰都無法置身政治之外，民營電臺亦復如是。民營廣播依附於國民黨當局而存在，因此在政治立場必須與執政國民黨及其主導的政府保持一致，否則就會面臨懲處。當新生的人民政權掌握這些民營電臺棲身的城市時，作爲「舊」社會「舊」生活一部分的民營廣播電臺，爲能適應新的社會生活環境而接受人民政權的管理和改造也就成了題中應有之意。

第二節　民國南京政府後期的新聞通訊業

抗戰勝利後，原日僞通訊社被取締、其資產設備多由國民黨中央通訊社接收，中央社的力量進一步加強。解放戰爭期間，中國共產黨領導的新華通訊社迅速發展爲集通訊社、黨報和廣播電臺等職能爲一體、逐漸成爲中共中央領導全國解放戰爭的最有力的新聞宣傳機構。民國後期，隨著國內政治經濟形勢和戰爭的發展，民營通訊社發展日益衰落，新中國成立前一些國民黨系統的通訊社亦紛紛退出歷史舞臺，中國新聞通訊業的發展即將迎來新的歷史時期。

一、國民黨新聞通訊業

抗戰勝利後，國內政治矛盾日益加深。隨著全面內戰的爆發，國民黨加強了反共宣傳，軍事新聞亦成爲媒體報導的重點。這一時期，國民黨系統新成立的通訊社主要爲其內戰宣傳服務，還有一些通訊社實則爲國民黨特務機構。

（一）抗戰勝利後的中央社

1946 年 4 月，中央社總社從重慶遷回南京。在接收各地日僞新聞通訊業資產、人員、設備的同時，中央社的各項業務迅速恢復，特別是大力推進全球通訊網建設、增設國內外分支機構，欲建成一定規模的世界性通訊社。但隨著國民黨當局在軍事上潰敗，中央社的發展計劃未及實現，便又迅速走向

衰落。1949 年中央社遷至臺灣，從而結束了其發展歷史上一個「輝煌」的時代。

1. 中央社總社遷回南京

1945 年日本投降後，中央社首先要做的事情就是籌劃將總社遷回首都南京，並且恢復在全國各地的分社。

1945 年 8 月 10 日，日本政府宣布無條件投降。南京同盟社的華籍職員及電務人員即自動抄收中央社的 CAP 新聞發稿，此時，中央社的人還沒到南京、中央社的新聞廣播即已在南京傳播。[1]中央社部分編輯與電務人員隨國民黨軍隊先遣部隊由重慶轉芷江飛抵南京，接收了在南京的日本同盟社和僞「中央電訊社」，並與重慶總臺建立通報聯繫。9 月 5 日，中央社總社秘書曹蔭稑率領少數人員抵達南京，成立了中央社南京辦事處、並開始發稿。此時，中央社總社雖然仍設在重慶，對全國的 CAP 廣播也繼續在重慶播發，但編輯、採訪兩部人員陸續回到南京，編輯業務也逐漸由南京辦事處承擔。至 1946 年 4 月，中央社總社才正式由重慶遷回南京。

2. 重新布建國內外通訊網

抗戰勝利後，中央社即派出大批人員，分赴各收復地區接收日僞通訊社，恢復和增設分支機構。根據國民黨政府制定的「由各單位接收相同業務日僞機構」的原則，原日僞佔領區新聞通訊業由國民黨中宣部交由中央社負責接收，所接收的房產、器材等均歸中央社全權使用。

1945 年 8 月 21 日，馮有眞以國民黨東南戰區戰地宣傳員兼中央通訊社上海分社主任身份，首先接管了汪僞「中央電訊社」上海分社並改組爲中央社上海分社，當晚發稿，這是戰後國民黨在上海的第一個官方新聞機構，馮有眞任主任、總編輯胡傳厚。9 月初，又接收了日本同盟社設在上海外灘 17 號的華中總分社及設在海寧路的附屬電臺等設備，同時還接收了上海的德國海通通訊社。[2]不久，中央社上海分社遷往圓明園路 149 號新址辦公。1948 年 12 月，馮有眞因飛機失事遇難，上海分社主任由南京總社秘書曹蔭稑兼任。

1945 年 8 月，中央社恩施分社撤銷，工作人員回到漢口恢復武漢分社工作，並負責接收日本同盟社和汪僞「中央電訊社」在漢機構。主任徐恕宇，

1　馮志翔：《蕭同茲傳》，臺北傳記文學出版社，1975 年版，第 230 頁。
2　馬光仁：《上海新聞史（1850～1949）修訂版》，復旦大學出版社，2014 年版，第 993 頁。

下設編輯長 1 人，管轄編輯、攝影、電務、事務 4 室；採訪、譯電、繕寫 3 組由編輯室領導。分社電臺發射功率大，擔負華中幾省分社電訊轉發任務。[1] 1946 年夏秋，著名報人石信嘉接任武漢分社主任，其弟石玉圭任編輯組長。1948 年，石信嘉被派往臺北，分社主任由石玉圭代理。

　　1945 年 9 月，國民政府從日本人手中收復北平，中央社北平分社新任主任丁履進隨北平前進指揮所人員一起乘飛機抵達北平，開始恢復中央社在北平的業務，北平分社於 1945 年 9 月 23 日在東堂子胡同同盟社舊址恢復發稿。1946 年 7 月，北平分社搬到石碑胡同戰前分社舊址大樓裏辦公。

　　1945 年 9 月，中央社派特派員劉問渠到濟南接收日本人的同盟社，成立中央社駐濟南特派員辦事處。11 月，濟南分社正式成立，劉問渠任主任。1946 年底，劉問渠調往南京國民黨中央社總社，由原中央社駐徐州特派員沈琢吾繼任主任，此時中央總社人員共 40 人，設有編輯組、電務組。[2]

　　1945 年 10 月，中央社派往臺灣負責接收工作的特派員葉明勳隨臺灣前進指揮所第一架專機飛抵臺北，負責臺灣敵偽通訊機構的接收和籌建分社工作。11 月，中央社從臺北開始發稿，包括中文、日文兩種新聞稿。1946 年 2 月，臺北分社正式成立。後來又先後在基隆、花蓮、臺南、臺中、高雄設辦事處。

　　中央社太原分社成立於 1945 年 12 月 1 日，社址設在太原市樓兒底街路南 57 號四合院內，無線電新聞發射臺設在柳巷附近的唐家巷 2 號。太原分社主任為郭從周，後由張夷行（張文德）代理。採編電務行政人員共 50 多人。這個通訊社當時在太原各通訊社中人員最多、機構最大。[3]

　　戰後中央社恢復和增設的國內重要分支機構有上海分社、北平分社、天津分社、廣州分社、南昌分社、桂林分社、杭州分社、青島辦事處、濟南分社、長春分社、臺北分社、重慶分社、西安分社、蘭州分社、昆明分社、長沙分社、漢口分社、福州分社、寧夏分社、瀋陽分社、鎮江辦事處等。海外的分支機構有華盛頓分社、紐約分社、舊金山辦事處、倫敦分社、印度辦事處、巴黎特派員、柏林特派員、東京分社、馬尼拉分社、土耳其特派員、西貢特派員、香港分社等。

1　武漢地方志編纂委員會主編：《武漢市志・新聞志》，武漢大學出版社，1991 年版，第 229～230 頁。

2　山東地方史志編纂委員會編：《山東省志・報業志》，山東人民出版社，1993 年版，第 426 頁。

3　《山西通志・新聞出版志・報業篇》，中華書局，1999 年版，第 356～357 頁。

經過三年發展，到 1948 時，中央社除南京總社外，在國內已有 52 處分支機構，國外有 25 處，全社員工達到 2653 人，這是中央社歷史上最鼎盛的時期[1]，遠超當時國內其他新聞機構。

3. 戰後業務迅速恢復和發展

抗戰勝利後，中央社不僅國內外分支機構增加；而且總社每天接收的新聞稿約有四五萬字，經過編輯後播發的約兩三萬字；此外，新聞稿的內容也注意增加國內新聞的比例，多發一些長篇通訊稿和國內各地的專題報導。

為進一步提高通信技術水平，蕭同茲決定用歷年結餘的外匯，從美國訂購 300 瓦發報機 30 臺、交流電收報機 70 多臺、20 千瓦巨型短波發報機 2 臺、自備發電設備三套、2.5 千瓦短波發報機 10 臺、及其他電訊設備。這些設備投付使用後，中央社發稿較之以前更加方便迅捷。1946 年冬，中央社原來由人工發報的各種廣播，一律改為自動發報機，發報速度大大加快，如對全國播發的甲種廣播 CAP 就由原來每天 12000 字增加到 20000 字。

1947 年，中央社又增設為海外中文報紙提供的專播，內容以國內新聞和華僑新聞為主，每天字數不超過 6000 字，由曼谷、新加坡分社抄收後發稿給當地報社，其他地區華僑報紙自行抄收。1947 年 10 月，中央社又應共同社要求對日本發出新聞專播供媒體採用。

1948 年春，中央在南京興建完成國際發報臺，裝置了對歐美、東南亞、南美等地的定向與不定向天線，可向這些地區播發英文和中文新聞。中央社還在對日發稿中使用了發明不久的條式文字傳真。另外，國民黨中央原擬在南京興建國際收訊臺，但由於國民黨的敗退這一計劃最終未能實現。

抗戰勝利後，中央社國內外分支機構增加，每天總社所收到的新聞稿約有四五萬字，經過編輯後播發的約兩三萬字。新聞稿的內容也注意增加國內新聞的比例，多發一些長篇通訊稿和國內各地的專題報導。

為配合業務的迅速發展，中央社還於 1948 年 1 月開始，在南京中山東路上乘庵一帶興建新的 7 層辦公大樓，其中預留的兩層供中外記者辦公和接待來南京工作的中外記者，以期使中央社成為中外記者彙集的中心。

中央社的國際影響力逐步提升，蜚聲海內外。當時美軍公共關係處曾將中央社列為與美聯社、合眾社、路透社和國際社齊名的世界五大通訊社之一。[2]

1　中央通訊社編：《1924：中央社，一部中華民國新聞傳播史》，2011 年版，第 96 頁。
2　白慶虹：《蕭同茲與中央通訊社》，《蘭臺世界》，2013 年 1 月上旬。

4. 中央社在大陸業務的終結

戰後中央社各項業務迅速恢復和發展，但受國內政治環境影響，它的輝煌時期未能持續多久。

在新聞報導上，尤其是軍事新聞的發布方面，國民黨軍隊在戰場上連連失利，而國防部透過中央社所發布的戰訊，經常謊報編造消息，已然失去讀者的信任。

由於國內戰爭和政府財政的原因，1948年10月以後，駐外機構的外匯經費被停發，於是中央社決定裁撤部分駐外單位，留任的海外人員也只能勉強維持。

隨著解放戰爭形勢的迅猛發展，濟南、長春、瀋陽、武漢、上海、西安、長沙、福州、杭州、蘭州等城市相繼解放，中央社在這些地方的分支機構也先後關停，其設備資產等多為中共領導的新華社所接收。

1949年1月，中央社總社隨國民黨政府遷至廣州，南京改設辦事處，由編輯部主任唐際清主持南京辦事處業務。當年5月至10月間，中央社一些主要工作人員先後撤往臺灣，少部分向廣州集中。1949年7月，中央社在臺北成立了總社辦事處，由秘書曹蔭稺主持日常事物、總編輯陳博生主持編輯業務，社長蕭同茲則往返於臺北、廣州之間，部署有關遷臺事宜。後來國民黨政府先後遷至重慶、成都，中央社僅派出少數工作人員隨行。

1948年底，中央社已開始將重要電訊器材，包括巨型發報機和收報設備分別拆運至臺北、廣州與重慶，其中以臺北為中心，電務部的工作人員大部分也被分派到廣州和臺北。1949年3月，中央社CAP電訊移至廣州播發，臺北則接替和各分社的電訊聯絡。5月間，廣州的電訊器材大部分也運至臺北。至1949年12月底，中央社總社正式遷至臺北，其國內分支機構，除臺北分社外，都相繼撤銷。中央社工作人員有2000多人，最後撤到臺北的只占很小的比例。

（二）國民黨其他通訊社

除中央社外，國民黨在軍隊和地方還建立了一些通訊社並產生了一定影響；但也有一些打著通訊社名義開展活動的機構，實質上只是國民黨的特務機構。

1. 國民黨軍方的喉舌——軍事新聞通訊社

國民黨政權發動全面內戰後，1946年7月1日國防部新聞局（後改稱政工局）於南京設立軍事新聞通訊社（簡稱軍聞社），社長先後為楊光凱、張六

師，這是繼中央社後又一家全國性的國民黨官方通訊社。[1]

軍聞社總社設在南京林森路 75 號，設有總管理處、編輯部、採訪部，編制爲 40 人。它在上海、北平、瀋陽、鄭州、蘭州設有 5 個分社；在徐州、濟南、海州、天津、海口、西安、長春、張家口、西寧、寧夏、青島、承德、迪化設有 13 個通訊站，分社編制爲 10～15 人，通訊站編制爲 4～6 人。

軍聞社的主要業務是採寫和對外發送軍事新聞通訊稿。總社每晚發行 10 餘頁的油印新聞通訊稿，分送至南京各報和外埠各大報駐南京辦事處，也提供給電臺廣播，共約數十份。新聞通訊稿的來源主要是駐地軍事機關和軍政首腦，包括一些獨家採訪的消息；內容以軍事新聞爲主，也包括政治、經濟方面較爲重要的新聞。南京各報在刊登該社消息時，一般冠以「軍聞社訊」字樣，外埠報紙採用時則冠以「軍聞社南京×日電」字樣。各地分社除負責向總社拍送電訊外，還可以向當地報紙發稿，通訊站則無權在當地發稿。

軍聞社是國民黨軍方的喉舌，始終爲國民黨政府發動和擴大內戰的軍事行動服務。1947 年 8 月，軍聞社因記者在報導中過早洩漏了國民黨總參謀總長陳誠將赴東北主持軍事的動向，被勒令暫停對外公開發稿、進行整頓。此後，其業務轉向對內，負責編寫《一周戰況》《答記者問》等，供國防部政工局或國防部發言人對外發布新聞和召開記者招待會時使用，並爲政工局下設的軍中之聲電臺提供《中外要聞》廣播稿，還負責編寫絕密的《匪行週報》供國民黨高層軍政首腦參閱。1948 年 4 月，軍聞社獲准恢復對外公開發稿。

1948 年底，隨著戰爭形勢發展，軍聞社長江以北各分支機構已不復存在，另在廣州設立了分社。1949 年，總社先後由南京遷往重慶、臺北。

2. 國民黨在一些省區建立的通訊社

國民黨在這一時期內建立的通訊社，多以造謠誣衊中國共產黨、搜集情報和從事特務活動爲主，主要的如：

晨曦通訊社，1947 年 3 月 1 日發稿，由四川省黨政軍聯席會議（原省特種工作委員會）主辦；該社社長爲楊蔭池，社址在成都過街樓街 27 號，辦公在將軍衙門省聯席會議駐地。晨曦通訊社的稿件主要從國民黨中央宣傳部秘宣資料和聯席會議宣傳組所辦的不定期四開小報《瞭望》中摘抄，各報極少

---

1 《江蘇省志·報業志》，江蘇古籍出版社，1999 年版，第 379 頁。

採用。但是，該社供記者採訪佩帶的長方形藍色白字證章，常爲特務活動時冒用；該社經費靠特務組織供給，也享受省政府每月配售的平價「新聞米」。[1]

漢潮通訊社，1946年8月成立於武漢，12月1日開始發稿，每日發稿16開油印新聞稿1～2次。它由國民黨軍事委員會調查統計局湖北站漢口第二情報組所辦，實際是這個組織進行特務活動的掩護體。該社，1947年初公開建立電臺；1948年夏，增設宜昌、應城、黃陂3個分社和江陵、鄂北兩個辦事處。漢潮通訊社按甲級特務組織建立機構，配備人員，開支經費，工作人員均由特務兼任。1947年夏漢潮通訊社成立董事會，由漢口市參議會議長張彌川任董事長，而所有董事都是當時武漢軍警憲機關的負責人。[2]

在閻錫山統治的山西，國民黨先後建立了10多家通訊社，如1946年10月創辦的民眾通訊社，社長由閻錫山的點檢參事徐培峰（健三）兼任；還有1946年成立的國民通訊社，是國民黨山西省黨部的宣傳機構；1947年初成立的晉民通訊社，由一些國民黨員聯合創辦，社長爲原國民黨山西省黨部督導員張季華。此外，還有青年通訊社、正義通訊社、建國通訊社、戰鬥通訊社、軍聞通訊社、建設通訊社、西北通訊社等等。這些通訊社基本上是國民黨、閻錫山黨政軍團體的宣傳機構。它們每天向太原市各報社編發的新聞稿或社稿，除一般社會新聞是各自採編的以外，政治、軍事消息都是由閻錫山山西省政府新聞處和太原綏靖公署新聞處嚴格控制統一發布的，但是，這些通訊社到太原解放前夕陸續停辦。除上述通訊社外，閻錫山政權的特務機關——太原綏靖公署特種警憲指揮處下，還設立了黃河通訊社和華北通訊社，專門發布誣衊中國共產黨的反動消息，並且廣泛搜集中共地下黨組織、派遣人員和社會進步人士活動情報，從事破壞活動。

二、共產黨新聞通訊業

抗戰勝利後，中國共產黨領導的新聞通訊事業主要體現爲新華社總社和地方分支機構的迅速發展。由於國內外形勢的變化，新華社的宣傳任務和工作重心由過去主要面向解放區轉而面向全國，原有的組織形式和人力已經不能適應當時工作的要求。爲此，新華社採取一系列有力措施，擴大和充實總社的編輯部門、並整頓和新建了一批分社和總分社。根據中共中央提出「全

---

1 《成都市志·報業志》，四川辭書出版社，1999年版，第194～195頁。
2 《武漢市志·新聞志》，武漢大學出版社，1991年版，第230～231頁。

黨辦通訊社」的精神，新華社進行了大改組後，業務力量大大加強。解放戰爭時期，新華社組織隊伍建設和業務建設都得到了迅速發展。中共中央撤離延安後，新華社肩負起中央黨報、通訊社、廣播電臺三位一體的重任。1948年秋，中共中央抽調新華社的主要幹部到西柏坡集訓，從思想、政策到業務進行嚴格訓練，提高了新華社幹部的政治素質和業務水平。爲了加強對外宣傳，新華社開始在境外創建一批分社和出稿站，邁出了走向世界的步伐。

（一）抗戰勝利後新華社的機構調整

1945 年 10 月前後，新華總社編輯科陸續調進一批有經驗的新聞幹部，下設國內新聞、國際新聞、英文廣播、口語廣播 4 個編輯組，使編輯部門的分工更加合理和健全。在各解放區，新華社採取各種措施發展和健全分支機構，並在各大戰略區設立了分社。新華社還相繼在國民黨統治區的重慶、北平和南京成立分社，加強了與國統區人民的聯繫，擴大了中國共產黨的影響。

1946 年初，中央決定派博古到重慶協助周恩來工作、擔任政協憲草小組委員會中共委員。2 月 10 日，博古在編委會上對他赴重慶參加政協憲草審議後報社、新華社工作做了具體安排，由《解放日報》總編輯餘光生暫代報社工作，新華社工作主要由副社長陳克寒負責。4 月 8 日，博古同王若飛、葉挺、鄧發等從重慶返回延安途中，因飛機失事在山西興縣黑茶山遇難。博古犧牲後不久，中共中央任命餘光生爲解放日報社和新華社代理社長、兼總編輯。

1946 年春，中共中央提出「全黨辦通訊社」的決策。5 月，按照「全黨辦通訊社」的有關指示和精神，解放日報和新華社編委會經過多次討論，提出了改組新華社、解放日報社的具體方案，制訂了《新華社、解放日報暫行管理規則》上報，並得到了毛澤東、劉少奇的批准。這是新華社歷史上的一個重要文件，它對新華社的性質和隸屬關係作了明確的規定。《管理規則》中關於新華社與解放日報的性質與隸屬關係，規定如下：新華通訊社及解放日報爲中央之機關通訊社與機關報。解放日報並爲中央所在地最高黨委（現爲西北局）之機關報；新華通訊社及解放日報社隸屬於中央宣傳部，並在重大問題上受中央書記處之直接指揮。關於兩社內部組織機構，規定如下：（一）新華通訊社與解放日報社合設社長一人，總編輯一人，副總編輯二人。社長在中央指導下，負責領導兩社事務。正副總編輯在社長指導下負責領導兩社編輯事務。（二）新華通訊社及解放日報社合設秘書長一人，在社長指導下負

責兩社經理及行政工作。（三）為籌劃及討論全社社務，社長應按期舉行社務會議。社務會議由社長、正副總編輯、秘書長、解放日報編輯室正副主任及其他必要人員組成之。[1]《管理規則》中還列出了兩社主要負責幹部的配備情況。

隨後在余光生主持下，社委會具體實施了兩社組織機構的改組和人員調整工作，改組工作於 1946 年六七月間基本結束。改組後的新華社主要部門包括：解放區新聞編輯部、國民黨統治區新聞編輯部、國際新聞編輯部、口語廣播部、英文廣播部、英文翻譯科、資料室、採訪通訊部、電務處、幹部科等。這是一次具有重大歷史意義的改組，改組加強了新華社的職能和地位。報社與通訊社雖然還是統一領導，但是社委會的領導重心和主要編輯力量從過去以解放日報社為主轉變為以新華社為主，解放日報社的一大批採編人員調入新華社，加強了新華社的業務力量。這次大改組，使新華社的新聞通訊事業進入了一個新的發展階段。

此後不久，廖承志被任命為新華社社長，總編輯仍為餘光生（1947 年 1 月離延安去北後轉赴東北）。新華社副總編輯除原來的艾思奇、陳克寒外，先後又增加了陸續從北平、南京、上海撤退到延安的范長江、石西民、梅益、徐邁進和錢俊瑞等人。為了更直接、迅速地把中國革命的形勢和解放區的情況介紹給關心中國共產黨的國內外進步人士，新華社於 1946 年秋在延安開辦了英語口語廣播。

1946 年 6 月，全面內戰爆發，軍事報導成為新華社整個宣傳報導的重心。新華社各地總、分社紛紛派出記者進行戰地報導，這支力量後來發展成為新華社在各野戰軍中的前線分社和支社。同時，為加強對外宣傳，充分介紹解放區情形，新華社還派出特派記者分赴全國各地採訪。1946 年 9 月 3 日和 14 日，新華總社先後發出《關於特派記者工作的指示》和《新華社特派記者工作條例》，明確了特派記者的職責、任務、報導內容、寫作方法等。最早的一批特派記者包括晉冀魯豫朱穆之，華中陳笑雨，東北楊賡，晉綏穆欣，晉察冀倉夷、楊朔；後來增聘華山為駐冀熱遼的特派記者，另派劉白羽、李普、魯明為特派記者，分別出發至指定地區進行採訪工作。新華社的特派記者全部由資深記者擔任，其主要工作是適應全國解放戰爭的新形勢。特派記者的政策水平和業務能力都較強，且機動靈活，直接由總社指揮；新華社中先後

1　新華通訊社編寫組：《新華通訊社史》（第一卷），新華出版社，2010 年版，第 287 頁。

擔任過特派記者的還有莊重、周而復、安崗、穆青、李千峰等。解放戰爭時期，特派記者深入各個戰場，隨軍轉戰，寫出了不少有影響的新聞名篇，出色地完成了重大報導任務。

（二）新華社的戰鬥轉移

1946 年 11 月和 1947 年 1 月，中共中央軍委副主席周恩來兩次主持召開戰備會議，研究和落實新華社戰備問題。會上，周恩來強調，新華社的廣播（包括中文廣播、英文廣播和口語廣播）在任何情況下都不能中斷，而且對外廣播的功率還要加強。根據會議決定，新華社在延安東北的子長縣（原名瓦窯堡）建立第一線戰備電臺，在黃河以東建立第二線戰備電臺。

1947 年 3 月，國民黨軍進攻延安。新華總社隨中共中央撤出延安，子長縣戰備點的電臺接替了延安的全部廣播業務。新華社播發新聞的電頭由「延安」改為「陝北」、延安新華廣播電臺改名為陝北新華廣播電臺繼續播音。不久新華社隊伍兵分兩路：一部分人由范長江率領，組成一支精幹的工作隊，代號「四大隊」，跟隨中共中央轉戰陝北；其餘大部分人員在廖承志率領下，長途跋涉轉移到晉冀魯豫解放區太行涉縣；還有一部分人員去西北野戰軍總部進行戰地報導工作。

與此同時，中共晉冀魯豫中央局調集人員，在太行山區涉縣籌建新華社臨時總社，以接替轉移中的新華總社的工作。新華社臨時總社由《人民日報》總編輯吳敏（楊放之）總負責，包括編輯、翻譯、電務、經營管理人員，他們主要來自《人民日報》和新華社晉冀魯豫總分社。4 月 1 日設在太行山涉縣西戌村的臨時總社，正式接替轉移行軍中的總社所有文字及口語廣播。正是因為新華社與臨時總社的緊密連接，新華社的文字和口語廣播及收訊業務一天也沒有中斷。

1947 年 7 月上旬，新華總社到達太行山新址涉縣。這次長途大轉移歷時 3 個多月、行程 3000 多里。行軍途中，新華社還抄收中外電訊，油印出版《今日新聞》和《參考消息》。新華總社抵達太行後，臨時總社也完成了歷史使命，總社機構再度調整：領導機構為社務委員會，由廖承志、陳克寒、石西民、梅益、徐邁進、祝志澄 6 人組成；編輯部門包括：解放區部、國民黨區部、國際部、英譯部、口播部、英文廣播部等。太行時期，由於中共中央的機關報《解放日報》已經停刊，新華社集黨報、通訊社、廣播電臺的任務於一身，報導任務十分繁重。

范長江率領的「四大隊」，由編輯、翻譯、電務和後勤工作人員組成，最初 40 餘人。後來，在行軍過程中陸續有人員調出調進，至 1947 年 11 月全隊發展到 107 人。「四大隊」跟隨中共中央轉戰陝北期間，新華社許多重大新聞和重要社論、評論，都是由「四大隊」電臺發到太行，再轉播全國的。1948 年 3 月下旬，全國和西北戰場的戰局發展很快。爲適應解放戰爭勝利發展的形勢，中共中央決定東渡黃河，向河北平山縣西柏坡轉移。

根據中共中央指示，地處太行的新華總社也北遷至河北平山。1947 年 6 月 15 日，從涉縣轉移來的總社最後一批人員抵達平山縣。從延安撤出後的兩支隊伍，經過長期轉戰，終於勝利會師。當時，新華總社各部門分散住在西柏坡附近的 16 個村子裏，編輯部住在陳家峪（同年冬搬到通家口）。此後，中共中央任命胡喬木兼任新華社總編輯，社務委員會擴大爲管理委員會，由廖承志、胡喬木、范長江、石西民、梅益、徐邁進、徐健生、祝志澄、吳冷西、溫濟澤組成。1948 年 10 月，總社管委會決定成立統一的編輯委員會，負責處理宣傳方針、編輯業務及對各總分社的領導；西柏坡時期，總社編輯部門設兩個部，分別爲編輯部和廣播管理部，另增設社務辦公室。全社總計工作人員 743 人，其中編輯部人員 129 人，電務人員 215 人，行政人員包括印刷廠在內 399 人。

（三）新華社通信技術事業的發展

延安時期，新華社的通信技術事業機構分散、管理也分散，電臺實行雙重領導，業務上歸新華社管、技術上由軍委三局管。顯然，這種狀況不適應迅速發展的形勢要求，分散的電臺需要集中起來管理、統一領導。1946 年 6 月，經過新華社和軍委三局研究，決定成立新華社電務處，把新聞臺、通報臺、文字廣播臺與口語廣播臺集中起來管理。這些措施有力地加強了新華社的通信技術力量，爲在戰爭中保證廣播不中斷做了組織和技術上的準備。

1947 年 3 月，新華社隨黨中央撤出延安後，隊伍分成兩部分，大部分人員隨廖承志轉移到太行山區；一部分人員由范長江率領跟隨中央機關轉戰陝北；電務處抽調一部分人員加入了范長江率領的新華社工作隊。新華總社到太行後，電務處組織人員和器材設備都有所改善。1947 年 9 月，新華社英語口語廣播恢復播音。

爲了改善通信技術條件，加強對國民黨統治區的宣傳，中共中央決定在窟窿峰西南的天戶村，建立一座大型廣播電臺。天戶臺是一座短波發射臺，發射功率爲 3000 瓦，是當時解放區最大的發射臺；共有 5 副天線，分別向南

京、上海、歐洲、美國方向廣播。爲了防止轟炸，專門修建了地下發射機房；由於這裡距井陘煤礦不遠，因此可以利用煤礦的電力發射信號。此臺於 1948年 12 月底建成並交付新華社，供文字廣播、口語廣播（陝北新華廣播電臺）和英文廣播使用。1948 年 8 月 13 日，中央發出通知，由新華社密臺發送黨內文件、指示。從此，新華社又設一部 500 瓦的電臺，以密臺通報形式，專門播發中央的黨內指示、決定等文件。

1948 年 10 月，新華社的通信技術事業已有較大的發展。在收訊方面，共計可抄收全世界 30 家電臺的新聞電訊；在通報業務方面，總社爲了及時報導前線的勝利消息，不僅與各野戰軍的前線分社和總分社電臺聯絡，還和前方各獨立作戰的兵團分社建立通報聯繫。1948 年 11 月統計，總社通報臺已聯絡19 個單位，即明臺 6 個、密臺 13 個，通報臺的報務員也增加到 50 人左右。

1949 年 3 月，新華社隨中共中央遷入北平西郊香山。隨著長江以南廣大地區的相繼解放，電務處通報聯絡對象逐漸增多，8 月份增加到 23 家；每月抄報和發報的總字數共計 106 萬餘字；通報臺用的發射機有 10 餘部，交流外差收訊機 20 餘部。進城後，口語廣播業務從新華社分離出去，並成立中央廣播事業管理處、下轄北平新華廣播電臺（後改爲中央人民廣播電臺），新華社開始專職發展通訊社業務。這個時期，新華社的文字廣播業務發展較大，對國內外文字廣播的能力和發射機的數量都有提高。據 9 月電務處統計，當時每日對國內播發新聞 22 萬字，還有參考消息摘要、業務通報及專門文章等近12 萬字，總計 34 萬字左右，6 部發射機分兩條線同時廣播。新聞臺有收訊機20 部，抄收 23 家通訊社的電訊稿，每日總計抄收 141 小時。[1]

（四）新華社國內外分支機構的創建與擴展

解放戰爭開始後，新華社的國內外分支機構、地方分支機構和軍隊分社都有了相應的發展。

1. 解放戰爭時期新華社地方分社的發展

解放戰爭時期，隨著解放區規模的擴大，新華社地方分社的建設與抗戰時期相比有了進一步發展：一些大戰略區的分社先後升格爲總分社，下設若干分社、支社；總分社與大的戰略區黨報基本上是同一機構、兩塊牌子，擔負著採訪報導新聞、向總社發稿和管理各分社的工作；總分社社長多由報社負責人兼任。當時的總分社主要有：

1　新華通訊社編寫組：《新華通訊社史》（第一卷），新華出版社，2010 年版，第 452 頁。

　　華中總分社原爲華中分社，1945 年 3 月改爲華中總分社。范長江、包之靜、惲逸群先後擔任社長。抗戰勝利後，華中總分社社址由阜寧遷至淮陰，與新創辦的《新華日報》（華中版）是一個聯合機構。華中總分社設編輯、通訊、研究三個部，總分社的電臺負責收電和發電。1946 年華中總分社隨華中分局向北遷移，宿北大捷後，華中總分社和新華日報社人員隨軍向山東省轉移。1947 年 2 月，華中總分社與山東總分社合併，成立了華東總分社。

　　晉察冀總分社原爲晉察冀分社。1945 年 10 月，更名爲晉察冀總分社，社址在剛解放不久的張家口，中共晉察冀中央局宣傳部副部長、《晉察冀日報》社長鄧拓，同時也兼任新華社晉察冀總分社社長。該社下轄察哈爾、冀中、冀晉等分社以及晉察冀前線分社。1946 年 10 月，報社、總分社隨軍政領導機關一起轉移至河北阜平一帶；1948 年 4 月，又由阜平遷往平山。同年 5 月，晉察冀總分社與晉冀魯豫總分社合併爲華北總分社。

　　山東總分社原爲山東分社，1946 年 2 月改稱山東總分社，社長匡亞明，社址位於魯南重鎮臨沂，下轄魯南、魯中、濱海、膠東、渤海五個分社。1946 年底，山東總分社與華中總分社合併，新組建新華社華東總分社。1949 年，華東總分社隨中共華東局南下上海後，留下的一部分同志又在濟南重組了新華社山東總分社，下轄魯中南、渤海、膠東、青島、徐州（當時徐州歸山東管轄）五個分社，社長包之靜。

　　晉綏總分社原爲晉西北分社。1946 年 7 月在山西省興縣高家村正式改爲晉綏總分社，社長郁文，總分社下轄呂梁、雁門、綏蒙、晉中四個分社。晉綏總分社於 1949 年 5 月 1 日從興縣南移到臨汾辦公後不久，宣布結束。

　　華東總分社，1946 年底山東總分社與北撤山東的華中總分社合併，新組建新華社華東總分社，社長匡亞明。華東總分社與大眾日報社暫時分開，成立了獨立的編輯部、採訪部、通訊部，通訊設備也增加了很多，編輯記者達百餘人。總分社內部還設立了軍事組、政治組、生產組、土改組、支前組等。所轄分社除原山東解放區的魯中、魯南、濱海、膠東、渤海分社外，又增加了江淮、鹽阜、淮北、皖江分社，以及剛成立的兩個前線分社，一個支前分社。華東總分社社址開始設在臨沂，不久隨華東黨政領導機關進駐濱海解放區的莒南縣、五蓮縣山區，1948 年時又遷駐到昌沂平原上的益都縣（今青州市）城南農村，1949 年又先後遷到濟南、上海。

東北總分社，1946 年 2 月在吉林海龍縣成立，社長先後爲吳文燾、廖井丹、高戈。東北總分社機構最初爲編譯、通訊、電務三科，後爲編輯、翻譯、電務三部，所轄分社先後有熱河、冀熱遼、冀東、遼東、西滿分社等，社址先後設在長春、哈爾濱、瀋陽。

晉冀魯豫總分社，成立於 1945 年 11 月，由安崗主持。1946 年 3 月總分社進入邯鄲。1946 年 5 月，中共晉冀魯豫中央局機關報《人民日報》創刊，中共晉冀魯豫中央局宣傳部副部長張磐石，同時兼任報社總編輯和總分社社長，總分社同時擔任報社的採訪通訊工作。報社和總分社社址先後在邯鄲、武安、平山等地，下轄冀南、冀魯豫、太行、太嶽分社。1948 年 5 月，晉察冀總分社與晉冀魯豫總分社合併爲華北總分社。

西北總分社，原爲西北新聞社，1947 年 5 月 27 日改組爲西北總分社，社長李卓然。1948 年 6 月初，西北總分社進駐延安，並建立西北新華廣播電臺。1949 年 5 月，西安解放，西北總分社進駐西安。

華北總分社，1948 年 5 月由晉察冀總分社與晉冀魯豫總分社合併而成，社長由張磐石擔任，下轄十多個分社。社址設在河北平山，建國前夕遷至北平。

中原總分社，成立於 1948 年 7 月 1 日，以中原野戰分社爲基礎在河南伏牛山下的寶豐縣建立。中原總分社社長由中原局宣傳部副部長陳克寒（1948 年 12 月陳克寒調回總社，他的職務由熊復接替）擔任。社址先後設在禹縣、鄭州。下轄豫西、江漢、桐柏、陝南、鄂豫、皖西、豫皖蘇（原屬華東，此時歸中原）等分社和豫陝鄂野戰分社。1949 年 5 月下旬，中原總分社遷至武漢，改爲華中總分社，由熊復任社長。

抗戰勝利後，新華社在國民黨統治區的重慶、北平、南京曾相繼成立分社，加強了新華社與國統區人民的聯繫，擴大了中國共產黨的影響。重慶分社成立於 1946 年 2 月 1 日，社長宋平，後由《新華日報》總編輯熊復兼任。北平分社成立於 1946 年 1 月中旬，錢俊瑞任社長。南京分社成立於 1946 年 5 月 3 日，社長先後爲宋平、范長江、梅益。由於國民黨當局的阻撓以及國共談判破裂，這些分社先後於 1947 年 2 月至 3 月被封閉或停止工作，有關人員撤回延安。

隨著解放戰爭形勢的迅猛發展，很多省會城市先後解放，新華社的地方分社也從解放區迅速擴展到大城市。一些大戰略區的總分社紛紛入駐城市，新

華社的有關人員隨解放軍進入大城市後，也肩負著接管國民黨通訊社部分資產，在當地建立新華分社的任務。與此同時，原有的部分解放區分社也面臨著進一步合併、調整和重組，有關幹部被調往新成立的分社或其他工作崗位。

濟南分社：1948年10月成立，由中共濟南市委機關報《新民主報》社長兼總編輯惲逸群兼任分社社長；北平分社：1948年12月在良鄉成立，分社社長由李莊擔任。1949年1月底，分社人員隨軍進入北平；天津分社：1948年12月成立，中共天津市委宣傳部長、《天津日報》社長黃松齡兼任分社社長；太原分社：1949年4月成立，《山西日報》社長、總編輯史紀言兼任分社社長；南京分社：1949年4月成立，分社與《新華日報》是一套班子，兩塊牌子，石西民任社長；湖北分社：1949年5月成立，由原江漢分社和鄂豫分社合併成立，地點在湖北孝感縣，社長雷行，6月遷到武漢；浙江分社：1949年5月成立，由省委宣傳部副部長陳冰兼任《浙江日報》和分社社長；河南分社：1949年6月，豫西分社與開封分社合併，在開封成立河南分社，史乃展任分社社長；江西分社：1949年6月成立，分社社長戴邦，兼任《江西日報》副社長；陝西分社：1949年7月成立，社長張帆，分社業務隸屬西北總分社領導；湖南分社：1949年8月成立，當時分社與《新湖南報》合在一起，《新湖南報》社長李銳兼任分社社長；河北分社：1949年8月成立，由原冀中、冀南、冀東三個分社組建，社長朱子強。分社與《河北日報》採取統一的組織形式；福建分社：1949年8月成立，社長由《福建日報》社長何若人兼任；甘肅分社：1949年9月成立，當時分社與《甘肅日報》是合在一起的，《甘肅日報》社長阮迪民兼任分社社長。

這些分社有的是以省會城市的名稱命名的，有的是以省的名稱命名的。從解放區分社到各省建立分社，新華社地方分社體系的這一發展變化，為新中國成立後建設集中統一的國家通訊社奠定了組織上的基礎。由於新中國成立後、全國解放的戰鬥尚在進行，同時有些省份建國後又進行了合併重組或重新調整、還有一些大區總分社與當地分社就是同一機構，因而新中國成立前夕新華社各省分社的格局只是初具雛形。解放戰爭時期，新華社地方分社的建設經歷了大發展的時期，無論是規模還是影響都大大增強，在新華社的組織體系中發揮了重要的作用，在此影響下，新華總社播發的新聞中包含了大量來自第一線的報導，生動、鮮活地反映了解放戰爭的進程和解放區各項建設的情況。

2. 解放戰爭時期新華社軍隊分社的創建與發展

解放戰爭時期，爲適應戰爭發展形勢和要求，新華社在人民解放軍部隊陸續建立起分支機構。這些分支從最初的記者團、野戰前線分社，發展到各野戰軍總分社、兵團分社和軍支社，逐漸形成了強大的軍事新聞報導體系。軍隊分社體系的建立和逐步完善，爲新華社軍事報導的大發展提供了組織上的保障，也爲新華社培養了一批有影響的軍事記者和優秀新聞人才。

1946 年春，在解放區軍民粉碎國民黨軍隊進犯的戰鬥中，就有新華社記者在前線進行軍事報導。解放戰爭全面爆發後，新華社各地總分社和分社紛紛向部隊派出記者、記者組或記者團、進行戰地採訪，及時報導戰局的發展。當時較有影響的前線記者團主要有：晉察冀前線記者團、冀魯豫前線記者團、太岳前線記者團等。

以前線記者、記者組、記者團爲基礎，一批野戰軍前線分社先後在部隊成立，使得新華社軍事報導的力量和組織大大加強。最早建立的軍隊分社爲 1946 年底成立的淮北前線分社，即山東野戰軍前線分社，社長康矛召。隨後，鄂豫皖野戰分社（劉鄧大軍前線分社）、豫陝鄂野戰分社、晉察冀前線分社、西北前線分社、東北前線分社等先後建立。

1949 年 3 月以後，根據中央軍委、總政治部、新華總社的要求，各野戰軍分社擴充爲野戰軍總分社、直接與總社聯絡，各兵團設分社、軍設支社，這樣一來，軍隊分社組織體系更加完整而獨立了。當時的幾個野戰軍總分社及其歷史沿革情況主要如下：

表 5-3：野戰軍總分社及其歷史沿革情況

總分社	成立時間	負責人	備　註
第一野戰軍總分社	1949 年 3 月～5 月	魯直	其歷史可追溯至 1947 年 3 月成立的西北前線分社，後擴建爲西北野戰分社
第二野戰軍總分社	1949 年 3 月～5 月	陳斐琴、王敏昭	其歷史可追溯至 1946 年 8 月成立的冀魯豫前線記者團，先後爲劉鄧大軍前線分社、中原野戰分社
第三野戰軍總分社	1949 年 3 月～5 月	陳冰、鄧崗	其歷史可追溯至 1946 年 6 月底成立的淮北前線分社，即山東野戰軍前線分社，後先後爲華中野戰軍前線分社、華東野戰軍前線分社
第四野戰軍總分社	1949 年 3 月～5 月	蕭向榮、王闌西	其歷史可追溯至 1947 年 5 月成立的東北前線分社，後爲東北野戰分社

軍事報導是新華社解放戰爭時期新聞報導的重點。為迅速準確深入報導人民戰爭與人民軍隊，反映部隊戰鬥、工作、學習、生活各方面的情況和經驗，新華總社在戰爭中就軍事報導向各分社發出了大量業務函電，及時提出具體要求、通報稿件採用情況、指出其中的不足和改進之處，為改進和加強軍事報導提供了有效的業務指導。總社還及時轉發各地分社和記者活動的經驗，加強了對於戰役報導的總結分析，因而使得新華社軍事報導逐步深入。這一時期，新華社發出的業務指示電的內容包括：《關於軍事報導的幾點意見》（1946年）、《關於提高勝利信心，動員一切力量爭取勝利的報導意見》（1946）、《加強瓦解敵軍的宣傳》（1948）、《改進軍事報導與加強對敵鬥爭的指示》（1948）、《要有系統地宣傳解放軍的優良傳統》（1949）、《迅即報導大軍南下消息》（1949）、《對渡江報導的意見》（1949）、《對渡江後的報導意見》（1949）等。

解放戰爭時期，新華社圍繞戰局發展播發了大量軍事報導，有戰報、消息、通訊、述評等多種形式，真實、充分地反映了解放戰爭的勝利歷程，記錄了人民英雄可歌可泣的戰鬥業績和祖國解放的不朽歷史，書寫了軍事報導史上的輝煌篇章。前線記者團和前線分社的軍事記者，深入戰地、在炮火硝煙中採訪，出色地完成了報導任務。新華總社、各地方分社的記者，以及部隊通訊員和指戰員等，也都採寫了不少軍事方面的報導。

3. 最早建立的一批境外分社

解放戰爭時期，為了加強對外宣傳，新華社開始在境外建立分社。第一個境外分社，是於 1947 年 5 月 1 日成立的香港分社。

1946 年夏，周恩來做出在香港建立香港分社的部署。一大批著名文化人士和學者，如夏衍、章漢夫、喬冠華、劉思慕等，來到香港創辦報刊、加強對外宣傳工作。當年 10 月，喬冠華抵達香港後，在香港中共地下黨的幫助下，負責籌建新華分社。他以個人名義提出建立新華分社的申請，取得了港英當局的同意。

香港分社於 1947 年 5 月 1 日成立。喬冠華負責對外聯繫和其他事務，分社出版《新華社電訊》，提供給《華商報》和香港其他報刊，後來發行範圍逐步擴大到島外中文報刊。此外，還以香港分社名義發行過英文刊物《遠東通訊》。

1947 年 2 月，黃作梅前往英國倫敦，奉命籌建新華社倫敦分社。經過多方努力，倫敦分社在 6 月 10 日成立。同日，《新華社新聞稿》（英文）出版，

刊頭注明爲「新華通訊社倫敦和歐洲分社」，這是新華社在海外出版的第一份英文新聞稿。當時，倫敦分社的主要任務是抄收和發行新華社的新聞稿，介紹中國革命戰爭和解放區的情況，讓世界瞭解中國的局勢和變化，擴大中國共產黨和解放區的影響。1949 年 6 月，黃作梅調回香港，擔任香港分社社長。倫敦分社的出稿工作由陳天聲負責，仍堅持出版新聞稿。

1947 年 7 月初，吳文燾到達布拉格，捷共中央國際聯絡部立即介紹他去政府宣傳部門辦理了常駐記者的手續。這樣，吳文燾就以新華社記者的身份留在布拉格，與當地記者和東歐各國駐布拉格的記者以及西歐的進步記者建立了聯繫，逐步開展了活動。1948 年 11 月，布拉格分社正式成立，社長吳文燾，秘書胡國城。分社當時主要有兩項任務：對外宣傳和對國內報導。此外，它還承擔著對外聯絡的任務。

平壤分社成立於新中國建立前夕。1949 年 9 月 16 日，中宣部致電東北局：「派丁雪松同志爲新華社特派員，劉桂梁爲記者，前往朝鮮工作。」9 月 21日，平壤分社成立，丁雪松任特派記者。1950 年初，丁雪松被正式任命爲社長。最初，分社只有 4 人，向總社發回了多條消息，報導中朝友誼和朝鮮人民生活情況。

新中國成立前，新華社的境外分社雖然只有 4 處，人員很少，但他們在困難的條件下艱苦創業、開拓進取，爲發展新華社的對外報導事業，作出了重要貢獻。

（五）向國家通訊社邁進

1948 年秋，爲了迎接全國即將解放的新形勢，中共中央加強了對新華社的領導及業務骨幹的培養。其中一條重要措施，就是把新華社的一批主要幹部，集中到西柏坡，就近接受中央領導同志的指導和訓練，當時負責具體領導工作的是胡喬木。

西柏坡位於晉察冀解放區河北省平山縣（當時屬建屏縣，新中國成立後建屏縣撤銷，併入平山縣），是中共中央所在地。當時，胡喬木除擔任新華社總編輯外，還擔負著中央的其他工作，不能到新華總社駐地陳家峪辦公。因此，中央決定抽調一部分業務幹部組成一個精幹的編輯班子，到西柏坡胡喬木領導下的總編室（大家稱爲「小編輯部」）集體辦公，並接受政治和業務訓練。從 1948 年 5 月開始，新華總社除負責幹部外，還有各編輯部門人員，總計 20 餘人先後調去小編輯部工作。總編室的主要任務是，根據各地分社和前

線分社的來稿，編寫新聞和評論，並就近接受中央領導人的日常指導。新華社的文字廣播、口語廣播和英語廣播的主要稿件都在這裡編發。

西柏坡時期是人民解放戰爭勝利形勢快速發展的時期。總編室從各地來稿和編輯工作中發現了一系列普遍性問題，並及時地提出了解決這些問題的意見。自 1948 年 10 月起至 1949 年 3 月進入北平止，新華社總社（有些是與中宣部聯名）發出了許多有關新聞工作的指示，這些指示大多是胡喬木起草或者是根據他的意見寫的，經過中央領導人審閱後發出。其中比較重要的有：《關於糾正各地新聞報導中右傾偏向的指示》《關於改進軍事報導與加強對敵鬥爭的指示》《關於改善新聞通訊寫作的指示》《關於改進新聞報導的指示》等。這些指示對於新華社以至全國的新聞工作，發揮了重要的指導作用。西柏坡小編輯部工作了半年多時間後，1949 年 1 月 5 日，胡喬木宣布由陳克寒任總編輯。這次集訓選擇在人民革命事業即將取得全國勝利的前夕，它為全國勝利後新華社作為國家通訊社的勝利發展，也為全國新聞事業的勝利發展，在思想建設和人才建設上作了準備。

1948 年 12 月，總社派出范長江、徐邁進為首的先遣隊離開西柏坡，前往北平郊區良鄉集中，接受平津戰役報導任務，並準備進城接管國民黨的新聞機構，同時籌備辦理總社遷社事宜。1949 年 1 月 31 日，傅作義部主力全部移出北平，人民解放軍進入北平，范長江、徐邁進率領的新聞隊伍隨軍入城。3 月 25 日，中共中央由西柏坡遷往北平，新華社總社工作人員分批向北平西郊香山轉移。進入北平後，陝北新華廣播電臺改名北平新華廣播電臺當晚開始播音。原北平新華廣播電臺改名北平人民廣播電臺（即北平市臺），新華社發稿電頭由「陝北」改為「北平」。6 月 5 日，中共中央發出關於成立中央廣播事業管理處的通知。口語廣播電臺從新華社分離出去並成為獨立的機構，即後來的中央人民廣播電臺。

為了迎接「新中國即將成立」的新形勢，擔負起國家通訊社的責任，經黨中央批准，新華社的領導機構進行了一次新的調整。1949 年 6 月 24 日，經毛澤東、周恩來批准，新華社社務委員會成員為：胡喬木、范長江、陳克寒、徐健生、吳冷西、朱穆之、陳適五、陳翰伯、黃操良、廖蓋隆、黎澍、紀堅博、湯寶桐、耿錫祥、丁拓。胡喬木兼任新華社社長；范長江、陳克寒為副社長，陳克寒兼總編輯。總社的組織機構包括：總編室、秘書室、國內新聞編輯部、國際新聞編輯部、外文翻譯部、參考消息編輯組、資料研究室、電

務處、行政處、幹部處、機要科、中譯科、校對科、發行科、印刷廠等，全社工作人員共計 700 餘名。

為盡快擔負起國家通訊社的職責，新華社採取一系列重大措施，狠抓了幾個方面的工作：一是加強政策學習和紀律教育；二是熟悉新的報導對象和讀者對象；三是面向全國，改進新聞寫作；四是組織上社、報分開。

1949 年 8 月初，新華社總社編輯部從香山遷入北平城內司法部街新華社駐北平辦事處，9 月 26 日遷入國會街 26 號（即現在的宣武門西大街 57 號）。

（六）中國共產黨的其他通訊社

在國民黨統治區，中共領導下的國際新聞社在內地和香港都曾開展活動。

1945 年 12 月國新社秘密建立了上海辦事處，由孟秋江主持。該辦事處主要從事地下新聞工作，稿件除發表在當地進步報刊《文匯報》《時代日報》《聯合晚報》《文萃》雜誌外，還通過私人關係分發到江西、湖南、湖北、雲南、貴州、廣西等省的部分地方報社上，此外還向一些海外華僑報紙發稿。該辦事處編發的稿件主要是地方通訊和專家撰寫的軍事評論、經濟評論稿。上海辦事處堅持工作將近兩年，全面內戰開始後，1947 年 5 月被迫停止活動。

解放戰爭期間，香港成為中國共產黨對外新聞宣傳的重要基地。國新社香港分社於 1946 年初重建，孟秋江、陸詒、高天先後主持，仍向港澳和海外華僑報紙以及國統區一些地方報紙繼續發稿，稿件被廣泛採用。香港國新社辦的英文《遠東通訊》是中國共產黨和各民主黨派合辦的通訊刊物，揭露國統區的黑暗，宣傳共產黨和解放區的真實情況，受到海外各界人士的重視。

此外，中國共產黨還曾在國民黨統治區建立用以掩護身份和進行秘密活動的通訊社，如 1948 年在武漢建立的華中經濟通訊社，它以湖北省銀行華中經濟研究室名義創辦、實際上是中共武漢市委的地下據點，主要工作人員的任用、都需經市委同意，市委負責人還以通訊社工作人員的身份進行革命活動。1949 年 5 月，武漢解放前夕，這個通訊社的職工宿舍成為中共武漢地下市委的一個指揮機關。

三、民營新聞通訊業

抗戰期間，經濟困難、交通不便致使敵佔區通訊社成批關閉。抗戰勝利後，這些通訊社中的大部分又恢復了通訊業務，原轉移至大後方的通訊機構

也逐漸遷回原地，民營通訊社紛紛創辦，通訊事業又恢復了生機。但是這一時期民營通訊社的發展主要體現在數量的增加，其總體素質實際上並未提升多少，特別是全國還未恢復元氣就迅速爆發內戰，極端的社會環境、生活的困苦致使通訊社成為謀生、爭權、奪利、服務於其他目的的工具。

（一）畸形膨脹的民營通訊社

抗戰勝利後，隨著國土收復、各地的通訊社又重新活躍起來，並形成了一個辦社高潮。1946 年 5 月～1947 年 8 月底全國登記在案的通訊社有 566 家，而此前 1930 年 12 月～1937 年 10 月近 7 年間才 1116 家通訊社。根據國民黨上海社會局新聞出版科統計，1946 年 4 月至 1947 年 7 月間，上海新成立的通訊社多達 130 多家，是上海歷史上創辦通訊社最集中的時期。[1]成都自有通訊社以來到解放前共有通訊社 300 餘家，而從抗戰結束到成都解放為止，共設立通訊社，155 家，4 年中舉辦的通訊社就占 38 年間總數的一半。[2]無錫抗戰前有錫山、教育、民眾、無錫、梁溪 5 家通訊社，戰時全部停辦；戰爭結束後錫山、教育、梁溪 3 家通訊社恢復業務，加上新辦的工業、地政、路聞、江蘇農業等 18 家通訊社，總共有 21 家通訊社。1945 年前鄭州的通訊社加起來也就 5 家，抗戰結束後的一年中就新設了群力、聯合、華中等 9 家通訊社；廣東佛山地區原先並無通訊社，此時這一範圍較小的地區亦有天下、黃埔、亞洲、東風等 10 餘家通訊社。

抗戰勝利後出現如此多的民營通訊社有多方面的原因。一是懷著對未來新聞事業發展的美好願望，帶著一定宗旨創辦通訊社。上海在抗戰後創辦的通訊社中，有的是某單位為服務事業發展而創辦的，如復旦大學新聞系的復旦通訊社、民治新聞專科學校的民治通訊社、中國新聞專科學校的中國新聞通訊社等，是為了教學上貫徹理論聯繫實際而創辦的；有的是群眾團體創辦的，如中國建設協會的建設通訊社，以發布經濟建設新聞為中心，社長俞塘，總編輯李方華；有的是因政治中心東移、由內地遷至上海的，如抗戰期間在重慶創辦的國際社會新聞社、中國新聞攝影通訊社等。其中，相當多數的民營通訊社是新聞文化界人士集資創辦的，如神州通訊社是由米星如、朱虛白、陳望道、萬樹雄、汪竹一、季祖坤等創辦，社長米星如；除發國內外新聞電訊稿外，還發經濟特訊，供國內各大報紙及香

---

1 馬光仁主編：《上海新聞史》，復旦大學出版社，1996 年版，第 1064 頁。
2 《成都通訊社、新聞社編年目錄》，《成都報刊食療專輯》，第 11 輯。

港南洋華僑報紙，很受歡迎，訂稿者日增。二是國土收復導致戰前各地倒閉的大批通訊社恢復營業，遷至大後方的通訊機構也逐漸遷回原地。如上海抗戰期間因堅持抗戰愛國宣傳被敵偽勒令停辦的，如大中通訊社、光華通訊社、現代通訊社等陸續恢復活動。三是社會經濟還未恢復就爆發了大規模的內戰，通貨膨脹的加劇以及物價的飛漲使社會民不聊生，眾人借通訊社以養家糊口或斂財。比較典型的是四川實行「新聞米」及「新聞貸款」後通訊社數量猛增。1941 年 6 月成都市報業公會致函四川省臨時參議會，認為新聞事業肩負抗戰建國之重大使命，飛漲的物價使人無法安心工作，重慶由中央政府補貼給予新聞界及其家屬平價米，省政府亦應對成都新聞界實行該政策，省政府答應 1941 年 8 月開始供應平價米，這一救濟新聞界的平價米就被稱為「新聞米」。1946 年 9 月，國民黨四川省政府出於經濟困難的考慮而給予省政府機關報《華西日報》補助，提供 4000 萬元為基金，所生利息作為給報社的補助費。而後，國民黨四川省黨部也籌措到 5 億元秘密貸給親國民黨的報紙、通訊社，多者 1500 萬，少的也有數百萬元，只要新聞單位填寫一張調查表，檢驗合格者予以貸款，此為「新聞貸款」。[1]這就造成成都地區通訊社的泛濫成災，大部分通訊社靠」新聞米」「新聞貸款」以維持生計，所以，這樣的通訊社在新聞通訊業務上根本是無所作為。南昌地區的通訊社情況也與四川差不多，1945～1949 年該地出現的通訊社已是多如牛毛無法統計，有的借通訊社做投機生意、更多則借通訊社以領取配給物資。[2]

甚至設立通訊社還有其他目的。如 1945 年以後廣東佛山地區出現的十幾家通訊社，從業人員基本上在業餘時間從事通訊業務工作，目的主要是撈取政府給予的津貼及獲取「記者證」以抬高身價。甚至還有的借通訊社為非作歹。四川蜀聲新聞社社長胡弗是國民黨中統局重慶區北碚分區主任，為斂財而向北碚各鄉鎮「募捐」造房，強佔民房作社址建成自稱的「虎廬」。還散發新聞稿向重慶經營較好的公司商號敲詐錢財，用這種手法屢次從天府公司、大明染織長廠「募」得大筆「捐款」，四川第三專員公署對其進行調查後下結論道：「蜀聲社之設立，並非為文化而努力，乃係藉名斂財……實為文化界之垢污。」[3]浙江紹興有少數通訊社專事揭人隱私以勒索錢財，國民黨要員之子容威與其妻戈琪於 1947 年在重慶登記成立華東通訊社，以通訊社為招牌坑蒙

---

1 《成都市志·報業志》，四川辭書出版社，2000 年版，第 254 頁。
2 來豐：《中國通訊社發展史》，復旦大學博士學位論文，2002 年 5 月。
3 重慶日報新聞研究所編：《重慶報史資料》，第 5 輯。

拐騙，後被重慶警察當局逮捕，容威被判刑五年，當地各報以較大篇幅刊登《巨騙容威落網》，轟動一時。[1]

（二）較為出色的民營通訊社

這一時期通訊社雖泛濫成災，卻仍出現了一些較為出色的通訊社，成立於 1946 年 7 月 7 日的上海通訊社就是其中之一。

上海通訊社成立之初就立足高起點、分工明確，設採訪、編輯兩部。採訪部設正副主任各一人，下有 8 名記者，分別採訪上海本地黨團、市政、軍事、社會經濟、教育、文化、攝影等方面消息；為擴大新聞採訪範圍，該社在北平、南京、漢口、天津、重慶、廣州、杭州等重大城市聘有 20 余名特約記者，對他們則求質不求量，要求他們提供高質量的稿件；至於外地一般新聞則由通訊員完成，他們將外地報紙上的主要新聞採集後寄給編輯，由編輯遴選有用的新聞。

在採編業務方面，上海社根據各地報社的實際需要來安排記者的採訪工作。當時各地的報紙對社會新聞需求量較大，上海社就集中大部分記者採訪社會新聞，先採訪一般性社會新聞，等將來各報對社會新聞有更高要求後再作調整。上海是中國的經濟中心，關於上海的經濟新聞是各地報紙所非常關心的，因此上海各大報還專門開闢經濟專版，報導經濟新聞、市場動態。但報社受發行時間、人力等因素所限，不可能事事親躬，因此需要通訊社為他們拾遺補缺。上海社就抓住了市場需要，發行「上海經濟」稿。為爭取將最新情況盡快發送出去，每天下午二時等稿件油印完畢馬上派專人遞送給用戶，儘量迅速翔實的報導上海金融、糧油、證券、紡織品、五金、醫藥產品、茶葉、洗滌用品、工業原料等方面的市場行情，並請專家學者撰寫經濟時評為普通用戶提供解釋性報導，[2]這一內容深受用戶歡迎。編輯方面，注意保持公正立場，將所有黃色新聞、對個人和團體進行人身攻擊的新聞一律剔除。上海通訊社還在 1947 年 5 月開播了廣播新聞，這在當時的通訊社中也是極少見的，到 1948 年 7 月發稿 1074 篇，209723 字；每天上午 7 時開始到下午 12 時播發新聞。其播發的新聞都是上海本地新聞。[3]

1　嵐聲：《我所知道的幾個通訊社》，《重慶報史資料》，第 6 輯。
2　《上海通訊社成立二週年紀念特刊》，上海通訊社，1948 年 7 月 7 日編印發行。
3　《上海通訊社成立二週年紀念特刊》，上海通訊社，1948 年 7 月 7 日編印發行。

在業務管理方面，積極加強員工的考核，編輯部的工作人員分每天、月末、年末三次進行考核，每人都有詳細的統計，最後爲年終考核的依據；採訪部則根據各人工作量、發稿數、採用率等進行考核。注意資料保管工作，設立資料室並由專人負責，按圖書分類法將各種新聞資料編排保管，以備員工隨時查詢。對各類稿件數量、用戶訂購數量、採用率都有詳細的記錄。如該社成立兩年間共發稿 11509 篇，2974692 字，統計如此精確，這在當時的通訊社中極爲罕見的。[1]

在稿件發行方面，爲讓用戶及時收到稿件，普通新聞的本地報社用戶在晚上九點前基本上能收到，遇到重大新聞來不及準時發稿的，就必定事先通知報社；外地及國外用戶除航空郵寄外儘量以最快的方法送達。而「上海經濟」稿這樣比較重要且爲人重視的稿件就儘量派專人遞送。發行對象不僅有上海本地及國內其他各地，美國、英國、法國、日本等世界各地都有不少的用戶。訂閱對象中有傳統的新聞報紙，更多的是雜誌、社會團體、個人訂戶。其報紙訂用戶中，不乏《中央日報》《申報》《大公報》這種自身具備強大採訪實力的大報，而且採用率較高，《新聞報》以及國民黨浙江省黨部機關報《東南日報》的採用率更是在 80%以上。從以上數據可以看出，上海通訊社當時的實力和影響均屬上乘。此外上海社還於 1947 年 5 月開播了廣播新聞，這在當時的通訊社中也是極少見的。上海社的廣播新聞於每天上午 7 時開始到下午 12 時播發新聞，內容以上海本地新聞爲主。至 1948 年 7 月共發稿 1074 篇、總計 209723 字。[2]

這一時期，聯合徵信所也承擔著通訊、發稿的職能。聯合徵信所全稱是「中央銀行、中國銀行、交通銀行、中國農民銀行和中央信託局、郵政儲金匯業局聯合總辦公處輔導設立聯合徵信所」，簡稱「四聯總處聯合徵信所」，統稱「聯合徵信所」，爲四行兩局出於向社會發放信貸進行調查的需要而設立。嚴格的說，聯合徵信所併非通訊社，只不過因其也發行新聞稿才將它視爲通訊社。該所建於 1942 年的重慶，抗戰勝利後遷至上海，在國民政府行政院長兼財政部長宋子文及宋系財團的鼎力扶持下，接收了上海部分敵僞印刷廠，並增加經費、擴大組織機構，實力大增。該所下設調查、新聞、英文三個小組。調查組爲各行局經營短期抵押貸款的需要而進行大

1　來豐：《中國通訊社發展史》，復旦大學博士學位論文，2002 年 5 月。
2　上海通訊社：《上海通訊社成立二週年紀念特刊》，1948 年 7 月 7 日編印發行。

量的市場調查,新聞組則將該組所得的信息加以整合,每天下午對外公開發行中文《徵信新聞》,報導全國各地經濟、金融、財政、交通、工商等新聞,以及當天上海與外埠的金融行情、市場物價、商情動態,英文組再將《徵信新聞》的內容翻譯成英文。此外,聯合徵信所週末還發布一周來市場物價起伏概況,著重分析各類物價漲跌原因及未來走勢。爲擴大徵信所影響,該所在南京、武漢、重慶設立三個分所,廣州、南昌、天津、北平四地設立辦事處。它不僅在當地出版發行《徵信新聞》,也接受總部的信用調查任務。總部和各地的分支機構之間每日均有電訊、航訊往來,互通商情物價動態,在全國構建了一張較爲完善的經濟通訊網。[1]正是由於聯合徵信所有這種非同一般的背景及強大的消息收集能力,其消息深受各方面重視,用戶大致爲中央政府和地方政府中的財政經濟官署、各地的銀行、私人錢莊、公司行號以及大量從事工商活動的個人。總部《徵信新聞》中文版每天發行 5000 多份,英文版約 1000 份,外地分支機構發行約 1200～1800 份,英文用戶主要是廣州、上海、天津等地的外商訂閱,香港、新加坡等地的外商也有訂閱的。[2]

這一時期的通訊社,還有由米星如、陳望道、朱虛白等新聞界人士創辦的上海神州通訊社、武漢的華中通訊社、軍事新聞通訊社等,但整個解放戰爭時期這種通訊社畢竟是極個別,絕大多數通訊社是在濫竽充數。畸形膨脹的民營通訊社在國民黨新聞政策的重重壓迫下,沒有足夠的財力支撐,最終從散亂走向了消亡。

(三)民營通訊社走向衰落

民營通訊社所遇到的政治上的壓迫、物資的困難都十分嚴重,發展步履艱難。國民黨政府對民營通訊社的發展,實行嚴格的控制。通過登記制度,相當多數的通訊社被判爲非法通訊社,列入取締的範圍,扼殺了大批民營通訊社。如 1946 年 9 月,在上海成立的數十家通訊社中,經過國民黨政府內政部核准的通訊社只有 17 家;1947 年 7 月,上海有通訊社一百多家,其中經當局核准的民營通訊社僅約 20 餘家。國民黨還對通訊社使用的抄收新聞的機械,也實行登記,嚴格控制。1946 年 6 月,國民黨政府交通部制定了《全國中外新聞通訊社設機械抄收國內廣播新聞暫行規定》,通令各地電信局所屬該

---

1 李庸宣:《回憶聯合徵信所》,《文史資料選輯》,第 117 輯。
2 《上海新聞志》,上海社會科學院出版社,2000 年版,第 376 頁。

地通訊社，凡設有機械抄收新聞設備者，一律實行登記，內容包括名稱、主持人、地址、抄收何家新聞機關及在何處廣播之新聞、使用收報機之程序及號數、報務員姓名、簡歷及住址；並規定每日發出之電訊稿，均須送電信局審核批准後，方可向外發出。[1] 隨著國民黨政府在它發動的內戰中節節敗退，對新聞單位的控制也日益嚴格，大批報刊被查封或被迫停刊，通訊社的訂戶大量減少，以致大批通訊社無法維持，只得停辦。

　　全國很多大中城市先後解放後，中國共產黨對新解放城市的報紙、刊物、通訊社等新聞宣傳工具，採取了與私營工商業不盡相同的政策。1948 年 11 月 8 日，中共中央頒布《關於新解放城市中中外報刊通訊社的處理辦法》，其中規定，凡私人經營或以私人名義與社會團體名義經營之報紙、刊物及通訊社，應分三類處理，對有明顯而確實的反動政治背景的應予沒收，對一貫保持進步態度的應予保護，對中間性的報紙、刊物與通訊社不得沒收，亦不禁止其依靠自己力量繼續出版，在出版時應令其登記。[2] 1949 年 2 月 10 日，中共中央《關於美國新聞處發稿問題的指示》中提出，「在通訊社問題上，應由軍管會通知一切中外通訊社，均應向軍管會登記，在登記獲准前一律停止發稿。新華社亦應實行登記並取得許可證。其他中外通訊目前均不發登記許可證」。[3] 1949 年 5 月 9 日，中共中央《關於大城市報紙問題給南京市委的指示》中指出「通訊社原則上應歸國營，除新華社外無須鼓勵成立其他的通訊社」。[4] 中國民營通訊業由此退出歷史舞臺。

四、外國通訊社的在華業務

　　太平洋戰爭爆發後，隨著日本與英美等國進入戰爭狀態，在被日軍侵佔的中國地區，英美等國的通訊社被迫停止活動。在上海等新聞事業發達的地區，新聞報導完全被日偽及德意等法西斯國家通訊社所壟斷。抗戰勝利後，路透社、美聯社、合眾社、塔斯社等反法西斯盟國通訊社迅速恢復了在上海等地的發稿活動。

　　抗戰勝利前後，國共合作成為世界媒體報導的熱點，外國通訊社也就此展開了採訪報導。1945 年 9 月，毛澤東對路透社駐重慶記者甘貝爾書面提出

1　馬光仁主編：《上海新聞史》，復旦大學出版社，1996 年版，第 1065 頁。
2　《中國共產黨宣傳工作文獻選編》，學習出版社，1996 年版，第 747 頁。
3　《中國共產黨宣傳工作文獻選編》，學習出版社，1996 年版，第 792 頁。
4　《中國共產黨宣傳工作文獻選編》，學習出版社，1996 年版，第 828 頁。

的 12 個問題進行答覆，內容涉及避免國共內戰、通過談判達成協定、組建聯合政府、建立「自由民主的中國」等。[1]

　　1945 年 11 月，美聯社記者羅德里克隨美國軍事觀察團到達延安，負責報導國共談判中中共方面的情況，撰寫了不少反映延安真實面貌的報導。他先後對毛澤東、周恩來、朱德等中共領導人進行過訪談，還在 1946 年 3 月親眼目睹了毛澤東在延安機場會見來華調停的美國總統特使馬歇爾的情景。[2]1947年 3 月，由於國民黨軍隊進犯，羅德里克才被迫離開延安。合眾社記者傑克·貝爾登也於 1946 年 12 月到達晉冀魯豫邊區，1948 年初離開。從抗戰到解放時期，多位外國記者以「他者」身份深入中共領導下的抗日根據地、解放區，通過採訪領導人、農民群眾、普通士兵，撰寫了許多紀實新聞作品。這些作品揭示了中共與國民黨的差異，反映出中共的執政理念、執政行為、執政績效和精神面貌，向世界人民展示了一個全新的中共形象，包括「改變貧農的處境」「人人平等」「厲行節約」「贏得了人心」等等。[3]

　　內戰爆發後，由於物價飛漲、供應緊張等原因，外國通訊社在華處境日益艱難。從 1946 年 4 月起，外國通訊社因職員要求加工資而發生多次罷工，通訊社正常活動已難以維持。1948 年 7 月，美聯社、路透社又因新聞稿費與上海報業公會發生衝突，上海報業公會甚至一度決定各大報紙全部暫停採用這兩家通訊社稿件，最終，兩大通訊社不得不作出讓步。在內外矛盾夾擊下，外國通訊社經營陷入困境。法新社上海分社於 1947 年 8 月 1 日宣布停止發稿，拉開了外國通訊社在華業務走向消亡的序幕。[4]

　　隨著國民黨軍隊的潰敗，全國重要城市先後解放，一些外國在華記者對新解放城市的報導帶有明顯的敵視，並造成不利影響。中國共產黨在新解放城市相繼頒布了一系列政策，對外國人在華新聞活動進行限制。1948 年 11 月8 日，中共中央頒布了《關於新解放城市中中外報刊通訊社的處理辦法》。其中規定：外國通訊社非經中央許可不得在解放區發稿，並一律不得私設收發

1　毛澤東：《答路透社記者甘貝爾問》，《毛澤東新聞作品集》，新華出版社，2014 年版，第 373～375 頁。

2　方延明、宋韻雅：《耄耋老人的中國情結　一位資深美聯社記者——羅德里克的跨世紀回憶》，《對外大傳播》，2007 年版，第 53 頁。

3　李金銓：《知行合一：外國記者的革命敘事與中共形象》，《河北學刊》2016 年第 36卷第 2 期，第 46～49 頁。

4　馬光仁：《舊上海通訊社的發展》，載《新聞研究資料》，1992 年版，第 163 頁。

報臺；外國記者停留解放區繼續其記者業務者，應根據外交手續向人民民主政府請求許可，並不得私設收發報臺，其發出之稿件，應受中央所指定之機關檢查。[1]

1949 年 2 月 20 日，中共中央在《關於停止外國通訊社、記者、報紙雜誌的活動和出版給平津兩市委的指示》中，進一步明確了在解放區內停止外國通訊社活動的原則：由於目前軍事時期的情況，所有外國通訊社及外國記者均不得在本市進行活動，所有外僑均不得在本市主辦報紙或雜誌。為此，本會特通告現在北平（天津）的各外國通訊社、新聞社、新聞處的組織及人員，自即日起停止對本市及外埠發行新聞稿的活動（天津加：各外僑所主辦的報紙自即日停止出版發行）；各外國通訊社及外國報紙、雜誌的記者，自即日起停止採訪新聞及拍發新聞電報的活動。[2]據此，外國通訊社也隨著帝國主義在華勢力的腳步一道撤離了新中國。

作為美國政府在華宣傳機構的美國新聞處也從 1949 年起逐步停止了活動。美國新聞處是美國從太平洋戰爭時期起就在中國運營的宣傳機構，其宣傳目標包括維持和鼓勵中國軍民的士氣，培育中國的大國意識，促進中國積極參與美國主導的二戰後國際安排，擴大美國政治和文化影響力，樹立美國的正面形象等。其總部設在上海，共設 11 個站點，形成了覆蓋全中國的宣傳網絡，在二戰後美國對華政策中扮演了重要角色。1949 年 6 月，中共中央禁止美國新聞處在華開展活動；7 月中旬前後，北平、天津、漢口、上海、南京的美國新聞處正式關閉；截至 11 月，廣州、迪化（今烏魯木齊）、重慶、昆明的美國新聞處關閉，只有臺北和香港的兩處站點仍然保留，至此，美國新聞處在中國大陸的宣傳活動全部結束。[3]

第三節　民國南京政府後期的圖像新聞業

1945 年至 1949 年是中國共產黨、國民黨、民營組織在抗日戰爭結束後各自圖像新聞業發展、並發生轉折的關鍵時期。所以，對其用各自主體發

1　《中國共產黨宣傳工作文獻選編》，學習出版社，1996 年版，第 749 頁。
2　《關於新解放城市中中外報刊通訊社的處理辦法》與《關於停止外國通訊社、記者、報紙雜誌的活動和出版給平津兩市委的指示》這兩份文件均根據中央檔案原件摘錄。
3　翟韜：《戰後初期美國新聞處在華宣傳活動研究》，《史學集刊》，2013 年版，第 118～127 頁。

展趨勢進行總結，意義重大，故而在此主要通過圖像新聞的主體來進行論述。

一、新創辦的畫刊

1945 年 9 月 9 日，中國戰區日軍投降簽字儀式在南京舉行，標誌著中國戰區對日作戰正式結束。蔣介石國民黨集團主導的民國南京政府漠視全國各黨派、各階層人民和平建國願望和世界民主潮流，在「美援」支持下企圖通過內戰消滅共產黨和人民武裝，恢復國民黨「一黨專制」。事與願違，僅三年多時間，蔣介石國民黨集團在政治、經濟、軍事、外交等各方面均慘敗，後又拒絕「和平談判」。人民解放軍 1949 年 4 月 21 日打過長江，4 月 23 日佔領民國南京政府的首都南京。中華人民共和國中央人民政府於 1949 年 10 月 1 日在北京舉行了隆重的開國大典，中國的中央政府完成歷史更迭。戰爭是這一時期一切生活的中心，也是人們關注的中心，因此，在 1945 年出現了大量的對抗日戰爭勝利進行報導的畫報。據筆者不完全統計，這一時期的圖像新聞，有 50%以上都是關於抗日戰爭勝利的，這是時代的特殊性決定的，也是新聞報導的必然折射。

1946 年到 1947 年，短短兩年間創辦的畫報有 200 多種，有名可查的就超過了 100 種，可說是中國畫刊出版史上的奇蹟。除在城市出版的文化娛樂性質的畫報之外，其他大部分的畫報都在共產黨領導的鄉村出版，由此可以看出共產黨人對宣傳工作的重視程度，確確實實把筆桿子看得如同槍桿子同等的重要。

1948、1949 兩年中，國內戰爭形勢發生了很大的變化，國民黨軍隊從攻勢變成守勢，許多大城市已經被解放軍解放，革命的力量空前發展，革命熱情空前高漲。這一時期畫刊出版勢頭也很旺盛，有據可查的就超出了 100 種，尤其是這一時期解放區的畫報出版種類繁多、數量驚人，但刊行的時間都比較短。畫報已經成為可信消息的重要來源，成為鼓舞人民、教育人民的主要手段，成為共產黨人政治鬥爭、軍事鬥爭的武器和宣傳自己政治理想的舞臺，也成為中國人民革命鬥爭的歷史記憶。其中較為著名的畫刊有《東北畫報》《人民畫報》等。

《天津民國日報畫刊》，1945 年 12 月創刊，由天津民國日報編輯部畫刊組編，總編輯龐宇振、總主筆俞大酋，週刊，8 開 4 版。該刊為綜合性畫刊，

以介紹時事、宣揚文化、提倡藝術、灌輸科學爲宗旨；主要內容則刊登時事新聞、政治軍事、工業學術論文以及社會動態的照片，還刊登藝術作品，如中西名畫、美術攝影、金石古器等等。1947 年 12 月終刊，共出版 102 期。現存 1945 年 12 月第 1 期至 1947 年 7 月第 102 期。

《東北畫報》，1945 年 11 月冀熱遼畫報社改名爲東北畫報社。第一任社長是羅光達，第二任社長是朱丹，而後接任的是施展、張醒生。此外，該刊還用中蘇友好協會名義編輯出版了《中蘇友好畫報》。12 月，畫報社遷至本溪，並於本溪出版了《東北畫報》第一期。1946 年 1 月畫報社遷至通化；當年 5 月，又遷至黑龍江佳木斯市。1947 年 4 月後，東北畫報社部和編輯部遷至哈爾濱，印刷廠留在佳木斯，劉博芳和張進學時任印刷廠正、副廠長，陳正青任攝影科科長，鄭景康任研究室主任，張仃人總編輯。同時東北畫報社還編輯出版了 4 開本的《東北畫報增刊》，以及《東北畫報漫畫專號》《紀念解放後第二個「九・一八」專號》。1949 年 3 月，《東北畫報》遷回瀋陽，由 16 開本改爲 12 開本，刊期仍爲半月刊。在這 3 年多時間裏，《東北畫報》共發表各類照片 1958 幅，內容涉及除「四保臨江」外東北解放戰爭的所有重大戰役、戰鬥和後方支前、參軍、土改、反霸、鋤奸、生產建設等重大政治活動。由於內容的吸引性，畫報發行量由 1、2 期時的 3000 份，增長至 30 至 50 期時的 5000 份。1955 年 2 月改名爲《遼寧畫報》，《東北畫報》終刊。

《一四七畫報》，綜合性刊物，1946 年 1 月 11 日創刊於北京，吳宗祜編輯。爲了與《三六九畫報》有所區分，該畫報錯開日子，逢 1、4、7、11、14、17、21、24、27、31 日出刊，因此得名《一四七畫報》，16 開本，一般爲 16 至 20 頁。畫報的內容涉及世界之窗、現實新聞、文藝作品、影星生活、戲劇電影、北京社會百態等方面；內容圖文並茂，特別是齊白石、徐燕孫、吳鏡汀合作的畫報封面畫格外和諧，燭臺、古書與爆竹渾然一體，靜中生動、動裏蘊靜，畫面簡潔，餘味悠長。1948 年 8 月 17 日該畫報停刊（一說是 1948 年 12 月停刊），共出版 23 卷 8 期。

《星期六畫報》，1946 年 5 月 18 日創刊，16 開本週刊，每期 16 頁，每週六出版，售 300 元，張瑞亭兼任發行和主編，由天津星期六畫報社發行（上海分社設在梅白克路祥康里 81 號）。《星期六畫報》經理鄭啓文，營業主任陳文煥，編輯兼記者李伍文，會計黃潔心。該刊爲綜合性畫刊，以文字爲主、偶有照片，致力於社會教育爲國民教育，並從事於國民「娛樂」及「欣賞」

興趣的提高。畫刊內容涉及中外新聞、時事評論、人物專訪；中外影劇動態、影劇評論；名勝介紹及小說連載，並有現代偉人誌專欄及雜品專欄。1949 年1 月該刊停刊，共出版 139 期。現存為 1946 年 5 月創刊號至 1949 年 1 月第138 期。

《人民畫報》，1946 年 8 月 1 日由裴植、高帆、艾炎等創辦，晉冀魯豫軍區政治部人民畫報社編輯出版，社址在邯鄲。自創刊至 1948 年 5 月，《人民畫報》共出版畫報 8 期，增刊 1 期。其中創刊號與第 8 期（最後一期）為成冊的 16 開畫報，其餘均為單頁畫刊。第 3 期開始，該刊定為雙月刊。1948 年5 月 9 日，晉冀魯豫軍區和晉察冀軍區合併，成立華北軍區，晉冀魯豫軍區的人民畫報社與晉察冀畫報社合併成立華北畫報社。《人民畫報》創刊號為 16開本，連封面封底共 24 頁，裝訂成冊。畫報前兩頁登載了毛澤東和朱德的肖像，還刊登了毛澤東的題字「為人民服務」和軍區政治部主任張際春給畫報寫的發刊詞。創刊號畫報選用了「徹底實行三大決議、堅決保衛和平民主」「進入和平建設，恢復戰爭創傷」「部隊生活」「文化建設」「工農業生產」等五組照片，還發表了 7 個版面木刻、漫畫等美術作品。

1946 年 12 月 25 日，《人民畫報》第 2 期出版，這期畫報為四開兩版、雙面印刷，在這期畫報之上發表了總標題為「堅決執行毛主席的作戰方針，殲滅蔣賊有生力量」的一組照片，這些照片集中報導了 9、10 兩月解放軍在晉冀魯豫戰場的勝利；另外還刊登 4 組美術作品。也正是從這期開始，該刊由大型畫報改為單頁形式，直至第 7 期（其中第 2 期至第 5 期為單頁雙面印刷，增刊和 6、7 兩期為單頁單面印刷）。1947 年 2 月 15 日，《人民畫報》的第 3期開始定為雙月刊，逢雙月出版，第 3 期全是木刻與漫畫。4 月 15 日出第 4期，內容既有攝影作品也有美術作品。6 月 15 日出增刊一期，單頁單面印刷，刊登題為「向人民解放軍放下武器以後」的一組照片。6 月 25 日第 5 期發表以「繼續大量殲滅敵軍，積極支持蔣管區愛國運動」為題的一組照片和漫畫作品。10 月 25 日第 6 期出版，總題為「七月魯西大捷所活捉之蔣匪軍高級將領」。1948 年 1 月 25 日出版的第 7 期發表照片 13 幅，漫畫 2 幅。

《濱海畫報》，具體創辦日期不詳，按目前存有的畫刊日期推算，應該創辦於 1946 年。該畫報由濱海農村社製做，版面為對開 1 張，橫式製版（便於張貼），三色套印。1947 年 7 月 1 日出第 47 期，刊「全國形勢大轉變，全面反攻在眼前」繪畫 1 幅、各戰場形勢圖 1 幅、孫楊創作的蔣占區學生三反遊

行1幅、蔣占區的民變4幅，下爲「紀念七一迎接大反攻」圖片。1947年7月5日出第48期，改爲4開本，刊頭有立森創作的畫，本期有林木創作的「起來和蔣軍幹」圖畫4幅，劉明光創作的「榮譽軍人素士莪」圖畫4幅。7月10日出第49期，4開本，刊有孫楊創作的「王乾的敵事第一回」圖畫4張及林木創作的「女英雄姜寶春」圖畫6張。7月16日出第50期，4開本，刊有人群創作的「血債要用血來還」圖畫4張及孫楊創作的「王乾的戰事」圖畫3張。7月21日出第51期，4開本，刊頭刊有形勢圖，內刊華東解放軍一年戰果照片10張。7月26日出第52期，4開本，刊有任遷喬創作的「打虎圖」7張，未套色印刷。8月1日出第53期，內有任遷喬創作的「紅旗插上山下山頂」圖畫8張，庚琨創作的「人不咬狗狗咬我」圖畫4張，套色印刷。8月6日出第54期，內有庚琨創作的「受苦了，生命」「地主之冒血蟲」圖畫5張，「看住咱們的財產」圖畫1張，套色印刷。8月11日出第55期，對開，內有孫楊創作的「莒南的白毛女——韓糧香」圖畫14張，「要回血債」圖畫4張，套色印刷。8月16日出第56期，4開，刊孫楊創作的「窮人當了家，翻身有辦法」圖畫4張，貽明創作的「不要這樣的幹部」圖畫4張，庚琨創作的「當家大遊行」圖畫1張，套色印刷。8月21日出第57期，對開，刊任遷喬創作的「莒南惡霸地主」圖畫14張，套色印刷。8月26日出第58期，4開，刊徐元森創作的「不能留後路」圖畫5張，任遷喬創作的「兩個花碗一條心」圖畫14張，趙德新創作的「仇報仇、怨報怨，消滅封建把身翻」圖畫6張、「分果實」圖畫4張及濱北中學杜宋光創作的「挖出封建先根」圖畫1張，未套色印刷。9月1日出第59期，12開，刊有任遷喬創作的「峰山後大翻身」即土改圖畫12張。9月6日出第60期，4開，刊有庚琨創作的「一張布告」圖畫8張及「當頭棒喝」圖畫4張，套色印刷。9月21日出第63期，4開，刊有解放軍大舉反攻形勢圖4張，套色印刷。9月26日出第64期，4開，刊有「蔣介石的致命弱點」圖畫3張，徐力創作的「張忠勝翻身記」圖畫5張及立森創作的「姚子傳幹部諭占果實」圖畫4張。

　　《健與美》，出版於香港，由李氏健身學院出版，雙月刊，1947年6月合刊再版。欄目有：專著—論述健美運動；拳術—各類的拳法；婦女與兒童—婦女兒童的健康健身；器械運動—健美器械的運動知識圖解；插圖—女子的健美核心及體操；健美信箱—有關健與美的展望等。

　　《扶風畫報》，1947 年 11 月 1 日創刊於天津，安樂然編，週刊，16 開本，每期 14 頁，由民國日報社印刷。該刊爲遊藝雜誌，服務於市民的休閒生活，文章短小、品類繁雜，包括時事、社會新聞、科技與文史類知識小品；且近半篇幅爲娛樂性內容，如電影、戲劇、曲藝的節目評介、演員活動等。該畫報雖稱「畫報」但實以文學爲主，每期有多篇武俠或言情小說連載、並配以少量照片和漫畫。該刊出版 3 期後停刊，現存 1947 年 11 月第 1 卷第 1 期至第 1 卷第 3 期。

　　《友誼畫報》，約 1947 年創刊，由中蘇友好協會編輯，旅大友誼書店發行，月刊。前 15 期均爲散頁印刷，16 期起改爲 12 開本。該刊「編者的話」中曾說：「《友誼畫報》在各方面的幫助與支持下，已出了 15 期，然而工作上尚存在著很多缺憾，經各方面不斷建議，目前首先執行大家的要求，自本期起將畫頁改成本了……隨著畫報改成合訂本，篇幅亦有增加，爲了豐富畫報的內容，使畫報能夠及時反映各地中蘇兩大民族友誼團結的事蹟及關東各界在民主政府領導下積極從事民主建設事業的動態，並保證按期出版起見，特向我關東各地各界徵求畫報通訊員。希望善於掌握材料，能畫、能攝或能寫適合畫報需要的短文、故事、快板等並樂意協助畫報工作者，能自動與我們取得聯繫，多多賜稿，並給畫報多多提意見。」投稿獎勵辦法爲投畫稿與木刻作品贈送書刊，特約攝影記者給稿費及材料費。1949 年 2 月 22 日第 16 期前部分刊蘇聯建軍 31 週年紀念照片 16 張，蘇聯衛國戰爭畫選 5 張，伏羅希羅夫肖像 1 張、普希金像 2 張，漫畫欄刊華君武等畫作 7 張；還刊王達坤、韓浩然拍攝的「關東鏡頭——春節」照片 11 張，新春畫頁 16 幅及遲牛創作的「英雄趙振聲的學習方法」圖畫一組 11 張。

　　《東北人民解放軍 1947 年戰績》，東北人民解放軍司令部出版，東北畫報社印，16 開本。該畫報前 3 頁爲毛主席、朱德及林彪肖像照片，第 4 頁爲司令部寫的前言，內容爲司令部發言人談 1947 年扭轉戰局的經過。該刊還刊有如下內容：東北人民解放軍形勢圖 5 幅，其中每圖占一頁；東影拍攝「連續進攻，不斷勝利」的照片，內容包括會議、動員、三下江南、進攻、殲敵、俘獲等；1947 年俘獲的蔣軍官兵名單（團以上），有人物頭像 27 張；繳獲敵人的武器裝備、糧食、槍支、彈藥等照片 5 張；連克鞍山、遼陽、四平、吉林各城的照片；東北人民解放軍野戰軍各師戰績統計，包括立功喜報傳到後方照片 2 張、人民熱烈支前照片 3 張、人民解放軍一年戰績統計、人民解放

軍半年戰績統計、全國各解放軍殲敵統計、全國敵我損失比較、關內各解放區戰績照片（其中有魯南繳獲「生的」五口徑的榴彈炮）、各解放區戰績統計。

《戰線畫片》，蘇中展現社、紅旗報社聯合出版，蠟刻板，報紙油印。該刊有時爲 32 開、有時爲 10 開，每件報導的事件均有一畫，並附短文。如：1947 年 2 月 12 日刊「七炮七中顯神威」「蔣軍 187 旅內部的倒楣事件」照片；1947 年 2 月 13 日刊「兩個英雄再立功」「五槍四中顯身手」照片；1947 年 2 月 14 日刊「再顯身手，追上敵人繳機槍」「三支隊徐宗堂同志掛彩衝鋒繳機槍」照片；1947 年 2 月 20 日刊「一個拼六個：七支隊一大隊二中隊江湯海同志」照片；1947 年 2 月 21 日刊「張新餘草堆奪機槍」照片；1947 年 2 月 22 日刊「唐排附撲河奪彈筒」照片；1947 年 2 月 23 日刊「王守潔、陳家莊勇猛機警立大功」「節排付帶花駄傷兵下九線」照片；1947 年 2 月 24 日刊「通訊員也繳機槍」照片；1947 年 2 月 25 日刊「拼北解放新同志劉心山」「陳家莊戰鬥立第一功」照片。

《菏澤畫報》，1947 年 5 月上旬創刊，由菏澤畫報社出版。此刊爲不定期刊物，油印。該刊反映了菏澤游擊區堅持新陣地的情況，開始由耿一山畫了幾張蔣介石賣國的內容畫貼到本屯集市上，引來較多老百姓關注。有記錄說：「報社同志得到這個實際情況後，經過研究得出的結論是畫報要反映群眾親力體驗的實事實物，才能起到教育群眾的作用，因此報社同志即在這個問題上下了工夫。所以畫報就緊緊地結合了我們的中心任務向前發展了。」

《中國人民愛國自衛戰爭華東戰場第一年畫刊》，山東大眾日報社與新華社華東分社聯合編印，又稱《解放戰爭華東戰場第一年畫刊》，1947 年 10 月 1 日出版，大 16 開本，52 頁，收入新聞照片 240 餘幅。畫刊中的照片由王紀榮、李本文等 19 人拍攝，此外還有華東畫報社、華東野戰醫院、新華社華東前線分社、解放軍官團等單位供稿，有陳毅、粟裕題字。

《內蒙古剪影》，1947 年 9 月張紹柯攝影並編輯，16 開，全刊照片，內蒙自治政府出版，東北畫報社印刷。首刊刊登毛主席、烏蘭夫像，該刊登錄照片的具體內容如下：內蒙古自治運動聯合會成立 4 張、歡迎烏蘭夫主席 3 張、內蒙古人民代表會議 13 張、內蒙古共產黨工作委員會誕生 1 張、建立各盟人民政府 2 張、救濟蒙漢人民 3 張、寬大政策 2 張、鬥爭惡霸拉木札普 7 張、內蒙古人民自衛軍 1 張、保衛家鄉保衛草原 6 張、蒙漢聯軍 2 張、蒙漢人民參軍勞軍 3 張、經濟建設 6 張、文化教育 7 張、蒙古音樂 7 張，共計 41 張。

《冀中畫報》，1947 年 7 月 7 日創刊，連隊讀物，1946 年冬於河間縣由流螢籌辦，後流螢兼任主任，林揚、龐嵋等任編輯。該刊為 4 開單頁，道林紙雙面印刷，每期印兩千份，共出 6 期，發表照片 88 幅、美術作品 20 幅。照片作者有李峰、吳洛夫、衫玲、林揚、魏宗耀、流螢、杜海振、陳志、宋謙、曹正、李楓、袁浩、李晞、袁紹何等。

《華北畫報》原名《晉察冀畫報》，1948 年 10 月出版，華北畫報社編，華北軍區政治部出版，8 開 2 版，為連隊讀物。第 1 期刊登啓事說「晉魯豫軍區政治部人民畫報社、晉察冀軍區政治部晉察冀畫報社奉命合併成立華北畫報社，過去出版之《人民畫報》《晉察冀畫報》《晉察冀畫刊》，今後改出《華北畫報》與《華北畫刊》」。其落款為「華北軍區政治部華北畫報社啓，日期為 5 月 27 日」。主要內容是反映華北地區的政治、經濟、軍事等，圖文並茂地反映華北戰場大捷情況、農民打土豪分田地的照片。1949 年 4 月 21 日《華北畫報》出版第 12 期，該期存有 3 至 6 頁。第 3 頁刊攻克新保安、攻克張家口圖片 8 張，分別為袁苓、高宏、張新炳、黎民、冀連坡、韓榮志拍攝；第 4 頁刊平津戰役勝利光輝的文章，刊毛主席、朱總司令像，冀連坡拍攝東北華北解放大軍勝利會師照片，袁汝遜拍攝的斃敵 35 軍軍長照片，袁苓拍攝的成千上萬俘虜開土新保安戰場的照片，師（旅）級俘虜軍官 16 人的頭像，拍攝者分別為趙彥章、紀志成、鐘聲、安康、袁汝遜、李光躍拍攝；第 5 頁刊二百萬人民狂熱歡迎解放軍雄獅並進北平照片 5 張，分別為楊振亞、高糧、高帆等拍攝，還刊有北平外圍戰鬥勝利照片 5 張，分別為孔繁根、流螢、高糧、江平拍攝；第 6 頁刊解放平津戰鬥攝影照片 9 張，分別為林楊、楊振亞等拍攝。1950 年停刊。

《蘇北畫報》，1948 年 9 月 30 日首發，8 開 2 版，由蘇北軍區政治部蘇北畫報社出版。管文蔚在發刊詞中說「辦畫報要將典型的大眾化的描刻出來、要與閱者群眾取得密切的聯繫，從他們那裡吸取知識、以不斷改善工作」。在這種思想指導下，9 月 30 日畫報社在「致讀者、作者」中提出：一、為適應廣大戰士需要並發揮文藝之戰鬥作用，軍區政治部特決定出版畫刊《蘇北畫報》一種，目前因印刷條件限制，暫出八開兩版。二、凡有關戰鬥並配合當前政治任務，及解放區前線後方各種英勇動態，只要內容實際，能鼓舞士氣，增強鬥志，發揚革命英雄主義或適當表現所發生的不良現象的圖畫、木刻、詩文、歌曲、通訊等均所歡迎。《蘇北畫報》1948 年 10 月 5 日出

第 1 期，1948 年 10 月 30 日出第 2 期，1948 年 12 月 1 日出第 3 期，1948 年 12 月 15 日出第 4 期，1949 年 1 月 1 日出第 5 期，刊毛主席、朱總司令肖像各一，1949 年 2 月 1 日出第 6 期，1949 年 3 月 1 日出第 7 期，1949 年 4 月 1 日出第 8 期。

《人民》，晉冀魯豫軍區政治部出版。1948 年 2 月 25 日出第 8 期特大號，內刊毛澤東、朱德、劉伯承、鄧小平肖像各一，「大反攻的號角打響動員準備大進軍」照片 3 張，「夜渡黃河天險」照片 2 張，「魯西南大捷、敵俘及蔣軍之兵」照片 9 張，「羊山集之戰、殲滅陳誠部 66 師」照片 7 張，「橫越隴海路」照片 2 張，「通過黃泛區」照片 3 張，「強渡汝河」照片 3 張，「搶渡淮河」照片 4 張，「勝利到達大別山」照片 2 張，「回到革命故鄉大別山」照片 1 張。

《前衛畫報》，1949 年 1 月 1 日出創刊號，先為華東魯中南軍區政治部出版、後由中國人民解放軍魯中南軍區出版。《前衛畫報》為半月刊，4 開單張，兩面印刷；後出至第 12 期改為 16 開，4 頁。初期畫報以用圖和數字記錄敵我兩軍變化的情況，還刊有時事漫畫，柳欣繪圖；12 期之後，畫報以刊登新聞照片為主。新中國成立前，《前衛畫報》共出版 15 期。1949 年 2 月 1 日出有一期，封面刊毛主席、朱總司令像。《前衛畫報》作為部隊教材，發到連隊，向戰士講解宣傳三大紀律，內容全為圖畫。目前，南京圖書館存第 1 期；山東省圖書館存第 3 期；解放軍畫報社資料室存第 4、10 至 12 期；遼寧省圖書館、吉林大學圖書館存第 9 至 15 期。

《襄樊戰役》（人民戰士攝影集），由第二野戰軍政治部編輯，1949 年 6 月人民戰士出版社出版，16 開橫本，印 6000 份。1948 年 7 月中原人民解放軍一部挺進漢水，之後解放襄陽、樊城、老河口等七城鎮，共殲敵二萬多人；活捉敵正副司令康澤、郭勳祺及高級將領多名。這場戰役給美帝國主義及其走狗國民黨反動派以沉重打擊，敵人的所謂的「漢水防線」一戳就破。襄樊戰役是解放戰爭中一次重大戰役，這場戰役以活捉敵司令官和斃傷俘敵兩萬餘人而勝利震驚中外，因此，這本攝影集生動反映了這場戰爭的情景、具有十分重要的價值。《襄樊戰役》的內刊照片有 33 張、繪畫 1 張，照片內容包括進軍動員、行軍。圖片介紹了我軍歷次戰役的勝利及蔣匪燒毀樊城千萬間民居的暴行，同時刊登了我軍對新區群眾宣傳的相關照片。攝影者有袁克忠、李國斌、郝長庚、王健民、裴植等人。

　　《劉鄧大軍挺進大別山》（人民戰士攝影集），第二野戰軍政治部編，1949
年7月由人民戰士出版社出版，16開橫本印刷。1947年7、8、9三個月，劉
鄧、陳謝、陳粟大軍執行毛主席將戰爭引向國民黨統治區的指示，挺進到長
江北岸，扭轉了全國戰局、解放了中原廣大國土、建立三千萬以上人口的解
放區，也爲進軍江南準備了江頭陣地。因此，《劉鄧大軍挺進大別山》中，刊
出的72張照片爲我軍躍進大別山的偉大歷史行動中行軍、作戰、生活實錄的
一部分，這其中包括有毛主席（演講）、朱總（騎馬）、劉司令員、鄧政委各
一張半身像。攝影者有裴植、袁克忠、王中元、李峰、李國彬、郝長庚、康
健、郭良、張湘等人。照片包括十一個部分內容：一、動員、準備、大進軍。
內有劉司令員做動員報告照片1張，向冀魯豫大平原開進照片1張，我軍榴
彈炮團照片1張；二、橫渡黃河天險。蔣匪堵塞花園口，使黃河水患歸故道，
試圖淹沒解放區數百人民和阻止我軍前進，我軍在6月30日晚，數十分鐘內
即在三百里長的戰線裏跨過黃河。該部分有閃光拍攝的夜渡照片1張，部隊
源源過河照片1張；三、魯西南空前大捷。劉鄧大軍渡河後21天內，五次殲
滅戰軍，共死傷俘敵60112人，爲大反攻勝利奠定了基礎，大軍直逼大別山。
有向羊山集敵人發炮照片1張，國民黨官兵大批投降照片1張，我軍勝利品
照片1張，蔣機殘骸照片1張，繳獲之一部照片1張，俘虜之一部照片1張，
敵將6人像1張；四、躍進大別山。29日我軍全部進入大別山，控制江防300
里，殲敵33000餘人，建立了33個民主縣政府，解放人民500餘萬，爲南渡
長江打下了勝利基礎。內有橫跨隴海路照片1張，通過黃泛區時野炊、我步
兵行進、騎兵、炮兵照片各1張，夜渡大沙河照片1張，強渡汝河照片1張，
1948年搶渡淮河照片1張，我軍徒涉淮河照片1張，勝利進入大別山照片1
張；五、勝利的旗幟插遍鄂豫皖。我軍進入大別山後，立即橫掃殘敵，8月
27日至9月17日連克光山、商城、黃梅等19個縣城，刊相關照片8張；六、
張店子戰鬥。10月10日我軍捉敵五千餘人，爲進入大別山後首次大捷，刊相
關照片4張；七、蘄廣大捷殲敵13000多人。刊相關照片3張；八、直逼長
江。我軍一部勝利出現在長江水岸，刊相關照片5張。還有劉司令員在幹部
會上報告總結南下、反攻四個月來的勝利相關照片；九、新的戰略展開。11
月底，在殲敵33000之後，我軍向江漢進攻，到淮西三地區攻戰。刊有風中
徒涉淮河照片、風中渡過汝河、打下汝南城、解放後的汝南城照片各1張；
十、緊緊地依靠群眾，自己動手克服困難。刊有自製染料照片1張，用樹枝

彈棉花照片 1 張，自製帽子、自製衣服、自製布鞋、自打草鞋、自己舂米、自己擂穀子、自己切草、自抬擔架照片各 1 張，群眾大會、群眾支持、群眾武裝、群眾勞軍、群眾婦女制軍鞋照片各 1 張，獎勵勞模照片 1 張；十一、大別山特寫。刊有牧童、放哨、榨甘蔗、採摘木梓、鴨群、魚飛照片各 1 張，圖片真實生動，有些為夜間攝影。插圖有劉鄧肖像、夜渡黃河天險、搶渡淮河、風中徒涉淮河、劉伯承作總結報告。

　　《華東畫報》，16 開本畫報、華東畫報社編。1949 年 3 月《華東畫報》刊出第 49 期，此外該刊還編輯出版過「淮海戰役特輯」。1949 年 4 月 1 日刊出給主題為「國民黨官兵指出四條道路」的照片 22 張，其內容主要為國民黨高級軍官人頭像及其在解放區生活、學習的照片。而這四條道路則分別是指：光榮舉義參加人民解放軍；執引毛主席八項和平條件、實現和平。傅作義執行八條，北平和平解放；放下武器，享受寬大待遇；堅持反動立場者終逃不出被人民清算。

二、新聞照片

　　這個時期，解放區的廣大攝影工作者，以自己出色的工作對贏得解放戰爭做出了重要貢獻，但也付出血的代價。據統計這一時期的攝影工作者共傷亡 59 人，其中 35 人捐軀疆場，但是他們保存下來的底片約 1.5 萬張，成了國家的寶貴財富。優秀的作品包括《開赴前線》（高帆攝）、《夜攻單縣》（袁克忠攝）、《挺進大別山》（王中元攝）、《突破）》（陸文駿攝）、《政治攻勢》（陸明攝）、《淮海戰場一角》（郝世保攝）、《敵人在那邊》（鄒健東攝）、《繳槍不殺》（王純德攝）、《入城式》（高糧攝）、《我送親人過大江》（鄒健東攝）、《解放上海》（於震攝）、《人民解放軍露宿街頭》（陸仁生攝）、《甕中捉鱉》（韓榮志攝）、《搶救親人》（袁苓攝）、《攻城》（章戈攝）、《強佔制高點》（程鐵攝）、《支持前線》（袁浩攝）、《向西藏進軍》（艾炎攝）等。下面對其中一些堪稱經典的新聞照片進行介紹和點評。

（一）《敵人在那邊》與《我送親人過大江》

　　《敵人在那邊》與《我送親人過大江》的作者是鄒建東。鄒健東（1915～2005），廣東大浦人，1935 年參加革命，1938 年春赴福建參加新四軍，1939 年在新四軍軍部攝影室工作。1947 年春鄒健東曾在華東野戰軍新華社前線總分社當攝影記者，並參加了山東內線作戰的魯南、萊蕪、孟良崮戰役；及外

線出擊的沙土集戰役、破襲戰，解放許昌、洛陽、開封和淮海戰役。1949 年鄒在八兵團和新華社軍分社任攝影記者，採訪解放軍強渡長江、解放南京。鄒健東在戰爭中曾立二等功，拍攝了許多珍貴的紀實照片，如《敵人在那邊》《百萬雄師過大江》《我送親人過大江》《佔領總統府》》等歷史名作。1953～1954 年，鄒健東任新華社攝影部中央新聞組組長，重點採訪拍攝中央領導人活動的重大新聞，這期間他拍攝了如《毛主席在國務會議上作〈關於正確處理人民內部矛盾〉的報告》《人民的好總理》等新聞照片。

《敵人在那邊》拍攝於孟良崮戰役期間。1947 年 5 月 12 日，國民黨軍隊以密集重疊的作戰部署向山東蒙陰地區發起全線進攻。裝備精良的王牌軍七十四師求勝心切驅兵輕進。解放軍華東野戰軍陳毅、粟裕迅速集中五個縱隊的兵力將其團團包圍，於 16 日把七十四師圍殲於沂蒙山區的孟良崮。這次戰役中二縱阻擊敵援軍八十三師並保障八縱側翼的安全，策應七縱阻擊敵軍。鄒健東跟隨二縱行動採訪，他在戰場上可以聽到主攻部隊的炮聲、解放軍陣地上向八十三師援軍反擊的密集槍聲、手榴彈聲、敵人的偵察機和轟炸機的轟鳴聲、炸彈爆炸聲。當時二縱某山炮連來到一個村莊，要摧毀設在前面糧店裏的敵人團部指揮所，連長施夫俊不知道糧店的具體位置，心急如焚。正在緊急時刻，一位老大娘來到山炮陣地上向施夫俊指明糧店的位置和房子形狀。當時鄒健東正在炮位旁邊，看到大娘動作鎮定，臉上充滿對敵人的仇恨、對子弟兵的關心，立即拿起相機記錄下來這個瞬間。因為那時膠卷比金子還珍貴，不能隨便多按快門，鄒健東只拍了一張。儘管畫面非常簡潔，卻集中地體現了解放軍和人民的關係，揭示了人民解放戰爭勝利的真諦——正是因為戰場上軍民合力，才最終打敗了貌似強大的國民黨軍隊，推翻了蔣家王朝。

《我送親人過大江》是反映渡江戰役的優秀新聞攝影作品。在渡江戰役中，人民解放軍以木帆船為主要航渡工具，一舉突破國民黨軍對苦心經營的長江防線，徹底粉碎了所謂「長江天險不可逾越」的神話。渡江戰役是 1949 年 4 月 20 日夜打響的。4 月 22 日黃昏，隨大軍參與渡江戰役的鄒健東在渡江船隊中發現了一位小姑娘奮力劃槳的背影。為了把解放軍快一點送到南岸，她使出全身力量拼命划船，完全不顧身旁的槍林彈雨。她背後的大辮子隨著動作前後搖擺，充滿了力度和美感。鄒健東不失時機按下了快門，拍下了《我送親人過大江》。儘管這幅照片展現給人們的只是背影，但那奮力向前的身姿更是一種強有力的表示：一個人心向背的形象化表示。

（二）《淮海戰場一角》

　　郝世保，1922 年 7 月生於山西榮河。1937 年參軍，1938 年在 115 師攝影訓練班學習，1939 年後開始單獨工作，1943 年參加了《山東畫報》創辦，並主辦了兩期攝影訓練班，為各部隊培訓攝影人員 100 餘人。郝世保在山東抗日戰爭、華東解放戰爭中拍攝了表現黨和軍隊建設、戰鬥、根據地建設、軍民關係等內容的照片千幅以上，如《羅榮桓傳達六屆六中全會精神》《劉少奇到山東》（和陳士榘合作）、《孟良崮戰鬥》《魯南殲敵快速縱隊》》《魯中圍殲李仙洲》《上海外圍之戰》《東海濱哨兵》等都成為重要歷史資料，多次被國家、軍隊的畫冊、圖片集使用，而《淮海戰場一角》則是流傳最廣的一幅。

　　淮海戰役是解放戰爭中殲滅敵人最多、規模最大的一次戰役。這次戰役從 1948 年 11 月 6 日開始到 1949 年 1 月 1 日結束，65 天中殲滅了國民黨軍隊 55 萬餘人，從此長江以北的大半個中國已經解放。淮海戰役經過第一、第二階段的大量殲滅敵人之後，從徐州傾巢西逃的杜聿明部 30 萬人被包圍在永城地區「圍而不打」。毛澤東發表了《敦促杜聿明等投降書》，但敵軍仍拒絕投降。1 月 9 日，解放軍前線指揮部向各部隊發出了攻擊命令，各部隊迅速推進，敵人工事被一道道突破、敵人佔領的村莊一個個回到我們手中。1 月 9 日下午，只剩下以陳官莊為中心的 8 個村莊的敵人仍在負隅頑抗。黃昏後解放軍開始總攻，戰士們爭先恐後地撲向敵人陣地，槍炮聲、爆炸聲、指戰員奮勇殺敵的喊殺聲響成一片。敵人的彈藥庫燒著了，汽油庫爆炸了、汽車在燃燒，到處火光衝天。郝世保親眼看到了這一切，很想拍下來，可是在連月光也沒有的夜晚，又沒有先進的燈光設備，根本不具備拍攝的條件，只能耐心地等待天亮。1 月 10 日早 7 點半，在一層薄霧的籠罩下，東方冉冉升起了太陽，戰場彌漫的硝煙尚未散盡。郝世保隨部隊衝到敵人總部所在地陳官莊，看到這裡遍地是被解放軍炮兵轟擊過的大大小小的彈坑和破爛的隱蔽部、地堡，到處是破槍爛炮和敵人遺棄的軍車，一個被炮彈擊中的露天倉庫仍在爆炸燃燒著，黑煙紅火一團團衝向天空，解放軍戰士押著一群一群的俘虜走下戰場。郝世保閃到一門大炮後面，用被擊毀的敵人大炮作前景，按動快門，連拍了兩張。就此，氣勢磅礴的淮海戰役被郝世保手中的相機凝聚成永恆的瞬間。這是一幅在攝影構圖上很有特色的新聞攝影作品，它成功地運用了特徵式前景、尚未散盡的大火和硝煙作背景，顯示了大戰剛剛結束這一時間特徵和戰場這一空間特徵，中景則是我軍戰士押著長長的一個俘虜隊伍走下戰場；更

妙的是記者選用了大炮作前景，大炮恰恰指向列隊走來的俘虜，而炮筒則高過俘虜們的頭頂，對俘虜形成一種壓迫感。這幅照片之所以能夠充分表現戰爭氣氛和淮海戰役的偉大勝利，成為反映解放戰爭的一幅傑作，特徵式前景的成效功不可沒。這張照片後來被選入中國第一本大型畫冊《中國》中，還成為周恩來任總理兼外交部長時向國際友人贈送的禮品。

三、新聞漫畫

解放戰爭中有兩個相互配合的戰場：中國人民解放軍與國民黨軍隊的正面作戰和國統區內人民群眾的愛國民主鬥爭。這一時期，漫畫家們用畫筆反映兩個戰場的戰鬥，聲援了兩個戰場的正義力量。解放區內最活躍、成就最大的漫畫家是華君武。

（一）華君武在東北解放區的創作

解放戰爭時期華君武的主要活動區域是在東北解放區。1945 年 6 月，他隨魯藝文工團前往東北，次年 1 月到《東北日報》工作。由於當時不具備印製漫畫的條件，他還當了半年文字記者。1946 年夏，東北日報社由長春遷至哈爾濱、條件有所改善，1947 年起華君武擔任文藝部美術編輯，發表了大量漫畫，內容多是揭露美帝國主義援助蔣介石打內戰和預言蔣家王朝崩潰命運的，這些作品及時而有力地配合了解放戰爭的偉大進程。華君武的漫畫，多取材於國內外重大政治事件。這些作品善於立意構思，巧妙的發揮漫畫語言的特長，力求形式通俗、風格獨特鮮明、影響廣泛。這一時期華君武的漫畫代表作包括《磨好刀再殺》《運輸隊》《黃鼠狼給雞拜年的結果》《肅清貪污遊戲》《教師爺陳誠》《在反革命的後臺》《春天到，河冰解》等。

2001 年 9 月 9 日華君武在國家圖書館學術報告廳的講座中，曾專門闡述過蔣介石形象的設計問題。他說：「我畫了一個身穿美國軍裝太陽穴上貼著黑方塊頭痛膏藥的『蔣委員長』……舊上海的許多男女流氓常常貼著這種膏藥。蔣介石在歷史上跟青幫流氓的關係是很好的，他也帶有一種流氓性。雖然蔣介石在當時是中華民國的大總統，這塊小小的膏藥卻表現了蔣介石的流氓本質。另外，1947 年的時候，敵強我弱的形式有所改變，他在戰場上常常吃敗仗，所以也可以想像他比如經常頭疼。在這種情況下，有這個膏藥就可以合理存在。」[1]

---

1 華君武：《漫畫一生掙》，新世界出版社，2005 年版，第 57～59 頁。

《在反革命的後臺》這幅漫畫作於 1948 年。它以京劇演出時後臺的活動為喻，描寫美帝這個「後臺老闆」，急不可耐地催促「丑角」蔣介石「下臺」。美帝對仍在臺上賣力表演的蔣介石說「快滾進來吧！別人還等著出臺呢！」這裡所說的「別人」指的是「趙錢孫李」諸「介石」們，他們早已穿戴齊整、準備「粉墨登場」了……這幅作品用形象的漫畫語言向讀者清楚地表明，國民黨所謂「民主政治」無非是帝國主義者導演下的一幕鬧劇而已，而美帝國主義的目的不過是希望通過換湯不換藥的改選「總統」，來改變國民黨反動派的失敗命運。作品以歷史事實為依據，通過藝術虛構，揭露了美帝一手「導演」的國民黨反動派的假民主的欺騙性和反動性。這一作品中的蔣介石形象也刻畫得十分成功。蔣介石在臺上作丑角表演的神態被刻畫得惟妙惟肖：他頭上紮一根小辮，手拿一把扇子，兩眼則時時回過頭來看美國主子要他如何表演，一切按主子的眼色行事。美帝要他「滾進來」，他似乎一時還未回過神來，顯出進退兩難的樣子，不知如何是好。從蔣介石的本意看，他是不願意「滾進來」的，但又不得不聽從主子的安排。

（二）國統區的漫畫創作

上海在抗戰勝利後再度成為漫畫創作的中心。1946 年至 1949 年，先後在上海從事漫畫活動的有豐子愷、張光宇、葉淺予、魯少飛、米穀、特偉、丁聰、張樂平、沈同衡、張文元、余所亞、陶謀基、王樂天、洪荒、方成等。全國解放前夕，香港也一度成為漫畫活動非常活躍的地區。沈同衡等在上海組織的「漫畫工學團」，黃新波在香港發起的「人間畫會」，是這一時期有代表性的區域性組織。

1. 廖冰兄的「貓國春秋漫畫展」

1945 年 9 月至 1946 年 2 月，廖冰兄在重慶創作了一批漫畫，揭露國民黨的暴虐、腐敗及假和談真內戰、假民主真獨裁的陰謀.其中有一套以貓鼠形象隱寓反動派醜惡行徑的《貓國春秋》組畫，還有《方生未死篇》《齈宮燈影錄》《鼠賊橫行記》等連環漫畫。這些漫畫合起來一百多幅，以「貓國春秋漫畫展」為名在重慶等地舉行了展覽。作者把貓、鼠這本勢不兩立的動物放在一起，讓它們狼狽為奸，如《鼠賄》，頭戴禮帽、身著大衣，一身官氣的貓正在往通行證上加蓋放行公印，身後是大搖大擺的走私鼠群，辛辣地鞭撻戰後國統區時弊。作品簡潔而富裝飾味，個性鮮明。

日本戰敗投降後，國民黨當局利用等同廢紙的鈔票，到「光復區」大肆掠奪財富，《舌卷江南》就生動傳神地表現了這一幕。畫面上這位仁兄兜裏插著「鈔票」，這些毫無分量的「鈔票」如同他的翅膀一樣使他飛在空中。他張開大嘴，伸出巨舌，把江南的各種財富盡數捲入口中，氣魄之大，令人歎爲觀止。至於地面上，已經是光禿禿一片，老百姓痛苦哀號，乞求他留下一些東西供老百姓活命，但是他充耳不聞……

《「良民」塑像》這幅漫畫與昆明「一二・一」慘案密切相關。作品原載1945年12月上海《週報》第25期《昆明血案實錄》封面，距離昆明「一二・一」慘案僅僅兩周時間。

《「良民」塑像》顯示了當時國統區的「良民」標準：思考的器官——腦袋要打開，裏面的腦漿都要檢查；明辨是非的眼睛要戴上墨鏡，讓他眼前一片漆黑，而表達意願、發表意見的嘴被上了鎖，顯然是不能再「亂說亂動」了；接收信息的器官——耳朵裏被塞滿了反動宣傳品；相反，進步報刊卻被刪得千瘡百孔……由這幅漫畫可見國民黨對人思想的控制嚴酷到何等程度。丁聰晚年曾經這樣回憶這幅作品：「1945年的作品《『良民』塑像》更切中時弊。畫面上是一個側面『良民』的半身像，頭頂蓋著『檢查訖』三個字的官章，黑墨鏡遮住了雙眼，嘴上鎖一把大鎖，耳朵上塞著鈔票，胸前放著一張報紙。發表這幅畫的第25期，爲《昆明血案實錄》專輯，諷刺什麼？明眼人一吾瞭解。」[1]

解放戰爭期間，張樂平爲《申報》畫的《三毛從軍記》、爲《大公報》畫的《三毛流浪記》等畫作都影響很大。但就整體而言，《三毛流浪記》成就更高一些。他成功塑造了上海流浪兒童「三毛」的形象，眞實反映了流浪兒童的生活，並通過三毛向黑暗社會發出了強烈控訴，使三毛在此後半個多世紀的時間裏深入人心，張樂平也因此被人們譽爲「三毛之父」。

張樂平《三毛流浪記》的構思緣於一個偶然的機遇。他回憶說：「1947年初的一個風雪交加的夜晚，我走在回家的路上，在一個弄堂口，發現有三個流浪兒身上披著麻袋，凍得簌簌發抖，他們正圍著一個剛熄火不久的烤紅薯用的爐子在吹火取暖。我在他們跟前站了許久，心裏十分難過。」[2]由此，張

---

1 丁聰：《周遊南北類轉蓬》，轉引自劉一丁：《中國新聞漫畫》，中國青年出版社，2004年，第202～205頁。

2 屋漏：《張樂平與經典「三毛」》，《人民政協報》，2005年6月19日。

樂平萌生了畫流浪兒的念頭。他知道上海陳家木橋是流浪兒集中的地方、便常去那兒，慢慢與流浪兒交上了朋友，因此對他們的苦難生活瞭如指掌。

　　《三毛流浪記》創作完成後，由《大公報》連載後受到讀者的熱烈歡迎、並產生了極大的社會反響。在連載這一作品的二百五十天裏，三毛牽動著千萬人的心，讀者們每天都以急切的心情關注著三毛故事的最新發展。《大公報》總編輯王芸生曾這樣描述《三毛流浪記》受歡迎的盛況「每天清晨，在購買當天《大公報》的長隊裏，不僅有孩子，也還有家長、教師等大人們。有些孩子常爲沒有買到當天的報紙而『哭鼻子』。在上海，《大公報》有二十多個閱報欄，每日《三毛流浪記》的漫畫，都被那些買不起報紙的『流浪兒』整塊兒地『挖去』，極爲寶貴地貼在他們的破爛本上。」[1]後來，大公報社出版了《三毛流浪記》》單行本，王芸生親爲製序「《三毛流浪記》不但揭露了人間的冷酷、殘忍、醜惡、欺詐與不平，更可貴的是、它刺激著每個善良人類的同情心，尤其是培養著千千萬萬孩子們的天眞同情心！」這個序言指出了《三毛流浪記》的意義和價值，並給漫畫以極高的評價。此書後來一版再版，發行量達到數以百萬計之巨，這都彰顯了「三毛」不朽的藝術魅力。

四、新聞電影

　　解放戰爭開始後，人民紀錄電影事業發展到了一個新階段，這一標誌是1946 年成立的延安電影製片廠和東北電影製片廠。由於延安電影團的所有人員已前往東北接收敵僞電影機構，延安電影製片廠的全部人員是重新配備的，他們在嘗試製作故事片《邊區勞動英雄》（未完成）之後，很快轉入新聞紀錄片的製作，拍攝了新聞素材《保衛延安和保衛陝甘寧邊區》。1947 年 10 月，延安電影製片廠結束之後成立的西北電影工學隊，繼續爲人民電影事業輸送新鮮血。

　　東北電影製片廠成立時不足 200 人，到 1949 年 5 月已發展到 983 人。建國前後，由於全國各地陸續建立的電影廠時都從東影抽調幹部，故東影有「新中國電影的搖籃」之稱。東影在成立之初確定了以生產新聞紀錄片爲主的方針，從 1947 年初至 1949 年 7 月東影向東北各地派出 32 支攝影隊，拍攝了 30 多萬英尺關於東北解放戰爭的新聞紀錄電影素材，這些素材被編入 17 輯雜誌

1　王芝琛：《話當年〈大公報〉連載（三毛流浪記)》，香港《大公報—大公園》，2000 年 2 月 20 日。

片《民主東北》（其中的 13 輯全部為新聞紀錄片），第 17 輯《東北三年解放戰爭》全面記錄了東北解放的過程。在整個解放戰爭期間以及建國初期收復國土的戰役中，東影和北影向全國派出的攝影隊有 70 多個（另一說法為 101 個），記錄了人民解放軍解放全中國的各大戰役；有些攝影師為此獻出了年輕的生命，如在 1948 年 9 月拍攝錦州外圍的義縣戰鬥和攻克錦州的巷戰中以及 11 月拍攝瀋陽西區李普屯的戰鬥中，優秀攝影師張紹柯、楊蔭萱和王靜安先後壯烈犧牲。

在表現東北解放的所有紀錄片中，要特別提到文獻紀錄片《東北三年解放戰爭》（錢筱璋、姜雲川編輯）。這部大型紀錄片被收在《民主東北》第 17 輯。這部影片集中地使用了東北解放戰爭中拍攝的影片資料，綜合地報導了東北解放戰爭的情況，如：解放軍三下江南四保臨江、四平攻堅戰、錦州巷戰、黑山阻擊戰、大虎山殲滅戰、解放瀋陽、掃蕩營口、曾澤生將軍起義、鄭洞國率部投誠，直到東北全境的解放。這部大型的綜合性紀錄片，既重視影片的思想性又重視藝術性，很好地表現了人民解放軍解放全東北的艱苦歷程，表現了人民解放軍攻無不克戰無不勝的巨大威力和人民群眾支持戰爭以及軍民團結的偉大力量，尤其是中國共產黨領導中國人民進一步解放全中國的信心。

除了新聞紀錄片，《民主東北》還輯錄了東影試製的美術片《皇帝夢》《甕中捉鼈》，科教片《預防鼠疫》，以及故事片《留下他打老蔣》。這些影片雖然數量不多，卻標誌著人民電影的創作向品種多樣化發展的開始。此外，東影還進行了譯製片的試製，1949 年 5 月完成了我國第一部譯製片《普通一兵》。東影的這些活動，從實踐中摸索了創作經驗，培養和鍛鍊了幹部，為新中國成立後各類影片的發展創造了良好條件。

為了發行的需要，《民主東北》的拷貝分為 16 毫米和 35 毫米兩種，主要觀眾是部隊戰士和後方廣大人民。僅 1948 年，東北解放區就有 382 個地方放映了《民主東北》1 至 7 輯 1093 場，觀眾達 230 多萬人次。除了在東北新解放區放映，《民主東北》還在北平、武漢等地廣泛放映，受到熱烈歡迎。同時，該片也在國外發行，如第 8 輯就是專為國外觀眾編輯的國際版。《民主東北》堅決貫徹黨的文藝工作為政治服務、為群眾服務的方針，緊密配合解放戰爭，很好地發揮了新聞紀錄電影的「形象化政論」的戰鬥作用，為人民電影寫下了光輝的一頁。

　　1948 年秋，在遼瀋戰役尚未完全結束之際，東影就已派出第一批 4 個攝影隊（分別由吳本立、張永、高振宗、翟超負責）入關，開赴華北地區和華東地區隨軍拍攝新聞素材。攝影隊在經過河北省平山縣西柏坡村時，曾經把《民主東北》放給毛澤東、周恩來等中央領導人看、並得到了他們的熱烈讚賞與鼓勵。

　　1949 年春，錢筱璋帶領東影新聞片組的 40 餘人於 4 月初進關，參加了建立北平電影製片廠的工作，此後，東影和華北電影隊的新聞紀錄片攝製工作轉移到了北影。華北電影隊是 1946 年成立的晉察冀軍區政治部電影隊的簡稱，被譽爲馳騁在冀中平原的「大車電影製片廠」，拍攝了《華北新聞》第 1 號。1947 年 11 月石家莊解放後，華北電影隊在石家莊有了固定廠址，並成立了石家莊電影製片廠，拍攝了《華北新聞》第 3 號。隨著北影的成立，石家莊電影製片廠完成了歷史任務，多數人員參加了北影的建設。

　　根據中共中央宣傳部關於「先拍新聞紀錄片，以後拍故事片」的指示，北影迅速掀起了拍攝新聞紀錄片的熱潮。自 1949 年 4 月 20 日到 10 月 1 日製作完成了 5 部短紀錄片（《毛主席朱總司令蒞平閱兵》《新政治協商會議籌備會成立》《七一在北平》《解放太原》和《淮海戰報》，1 部長紀錄片《百萬雄師下江南》及《簡報》1 至 4 號。《毛主席朱總司令蒞平閱兵》，記錄了 1949 年 3 月 25 日中共中央和人民解放軍總部由河北省平山縣西柏坡村遷抵北平的情況，在西苑機場舉行的隆重檢閱式上毛澤東、朱德及中央其他領導同志受到北平各界代表和民主人士的盛大歡迎；《毛主席朱總司令蒞平閱兵》是北影正式成立後出品的第一部影片，是在艱苦的條件下製作出來的。這部影片的編輯工作是東影新聞片組的人員到達北平後，尚未進廠時在北池子宿舍內進行的。他們因陋就簡將一張普通書桌改造成剪接臺，直到 4 月 20 日建廠當天才進廠製作字幕和準備配音。該片音樂由賀綠汀作曲，人民文工團演奏。當時的錄音棚隔音設備差，白天無法工作，因此只能在深夜錄製樂曲。就是在這樣簡陋條件下，他們以最快的速度製作出完整的拷貝，並於 5 月 1 日在北平上映。《新政治協商會議籌備會成立》（高維進編輯，徐肖冰、蘇河清攝影）記錄了 1949 年 6 月在北平召開的有中國共產黨參加的新政治協商會議籌備會議的情況；《七一在北平》記錄北平各界隆重慶祝中國共產黨誕辰 28 週年的活動；《解放太原》記錄了太原在晉中戰役之後獲得解放的情況；《淮海戰報》記錄了以徐州爲中心的決定性的戰役（後兩部影片是根據 1948 年秋東影派出

的 4 個攝影隊在華北和華東地區拍攝的新聞電影素材編輯而成的，這些素材包括《晉中戰役》《濟南戰役》和《淮海戰役》）。

長紀錄片《百萬雄師下江南》記錄了渡江戰役的情況。遼瀋、淮海、平津三大戰役結束後，新聞攝影隊的任務仍是跟隨人民解放軍到戰場上去拍攝新聞素材。1949 年 4 月 21 日，在毛主席、朱總司令發布向全國進軍的命令後，第二和第三野戰軍強渡長江、並於 4 月 23 日解放南京，接著又解放上海、杭州。在渡江戰役中，吳本立帶領的 9 個攝影隊（其中包括韓秉信、雷可、吳夢濱、郝玉生、高振宗、李秉忠、韓克超、薛鵬翠等）完成了這次拍攝任務。上海影劇協會的朱今明、李生偉、顧溫厚、苗振華等拍了上海解放前夕的部分資料，並特派攝影師唱鶴齡拍攝了反映渡江作戰的材料和其他補充材料。最後，這些材料匯總到北影，由錢筱璋編輯成片。這部影片於 7 月底完成，9 月中旬開始在全國各地和部隊上映，受到觀眾的極大歡迎和評論界的高度重視。影片的內容包括：渡江準備、渡江作戰、解放南京、解放滬杭、國民黨海軍起義、人民解放軍繼續向南方進軍等幾大部分。在渡江準備部分，可以看到前方指揮部召開軍事首長高級會議的歷史性場面（第二野戰軍的劉伯承、鄧小平，第三野戰軍的陳毅、粟裕、譚震林周密地研究作戰計劃），以及部隊待命的場面（百萬大軍從四面八方集中到長江北岸，人民群眾歡送和支持自己的隊伍，數千船隻悄悄地從長江南岸集中到北岸）。當毛主席和朱總司令發布「打過長江去」的命令，從安慶到江陰的千里防線同時發起渡江總攻。在渡江作戰部分，影片展示了部隊進攻以及群眾幫助部隊擺船渡江的場面（在敵人的猛烈炮火攻擊下戰士們鎮定自若，船工們冒著生命危險運送解放軍，尤其是那位緊握大舵的老大娘沉著堅毅的神情給人留下了極其難忘的印象）。可惜的是，攝影隊只能在幾個攝影點拍攝到局部情況，而無法把百萬雄師同時渡江的宏偉場面再現出來。南京解放，紅旗插上總統府，這又是一個歷史性的場面；多年來堅持在江南作戰的游擊隊和主力部隊會師的場面，也非常動人；部隊進入上海後夜宿街頭秋毫無犯的情形，同樣令人難忘。影片還記錄了上海解放前夕地下黨組織工人糾察隊保護工廠和碼頭，使人民財產回到人民手中的情況。隨著杭州人民歡迎解放軍的熱烈場面出現，寧滬杭全部回到了人民手中。

在反映解放戰爭的紀錄片中，《百萬雄師下江南》是一部比較完整而且思想性和藝術性較高的作品。影片充滿激情，敘事清楚，結構嚴謹，節奏明快，

概括地描寫了人民解放軍的英雄形象。在表現戰爭場面時注意氣氛的渲染和烘托，將敘事和政論結合起來，顯示了形象化政論的雄辯力量。評論界稱讚是「一首千千萬萬人民英雄們創造中國新的歷史的敘事長詩」，它不僅是過去事實的鐵證，更是對未來事實的預言；這部影片是對美國艾奇遜「白皮書」的有力回答，它極大地鼓舞了中國人民繼續戰鬥直至收復每一寸國土的信心；影片在國內外都產生了很大影響，這也說明中國紀錄電影的創作發展到了一個新水平。1949 年 8 月，隨著「新聞電影工作總結會」召開，人民新聞紀錄電影即將進入新時代。

南京國民政府後期是中國從封建傳統向現代開化轉型的重要時期，在這一時期的技術條件下，圖像已被當作較爲先進的、眞實反映社會的重要載體。因此，儘管 1945 年至 1949 年的中國，正處於政局動盪、社會紊亂的時期，然而此時的新聞傳媒卻異常活躍，尤其是我國的報刊出版業、畫刊畫報、影像攝影發展迅猛。畫報作爲一種將圖像作爲信息傳播主體，加上文字輔以說明，複合新聞性、商業性、娛樂性等特點於一身的刊物，極大地豐富了當時的社會文化和社會生活。南京國民政府後期的畫刊畫報、攝影作品、新聞漫畫、紀錄電影的發展，不僅爲歷史記錄下了精彩瞬間，更豐富了戰爭宣傳的形式與內容、增加了宣傳的趣味、生動性，擴大了宣傳的影響力。